AI
여인의 사랑

AI 여인의 사랑

초판 1쇄 인쇄 2025년 10월 25일
초판 1쇄 발행 2025년 10월 30일

지은이 황현욱
펴낸이 金泰奉
펴낸곳 한솜미디어
등 록 제5-213호

편 집 김태일
마케팅 김명준

주 소 (우 05044) 서울시 광진구 아차산로 413(구의동 243-22)
전 화 (02)454-0492(代)
팩 스 (02)454-0493
이메일 hansom@hansom.co.kr
홈페이지 www.hansomt.co.kr

ISBN 978-89-5959-598 3 (03810)

*책값은 표지에 표시되어 있습니다.
*잘못 만들어진 책은 구입하신 서점에서 친절하게 바꿔드립니다.

황현욱 장편소설

AI
여인의 사랑

한솜미디어

| 글머리에 |

코믹 로맨스의 글을 써보자는 마음이 들면서부터 요즘 세상을 시끌벅적거리게 하고 있는 AI이니 ChetGpt, ChatBot에 관심이 갔다. 하지만 과학이나 정보 분야에는 별반 지식을 갖추지 못해 암담하여 고개를 저을 수밖에 없었다. 그러다가 서사로 푸는 것이라 용기를 갖게 되는 계기가 생겼다. 로봇 리얼돌이 만들어졌다는 얘기였다.
"AI인간의 사랑이 가능할까?"
인간과 AI인간의 사랑을 비교하며 그 차이와 한계를 짚어보고자 했다.
만들어지는 사랑, 대가를 바라는 사랑이 만연하는 세속에 AI와 휴머노이드 로봇이 합체된 리얼돌이라면 순수한 사랑으로 오로지 한 사람만을 바라보며 사랑하지 않을까? 그런 삶은 어떨까 하는 질문이 던져졌다. 하지만 어떤 사랑이나 나름의 가지고 있는 가치를 보고 이해하자고 했고 주입된 정보를 학습하여 익히는 사랑이 과연 가능한 것일까 의문을 던져 독자들의 답을 구하고자 했다.

예술 분야에 AI가 나타나고 AI가 소설을 쓰고 시를 쓴다고 하는데 자칫 어설프게 필을 들었다가 망신살을 맞는 것은 아닐까 걱정이 앞선 것도 사실이었다.

　어느 곳에서나 쓴다고 하니 개도 소도 쓰는 것이냐는 질책이 앞질러 엄습해 왔다. 그럼에도 불구하고 꾸역꾸역 이 글을 쓴 것은 쓰지 않으면 뒤쳐진다는 조바심에 등이 떠밀린 것 같다.

　AI의 등장으로 검색만 하면 무엇이든 찾고 알 수 있고 세계 어느 곳까지도 클릭 한번으로 실시간 소통을 하게 되었고 로봇으로 서빙부터 기술 분야까지의 인력을 대체하고 이젠 창의력이나 실력, 재주가 없이도 번역 예술가가 되고 음악가, 작가, 가수가 되어 작품을 내게 되었다고 하고 심지어 이제 곧 연기자, 요리사, 정치가까지 AI가 할 것이라 한다는 말에 '어디 한 번 붙어보자'는 오기가 발동했던 것도 사실이다.

　AI 리얼돌이라지만 능동적일 수 있을까? 감성이라고는 일도 없이 기계적인 무미건조한 반응뿐이면 어쩌나? 아니면 너무 감성적이고 적극적이어서 상대를 넘어서려는 것은 아닐지 오기에서 시작했지만 염려는 그치지 않았다.

　AI가 등장하게 된 것은 두말할 필요 없이 편리성 때문일 것이다. 기술과 정보, 자료들을 모으고 조합하고 믹서하고 주입하여 우수하고 뛰어나고 높은 지능을 갖는 그들을 만들어 어렵고 힘들고 난감한 그리고 불가능한 일들을 가능케 하려 손이나 몸, 뇌를 대체시킨 것이다. 그런데 어려움을 대체시키겠다는 그것들의 유용함과 편리성에도 불구하고 AI나 ChetBot을 우려하는 건 무슨 까닭일까? 그것들의 많은 정보와 두뇌 회전에 공격당할까 염려하는 탓이리라.
'삶이 혼란해지고 파괴할 것이다. 인간을 능멸하고 공격하게 될 것이다.'
아무리 염려가 커도 이미 고품격으로 만들어진 것은 깡그리 부셔 없애기 전에는 해결이 안 된다. 적당히 정보를 주입하여 적절한 두뇌력의 AI를 만들면 그리 시원스럽게 원하는 것을 제대로 얻지 못할 수도 있을 게다 싶다. 하지만 불안의 씨를 품느니 조금 천천히 가는 게 낫지 싶다고 얘기하려 했다. 없었을 때도 그리 불편하지 않게 살았는데….

우수하고 뛰어난 데이터와 정보를 주입하여 훌륭히 연산, 도출하고 응용해 내는 품질 좋은 AI로 만들어져 인간에게 더없는 도움과 편리성을 준다는 그것들이 위험할 수 있다고 언급되는 까닭이 융통성이나 포용할 수 있는 심성이 없기 때문이라고 한다.
- 데이터와 정보의 입력치로 계산, 조합된 출력이다 보니 정확하긴 하겠지만 오류나 범주가 아니라도 그것들엔 허용이나 이해가 있을 수 없고 반성, 후회, 용서나 아량이 있을 수가 없다.
이런 경고 자체만 들으면 섬뜩할 정도의 위험이 도사려진 그야말로 폭탄에 연결된 뇌관일 수밖에 없다. 하지만 조금 더 생각해 보기로 했다. 그 뇌관을 건드려 폭탄이 터지게끔 하는 것이 그 AI의 잘못인가 재고해 볼 필요가 있지 않은가 싶었다. 개발자나 제작자가 잘 만든다면, 그런 위험이 도사리지 않게 면밀히 잘 만든다면 무슨 문제가 있을까 싶다는 말이다.

그래도 만에 하나 예방하지 못한 잘못이 있다면?

| 차례 |

글머리에/ 4

운명/ 10
베르너 증후군/ 16
사랑의 도피/ 23
사라진 지현/ 30
바이오 AI 과학자/ 34
유랑/ 38
AI인간 지현/ 46
AI지현의 고뇌/ 56
리셋(reset)/ 66
거울 속의 그녀/ 72
여인의 방황/ 76
미련/ 87
신기한 진주/ 95
드러나는 실체/ 102
상봉/ 114
사랑과 혼돈/ 127
큰 나무 언덕의 착각/ 135
쉽지 않은 흔적/ 146

밝혀지는 관계/ 155
AI지현의 실체/ 164
실족사/ 171
완전체 가족/ 176
연기/ 188
재회/ 201
제2 AI지현/ 215
질투의 끝/ 222
비로소 싹트는 사랑/ 235

부록 |단편 소설|
여인의 거울/ 254

운명

　이야기는 현태와 지현이 헤어진 후 13년이 지난 인천공항 입국장에서 시작되고 있었다.
　사람들이 두리번거리며 게이트를 나오는 사이로 지현과 아빠가 나왔다. 마치 고국의 냄새라도 맡는 듯 심호흡을 하는 지현은 감회가 새롭다. 하지만 지현아빠 표정은 그리 밝지가 못하다.
　마중선 바깥에서 나오는 사람들을 지켜보던 현태가 그들을 발견하고 '지현아'하고 환하게 웃으며 다가오자 지현이 반갑게 뛰어 갔다. 아빠가 쫓아가 잡아 세우는데 웃으며 오던 현태가 어린 중학생으로 바뀌고 돌아보는 지현 역시 어릴 적 모습이다. 잡았던 팔을 놓으며 그냥 계속 가라는 손짓하는 아빠 눈에 생소한 웃음이 번진다.
　뭔가의 생각에 빠져 멍하니 서있던 지현을 돌아보며 '지현아 빨리 와.' 하는 아빠 소리에 지현이 걸음을 옮기는데 마중객들 사이에 현태가 없다.
　정류장에 멈춰 있는 시내버스 안에서 지현이 물끄러미 바깥을 바라보고 있다가 놀라며 출발하는 버스의 창 뒤쪽으로 고개를 젖혀 내밀며 무언가 확인하려 한다. 정류장에서 있는 현태, 무슨 느낌이 왔던지 고개를 들다가 지현과 눈이 마주친다. 순간 지현 고개 돌려 버리고 현태 안타깝게 뛰어오며 '지현아, 지현아' 부르고 손짓을 한다. 버스 뒤를 따르다 현태가 끝내 넘어지고 승객들 '아휴, 저를 어째. 넘어졌네. 다쳤겠는데….'하며 애드리브 친다. 못 본 척 하던 지현이 놀라 돌아다보고는,

"기사 아저씨 차 좀 세워 주세요. 사람이 다쳤어요. 현태야, 현태야."

버스가 멈추고 바삐 내린 지현이 현태에게 뛰어가서 부둥켜안는다. 지현의 품에 안겨 지현을 올려 보는 현태, 눈물을 글썽이며 빙긋 미소를 지었다.

"잘 지냈어? 보고 싶었어."

지현의 어리는 눈물 속에 반가움이 번지지만 많이 피로해 보이는 얼굴이다.

멀리 큰 나무가 보이는 언덕, 현태와 지현이 올라가고 있다. 모습은 먼데 두 사람의 말소리가 들린다.

"현태야, 너 여기에 나랑 다시 올 거라 생각한 적 있어?"

"그럼, 입 밖에 내어 말한 적은 없지만 그게 나의 소원이었는데…."

"소원?"

"응. 비록 우리 어릴 때 타임캡슐이라며 묻었던 것이야. 만나기로 한 날 네가 오지 않아 꺼내 버렸지만 그때도 나는 언젠가 너랑 이곳에 다시 올 수 있기를 저 나무에게 빌었는걸."

13년 전, 지현 집 앞에서 중학생 현태가 중년 여인과 애

기하고 있다.

"그 집 온 가족이 이민 갔어. 우리가 이사 온 게 지지난 주니까 아마도 그 시간쯤이었겠네. 하던 일이 잘못되어서 급하게 갔다고 하던데…."

풀이 죽어 어깨를 축 늘어뜨린 채 돌아서는 현태의 두 눈에 눈물이 고이다가 흘러내린다.

지현과 현태가 올라오면서 보이던 큰 나무에 기대어 앉아 있다. 구름 한 점 없는 하늘과 언덕 끝으로 이어진 파란 잔디밭, 두 사람 그리고 그들이 기대어 앉아 있는 나무가 어우러져 한 폭의 수채화를 그리고 있다. 가까운 곳에서 뻐꾸기 소리가 들렸다.

"현태야, 사실 나도 그날 여기 왔었어, 늦게 왔었지만 말이야."

"그래에? 그럼 내가 남긴 메모 못 봤어? 늦게라도 오면 연락하라고 메모 남겼었는데…."

"봤어. 하지만 전화를 할 수가 없었어."

현태, 말없이 물끄러미 지현을 바라보기만 하는데 사랑이 가득한 눈에 '왜 그랬냐?'는 질문이 서렸다.

"그때 우리 가족이 미국으로 이민을 결정했고 공교롭게도 그날 저녁 비행기로 떠나게 되어 있었기에 네게 영영 이별이라고 통보할 자신이 없었어."

인천공항 출국장. 어린 지현과 지현 부모 게이트 안으로 들어가는 뒷모습 보이고 지현이 아쉬워 자꾸 뒤를 돌아본다. 하지만 아무도 올 리가 없고, 조금 뒤 비행기는 날아올라 멀어지는 장면이 보였다.

지현이 옛 생각에 빠져 멍하니 먼 하늘을 바라보고 있고 그런 지현을 사랑스럽게 보고 있는 현태,

"아주 완전히 안돌아 오려고 했던 거야?"

"응, 아빠 사업이 풍비박산이 나서 야반도주하듯 떠났던 것이라 다시는 돌아오고 싶지가 않았어."

"마음이 정말 많이 힘들고 아팠겠다."

"아냐, 미국 가서 첨엔 좀 그랬는데 우리 가족 모두 생면부지 타국에서 살아내느라고 힘든 걸 느낄 겨를도 없었어. 그렇다고 아주 생고생만 한 것은 아니고. 나만 좀 힘들어 했던 것 같아."

현태가 장난기 배인 밝은 표정을 지으며 묻는다.

"왜? 내가 보고 싶어서? 연락을 하지 그랬어? 그럼 내가 단숨에 달려가서 마음을 매만져 주고 달래 주었을 텐데…."

"맞아, 네 생각 많이 한 것도 사실이야. 그런데 그때가 나의 사춘기고 반항기였었나 봐. 엄마가 갑자기 돌아가시고 난 후 마음 둘 곳이 없어서 괜히 아빠한테 몹쓸 짓을 많이 했거든."

미국 LA, 10대 지현이 머리를 빨갛고 파랗게 브리지를 넣은 채 복장이 요란하다. 클럽에서 춤을 추다가 맥주를 벌컥벌컥 마시는데 아빠가 들어와 잡으면 뿌리치고 달아난다. 옆 사람들, 아빠에게 낯선 시선을 보내며 비웃고 달아나던 지현은 숨어서 아빠를 훔쳐본다. 마스카라가 번지는

눈에 눈물이 어린다.

생각에 젖어 있는 지현을 물끄러미 바라보던 현태가 위로하듯 지현의 어깨를 감싸며 말했다.

"네 말대로 사춘기 반항으로 어깃장을 놓았던 것이지만 이제라도 이렇게 얘기할 수 있다는 건 그때를 추억하는 것이잖아? 어느 책에선가 읽었는데 사춘기 때 방황을 많이 한 사람들이 오히려 잘되는 경우가 더 많대."

"고마워, 그리고 미안해. 너무 오래 기다리게 하고 너무 늦게 돌아와서. 난 정말 꿈만 같아. 널 다시 만나게 될 줄은 정말 꿈도 못 꿨거든."

"그때 전화를 해 주어야 했어. 그럼 나도 그렇게나 방황하지는 않았을 텐데…."

"방황이라니? 너 범생이었잖아?"

"그랬지, 네가 내 옆에 있었을 때까지는…."

교무실, 현태가 불려와 담임 앞에 서 있다.

"현태야, 너 어떻게 된 일이냐? 성적이 이게 뭐냐? 벌써 내리 다섯 번을 하락일세잖아? 중간도 못가는 반 등수를 보고 누가 널 중학에서 수석을 했던 놈이라 믿겠어? 너 여태 그 이민 갔다는 여자애를 못 잊었다는 게 사실이야?"

"예, 보고 싶어 죽겠어요."

기가 막히는 선생님, 출석부를 높이 들어 내려칠 기세로 '아이쿠, 이걸 확'하다가 고개를 절레절레 흔들며 내려놓는데 옆을 지나던 다른 선생님이 '잘해 임마, 선생님 애 그만 태우고'하며 현태 머리를 쥐어박고 간다.

현태 얘기를 들으며 큰 나무에 기댄 채 지현이 바라보고 있다. 지현의 현태를 바라보는 시선이 여간 고맙고 미안한 게 아니다. 슬며시 현태 어깨에 머리를 기대어 누이는 지현에게 머리를 돌려 지현을 보며 현태가 물었다.

"지현아, 우리 오늘 타임캡슐 묻으면 언제 꺼낼 거야?"

지현이 흠칫하며 잠시 말이 없다.

"그냥 영원히 묻어 두는 건 어때?"

지현이 애써 덤덤한 표정으로 현태에게 물었다.

"그건 안 되지. 그러지 말고 너처럼 예쁜 딸이, 난 첫째가 딸이면 좋겠지만 딸 아들 구별 말고 첫째가 스무 살이 될 때 함께 꺼내 보기로 하자. 어때?"

지현이 말없이 미소 짓다가 흐릿하게 고개를 끄덕였다.

"자, 이제 묻을까, 타임캡슐?"

지현이 힘차게 '그래'하며 그때까지의 생각을 털어내듯 벌떡 일어나 가방 속의 캡슐을 꺼냈다. 작고 투명한 공 안에 접은 종이, 액세서리 몇 개가 들었고 채워진 자물쇠에 열쇠 두 개가 달려 있는 게 보였다. 현태가 지현을 바라보며 밝게 웃다가 지현이 땅을 팔 도구를 꺼내자 같이 거든다.

그들이 자의라고는 없이 헤어지게 된 후 15년이 흐른 뒤 지나는 버스에서 다시 만난 것은 운명이었을까? 현태는 피하지 못하는 운명이라고 믿는 마음에 들떠 있는 반면 지현은 그를 다시 만난 게 여간 반갑고 기쁜 일이 아니었지만 마음 한 구석으로 퍼져 드는 아림을 지울 수가 없었다.

베르너 증후군

 조용한 빠, 지현이 혼자서 술을 마시고 있다. 뺨으로 눈물이 흘러내리고 있다. 괴로운 듯 거푸 두 잔을 마셔 버린다. 하지만 몇 잔 못 마시고 털썩 머릴 테이블에 떨어뜨리며 잠들고 잠시 뒤, 웨이터가 흔들어 깨우지만 기척도 못하고 뻗었다. 이때 핸드폰이 울리고 머뭇거리던 웨이터가 받아든다.
 지현네 집 거실, 지현 아빠와 현태가 테이블에 앉아 있다.
 "지현이 아파트로 데려다 주려다가 지난번 일도 있고 해서 아무래도 댁이 편할 것 같아서 이리로 데려왔습니다."
 "잘 했어, 번번이 고마워. 얘가 몸이 좀 어려워."
 "이런 말씀 여쭤 봐도 될는지 모르겠습니다만, 지현이가 프라이버시라며 묻지 말라 했거든요, 지현이 어디가 아픈 거예요?"
 "아프긴…, 몸이 좀 약하다니까."
 "저에게는 말씀해 주셔도 괜찮아요. 제가 어떻게 도울 수 있을까 해서 여쭙는 거니까요. 저 말고는 아무에게도 말하지 않을게요."
 "지현이가 아무에게도 말하지 말라 그랬어."

잠시 어색한 침묵이 흐르고. 현태, 안타까운 눈으로 지현 아빠를 바라보고만 있는데,

"그래, 어차피 알려질 것. 뭘 더 감추겠니. 쟤가 조로증을 앓고 있어."

"여자들도 조루증이 있나요? 처음 듣는 얘긴데요."

그 와중에 터지려는 웃음을 참으며 현태는 고개가 갸웃거려 지는 것이었다.

"야 이놈아, 조루가 아니라 조로라고 조로증. 다른 사람들보다 2배, 3배로 빨리 늙어 간다는 것이야. 그러니까 나한테 1년이 지현이에게는 2년 내지 3년의 세월이 지나가 버리는 셈이지."

지현 아빠의 설명을 애써 침착하게 듣고 있는 동안 아프다는 것은 눈치 채고 있었지만 어떤 병인지 제대로 알 수가 없었던 것이 심각한 병이란 걸 알게 되어 현태는 앞이 어릿어릿해졌다.

"아, 그래서 나한테 말을 하지 못했구나. 여성한테 늙는 것은 정말 못할 짓일 텐데…, 그래서 언제 쯤 외관상으로 뜨이게 된다는데요?"

"그건 아직 모르겠데. 저만 느끼나 봐. 요즈음엔 업무도 감당하기가 차츰 어려워진데."

잠시 말미를 두며 잠든 지현의 이불을 만져주던 지현 아빠가 현태를 보며 기억이 난 듯 말을 이어갔다.

"전에 자네가 나랑 지현이 집에서 만났을 때도 걱정이 되서 찾아 갔던 것이었어. 아무에게도 알리기 싫다고 해서

집사람도 몰라. 아는지 모르겠지만 제 친모가 아니거든. 지현이 친엄만 우리가 이민이랍시고 떠났던 이듬해에 갑작스런 패혈증으로 어린 지현이를 두고 먼저 세상을 떠났어. 자네도 걔를 도우려면 모르는 척 해야 할 거야."

미국, 병원, 지현 아빠가 MRI 사진을 짚어 가며 설명하는 의사의 말을 듣고 있다.

"아직은 매우 초기에 해당하지만 틀림없는 성인 베르너증후군, 즉 조로증이에요. 아직 치료약이나 방법이 개발되지 않은 안타까운 병입니다."

"그럼 우리 지현이가 빠르게 늙어 가는 것을 속수무책으로 그냥 지켜 볼 수밖에 없다는 건가요?"

의사가 난감한 표정으로 머리를 무겁게 끄덕였다.

"그래도 다행한 것은 이 베르너증후군은 속도가 많이 느려요. 1대 1.5 정도랄까요. 20~30대까지는 피로, 탈모, 주름 등이 다른 사람들 보다 많이 심하다할 정도뿐이라 환자나 가족이 견딜 만하지만 40대에 들어서면서 급격히 악화되는 게 보통입니다. 발병 후 30년 내지 45년이 평균 수명이라지만 후반 20년가량은 매우 힘든 시간을 보낼 뿐이고요."

자신이 곧 하얗게 늙고 여자로서의 매력을 잃게 되리라는 것을 알고 있는 탓인지 지현은 현태와의 사랑에 심하다 할 만큼 적극적이었다. 버킷리스트를 만들고는 기를 쓰며 그것들을 해내려했다. 여행, 섹스, 첼린지, 탐방 등의 이벤트를 마치 전투를 하듯 치르려는 지현을 보는 현태는 가슴이 찢어지는 것이었지만 그녀와의 추억을 하나라도 더 만들려 애를 썼다. 말은 하지 않지만 현태는 그녀와의 섹스가 매우 조심스러웠고 피임에 조바심을 냈다. 그렇게 되지 않기를, 영원히 둘의 사랑이 아름답게 지속되기를 바라지만, 지현이 가버리고 난 뒤 남을 아이를 슬픔과 그리움에 싸여 바로 볼 수가 없을 것 같고 그 애를 다른 아이들처럼 밝고 천진하게 키워낼 자신이 없는 탓이었다. 그런 현태의 속을 모를 리 없는 그녀는 현태가 섹스를 할 때마다 콘돔을 사용하는 것이 몹시 싫었지만 애써 모른 척 했다. 그녀 역시 아이를 낳는 것이 아이에게나 홀로 덩그러니 남게 될 현태에게 몹쓸 짓이라 생각되는 것이었지만 속마음은 아이를 갖고 싶었다. 여인으로서 출산을 해 보고 싶었고 자신과 현태의 결실을 남기고 싶은데도 아이와 현태에게 너무 고통을 안기게 되는 것이라서 말을 하지 못하는 채 꾹꾹 눌러 참고 있었다.

아이 문제로 보이지 않는 안타까움이 부딪히는 가운데 현태는 그녀에게 청혼을 했다. 병세가 더 심해져서 그녀의 아름다움이 더 가려지기 전에 그녀를 아름답게 신부로 만들어 주고 싶었다. 현태가 지현에게 청혼을 하던 날, 지현은 기쁨인지 슬픔인지 분간이 안 되어 눈물만 마냥 흘리며 현태의 품을 떠나지 못했다. 둘은 끝내 지현의 병을 입에 담지 않았고 행복하게 잘 살자는 말만 되풀이하고 있었다.

지현 아빠와 현태 아버지가 커피숍에 마주하고 앉았다. 현태 아버지가 아주 난감한 표정이 되었다.

"정말 죄송합니다. 지현이가 불쌍하지만 이런 걸 감출

수가 없어서 말씀드립니다."

"죄송하다니요? 원 별 말씀을. 어떻게 고칠 수는 없는 건가요?"

"17살에 그런 병이 걔에게 생겼다는 걸 알았어요. 온갖 곳을 다 알아 보았죠. 조금 늦추는 것 외엔 방법이 없다고 하네요, 휴우."

"늦추다니? 어떻게요?"

"산수 좋은 곳에서 마음 편히 요양하는 것뿐이라 해서 시골에 지현이가 거처할 곳을 알아보고 있습니다."

현태네 집 거실, 현태 아버지가 잡았던 현태 어깨를 밀쳐 버렸다.

"그건 안 된다고 했잖아? 절대로 안 돼."

현태 아버지의 언성이 높아졌다. 놀라 얼른 중간에 끼어 들어 말리는 어머니,

"제발 현태야, 고집 그만 부리고 오작기업의 여식하고 결혼한다고 해라. 아버지, 엄마가 널 나쁘게 하려는 게 아니잖니?"

"관둬요. 더 이상 말해 봐야 들을 놈이 아니에요. 차라리 소귀에 경을 읽지."

"죄송해요. 하지만 왜 지현이가 안 된다는 거예요? 두 분 모두 걔 너무 좋아한다고 하셨잖아요? 갑자기 왜? 오작 기업 딸이 나오는 거냐고요?"

"지현이가 아파서 결혼이 안 되겠다고 걔네 아빠가 통보해 왔다잖아? 몇 번을 더 말해야 알아듣겠니?"

"아픈 사람은 결혼도 못한데요? 제가 결혼해서 다 낫게 한다니까요."

"아이고, 이 미련한 것아. 쉽게 고쳐질 병이라면 지현이 아빠가 그리 통보했겠냐? 고칠 수가 없으니 그리 말한 게지. 의술이 뛰어나다는 미국에서 돌아 온 것 보면 모르냐? 제발 마음 좀 돌려라."

"엄마! 병 걸렸다고 사랑하는 사람을 버려요? 엄마 아버진 그런 사람이었어요? 전 절대로 안 돼요. 결혼할 겁니다."

"이 어미가 죽는데도 네 고집대로 할래? 어디 그럼 마음대로 해봐라. 내 송장 치려거든 네 맘대로 해보란 말이다. 이 놈아."

"엄마! 제발 억지 좀 부리지 마세요. 죽긴 왜 엄마가 죽어요? 아무도 안 죽어요. 내가 다 건강히 잘 보살필 테니 제발 허락해 주세요."

"더 이상 길게 얘기하지 말자. 데려 오자마자 초상 치르는 일도 볼 수 없지만 아무 것도 하지 못한 채 오로지 병자 수발, 그것도 회생할 기대라고는 없는 환자를 수발하느라 네 인생 전부를 바쳐야 하는 것도 나는 못 본다. 그리 알고 오작기업 여식이랑 결혼하는 걸로 결정해."

"싫어요. 저도 성인이고 제 뜻대로 결정할 수 있는 권리가 있어요. 저를 내치시더라도 지현이는 어쩔 수 없어요."

"아니, 그래도 이놈의 자식이. 나가, 당장 나가. 너 같은 자식 필요 없으니 당장 나가."

현태 아버지가 팔을 번쩍 올리며 현태를 때리려고 소리쳤다.

"예에, 나가지요. 오작기업 재벌에게 아들을 팔아 한 밑천 잡으려 했는데 수포로 돌아 갈 처지가 되겠으니 화도 나시겠지요. 나갑니다. 나가요."

현태가 비명같이 소리를 지르며 홱 몸을 돌려 뛰어 나갔다.

"현태야, 네가 어떻게 그런 말을? 네가 어떻게…."

애끓게 아들을 부르던 현태 엄마가 볏단 무너지듯이 스르르 쓰러지고 아버지가 놀라 보듬어 안았다.

"여보, 여보. 왜 이래? 정신 차려요."

아버지가 목이 메어 소리치지만 현태는 돌아보지 않은 채 나가버렸다.

사랑의 도피

한적한 시골 해안, 지현과 현태, 손을 꼭 잡아 쥔 채 해변을 걷고 있다. 그들 앞에는 노을이 지는 하늘을 이고 있는 바다 외에 보이는 게 없다. 바다를 향해 드러나는 두 사람의 실루엣이 쓸쓸하게 늘어진다.

이때 현태의 핸드폰 울린다. 들여다보다가 화가 난 듯 거칠게 꺼 버리는 현태를 조용히 올려다보는 지현의 표정이 어둡다.

"전화 받아. 중요한 전화일지 모르잖아?"

"괜찮아. 엄마가 우리 돌아오라고 하는 전활 텐데 뭐."

"오자고 해서 따라오긴 했는데 이건 아닌 것 같아. 다시 한 번 더 생각해 봐. 지금이라도 돌아가자. 가서 승낙하실 때까지 매달리자, 응? 현태야."

"네가 우리 아버지, 엄말 몰라서 하는 말이야. 이러지 않으면 절대 승낙하실 분들이 아니라니까."

어둠이 들고 있는 바다는 물에 반사되는 달빛을 받아 그나마 어둑하지만 해변을 밝히고 있다. 지현, 현태 바다를 향해 모래 바닥에 앉아 있고 지현이 계속해서 현태를 설득하지만 그는 들으려 않는다. 지현 한동안 말없이 캄캄한 해변만 바라보다가 현태 손잡으며 빤히 얼굴을 바라보면서 말한다.

"현태야, 내 말 좀 들어봐. 나 실은 내 병 때문에 몇 번이나 달아나 숨어버리고 싶었어. 하지만 아빠, 새엄마가 슬퍼하고 절망하실 것 같아서 그럴 수가 없었어. 너도 마찬가질 거야. 지금은 부모님이 원망스럽고 밉겠지만 이러다가 혹시 두 분께 뭔 일이라도 생긴다면 너 그걸 견딜 수가 있겠니? 제발 돌아가자 응."

"생기긴 뭔 일이 생겨? 두 분 다 짱짱하게 건강하셔. 걱정 마, 얼마 지나지 않아 허락한다는 전갈이 있을 거야. 조금만 참자, 지현아."

현태가 지현의 어깨를 감싸며 그녀를 안심시키려 했다.

"알겠어. 현태 네가 그렇게 단호하다면 나도 따를게. 그런데 춥다. 어디 들어가자 잠도 자야 하잖아?"

"미안해. 부모님 승낙을 받으려면 이 방법 밖에는 없어서 이러는 거니까 이해해 줘."

뭔가 갑자기 달라진 듯 한 지현의 태도가 미심쩍지만 애써 모른 척 지현을 위로하는 현태다.

"그래, 알았다니까. 어디 가서 뭐 좀 먹자. 나 배고파."

바다가 직방으로 보이는 횟집 안. 두 사람 테이블을 사이에 두고 마주 앉아서 바깥을 보고 있다. 바깥은 달빛이 제법 밝게 비치고 있었지만 풍경은 어둠을 안은 실루엣일 뿐이다. 지현네 테이블과 조금 떨어져 앞쪽 창가에 자리한 두 사람이 음식은 뒷전인 채 아무것도 보이지 않는 바깥을 내다보며 꽁냥꽁냥 연신 즐겁다.

"무에 저리 좋을까? 얀마, 좀만 지나 봐라, 기쁨보다 어려움이 더 많으리니."

괜스레 심술을 부리는 현태에게 지현이 가볍게 눈을 흘기며 말없이 회 한 점을 집어 현태 입을 막아버렸다. 지현이 넣어준 회를 우물거리던 현태가 지현의 시선을 앞 테이블로 돌렸다.

"지현아, 저기 좀 봐. 여자가 남자한테 쌈을 싸서 입에 넣어 주는 거, 참말로 행복하겠다. 그지?"

애써 분위기를 바꾸려고 호들갑스레 말하는 현태의 심정을 지현이라 모를까? 맞장구를 친다.

"너무 부러워하지 마. 내 성격으로는 한 번 저렇게 싸주면 두고두고 회 먹을 때마다 싸 달라 할 거야. 너 내게 평생 노예 노릇 할 수 있겠어?"

지현의 말을 들은 건지 아닌지 아무런 대꾸 없이 상추를 고르고 그 위에 깻잎을 놓은 후 장어, 고추, 된장을 올려 듬뿍 쌈을 싸는 현태를 보며 흐뭇한 미소와 함께 입맛을 다시면서 기다리는 지현 앞으로 현태가 쌈을 가져가는가 싶더니 끼익 급브레이크를 걸어 쌈을 제 입으로 가져갔다.

"이건 너무 커서 네 예쁜 입에 안 맞을 것도 같고 부부는 상호 존중하는 것으로 사랑과 행복이 따르는 것인데 네가 노예를 부리는 나쁜 주인이 되게 할 수는 없잖아?!"

그의 장난기에 웃음이 머금어지는 지현이지만 느물거리

는 현태에 섭섭한 마음은 어쩔 수가 없었던지 얄밉게 현태를 바라보다가 얼른 회를 집어 현태 입에 넣어버렸다. 느물거리는 표정을 지우려하지 않은 채 현태가 턱으로 앞쪽을 가리켰다. 그렇게나 살갑던 두 사람이 뭔 일인지 날을 세우고 있다.

"쌈을 싸준 남자가 자기도 해달라고 했는데 여자가 부끄러웠던지 마다했나봐."

자기네가 조금 전 하던 말과 어째 동일 선상에 놓일 것 같은 해프닝이었다. 기가 막히는 광경이지만 웃을 수가 없어 현태가 지현의 머리를 테이블 아래로 숙이면서 웃음을 참느라 애를 썼지만 키들키들 웃음이 새 나오고 말았다.

"내가 예지력이 있다니깐. 나의 적시타로 우린 저렇게 싸우지 않을 수 있잖아!"

횟집을 나와 숙소로 돌아오면서 현태가 너스레를 떨었다.

"아이고 현태씨, 댁은 싸울까 걱정만 알고 기대하던 제 마음은 헤아릴 수가 없나요?"

어이쿠, 이게 아닌가 보다. 순간 현태는 둔기에 뒤통수를 맞은 듯 머리가 띵해지는 것 같았다.

"미안해, 지현아. 정말 너를 사랑하기에 싸주고 싶었는데. 바로 앞에서 싸움이 이는 걸 보니 그럴 수가 없었어. 대신에 내가 오늘 밤에 담뿍 안아 주께."

"이런 슬픔에 잠긴 소녀라서 오늘밤은 거부하겠나이다."

지현이 얄미워 죽겠는 표정이 되어 현태를 쏘아 보았다.

여인숙, 지현이 조금 전 돌아 올 때 거부하겠다고 당차게 얘기하던 것과는 사뭇 다른 표정으로 현태에게 애원하다시피 매달리고 있다. 현태에게 와인을 따라 주면서 현태 손에 들린 콘돔을 빼앗으려 하고 현태는 안 뺏기려 아웅다웅이다. 둘 다 서로에게 애원하는 눈빛이다. 눈길을 피하던 현태가 넘치는 잔에 깜짝 놀라 와인 잔으로 병을 밀어 올렸다.

"어머 넘쳤네. 미안해. 하지만 현태야, 내 소원이야. 그래, 나 얼마 안 있으면 파파 할머니가 될 거야. 그러면 멘스도 끝나고 애를 가질 수가 없어질 거야. 그전에 아기를 가지고 싶어, 우리 둘의 애를. 나라고 몰라서 하는 말이 아니야. 정말 현태 너를 좋아 하고 나는 시간이 얼마 없어. 아기를 낳아도 절대로 널 성가시게 않을게. 제발 오늘은 콘돔을 사용하지 말자."

애원하듯 말을 하고 있는 지현 눈에 눈물이 가득 고이고 현태의 가슴은 찢어진다. 콘돔을 등 뒤에 감춘 채 한참이나 말없이 와인 잔만 흔들고 있는 현태의 눈에도 눈물이 어렸다. 현태는 아무 말 없이 지현의 어깨를 감싸 안았다. 그러고도 한참이나 말이 없는 두 사람.

"지현아, 정말 솔직하게 말해서 나도 우리 아기 갖고 싶어. 그런데 그래서는 안 될 것 같아."

"현태야, 너무 복잡하게 생각하지 마. 그저 나의 어쩔 수 없는 처지만 생각해 주면 안 되겠어?"

"그래, 네가 건강해서 오래오래 살 수 있다면, 너와의 관계로 욕을 먹어도, 당장에라도 아기를 가지고 싶어. 나는 괜찮아. 하지만 얼마 남지 않은 네 생을 비난받게 하고 싶지가 않아. 아니 그리할 수가 없어."

"혹시 어머니가 무서워서 그러는 거야? 내가 혹 쭈그렁 바가지 얼굴로 아이를 데리고 나타날까봐?"

"그런 게 아니야. 어머니가 널 너무 좋아해. 네가 내 유일한 여인이라는 내 말을 100프로 믿는데. 그런 엄마가 널 증오하게 할 수는 없어, 지금은 좋다지만 여자니까 우리의 소중한 아기를 나에게 혹시 짐이라고 여겨서 널 용서하지 않으려 들 거야, 엄마가 널 미워하게 할 수는 없어. 나는 네가 너무 좋고 사랑스럽지만 엄마도 못지않게 그래. 지현아, 정말 내가 널 사랑하기에 이렇게 말을 할 수 있는 거야. 뒷일을 생각하지 않는다면 내가 먼저 아이를 갖자고 했을 거야."

"다시 말하지만 내가 아이를 원하는 건 불가능한 시간이 오기 전에 오빠 아이를 갖겠다는 것뿐이야. 오빠, 제발 내 소원이야.

"그러지 말고 지현아, 넌 배우고 나는 시나리오를 쓰잖아? 이번에 찍을 드라마를 우리들의 아기로 만들자. 온 마음과 몸을 다 쏟아서 만들자고. 그래서 네 생이 비록 짧을 수 있을지도 모르지만 후회 없이 살았다 자부하고 사람들이 이 드라마를 통해 두고두고 너를 기릴 수 있도록 말이야."

아무 말 없이 현태의 품에 안겨 울기만 하는 지현, 들썩이는 어깨를 토닥이며 자신도 함께 눈물을 흘리는 현태.

한바탕 둘의 뜨거운 격정이 지나가고 몸을 씻겠다며 지

지현이 현욱이 사용한 콘돔을 집어서 화장실로 갔다. 화장실에 들어서자 말자 빈 욕조에 쪼그리고 앉아서 들고 온 콘돔을 뒤집어 사타구니 사이로 집어넣고는 들어 누워 두 다리를 들어 올렸다. 볼썽사나운 모습이었지만 지현은 그렇게 들어 올린 두 다리를 욕조 속에서 한참이나 흔들어댔다.

창을 밝히며 드는 아침 햇살에 잠에서 깨어나는 현태, 눈을 뜨지 않은 채 몸을 돌려 옆자리를 더듬다가 지현이 없는 걸 알고는 벌떡 일어난다.

"아침부터 어디 갔지? 지현아."

화장실을 열어 보지만 역시 없다. 후다닥 옷을 걸치며 바깥으로 나가는 현태, 해변을 따라 바쁜 걸음 걸으며 지현이를 찾는다. 아무 데도 없다. 난처해진 표정이 되어 맥없이 걷는데 여관 주인이 멀리서 손짓하여 부르며 빠른 걸음으로 다가왔다.

"아, 손님. 그냥 그렇게 후다닥 나가면 어떻게요? 기척이라도 했으면 이리 힘들게 쫓아오지 않아도 될 걸."

"왜요? 여관비 더 내야 하나요?"

"아니에요. 같이 왔던 여자 손님이 전해 주라던 것이 있어서… 아이고 숨차다. 자, 옛수."

"감사합니다. 감사합니다."

현태가 꾸벅꾸벅 고개 숙여 인사하며 건네는 주인의 손에서 뺏듯이 메모를 낚아 채 펼쳤다.

"현태야, 나 먼저 가. 함께했던 어젠 정말 너무 즐거웠어."

사라진 지현

 달리는 시외버스 안, 창밖을 응시하고 지현이 타고 있다.
 "미안해. 말없이 먼저 떠나서. 우리의 데모는 이것으로 된 것 같아. 나 아빠한테 다시 사정하러 가는 거야. 너도 빨리 부모님께 돌아가. 가서 승낙하실 때까지 설득 드리자. 따로 하다가 안 되면 함께 하더라도 반드시 승낙을 받자. 그런데 현태야, 도저히 승낙을 않으시면 우리 그만 끝내자. 나 네가 부모님께 걱정 끼치는 것 정말 싫거든. 네 부모님께 미움 받는 며느린 더더욱 싫고. 그리고 얼마나 내가 아빠랑 같이 있을 수 있는지는 모르겠지만 다른 사람들보단 짧을 그 시간을 아빠가 걱정하시게 할 수는 없어. 현태야, 사랑해."
 지현이 병원 중환자실 복도를 뛰어 들어 왔다. 병실 문에 난 작은 창으로 호흡기를 단 현태 어머니가 의식이 없는 상태로 누워 있는 것이 보인다. 현태 아버지와 들어가겠다, 못 들어간다고 실랑이를 벌이던 지현이 읍소하듯 사정하며 거세게 밀어 붙이자 어쩔 수 없이 현태 아버지가 비켜섰다. 병실 안으로 들어서기가 무섭게 어머니의 손잡으며 오열하며 말하는 지현,

"어머니, 제가 잘못했어요. 제발 깨어나세요. 이렇게 계시면 현태가 돌아 올 수가 없잖아요. 현태가 어머니 마음 상하시게 한 것은 결코 본심이 아니라 잠깐 욱해서 그런 거라고 그래서 깊이 반성하고 회개한댔어요. 어머니, 제가 현태가 찾지 못할 곳으로 사라질 게요. 그러니 현태 미워하지 마시고 얼른 깨어나세요. 정말 잘못했습니다. 다시는 현태 앞에 안 나타나겠다고 약속드릴 테니 제발 눈 좀 떠 보세요. 어머니."

아무리 울부짖어도 전혀 미동이 없는 현태 어머니. 냉정하게 쫓아내는 현태 아버지에 의해 병원에서 밀려난 지현, 눈물을 흘리며 걷고 또 걷지만 어디를 가야할지 어떻게 해야 할지 알 수 없어 방황할 뿐이다. 끝내 지현은 자기 때문에 현태의 어머니가 위중하게 되었다는 죄책감과 나을 수 없는 병으로 그날로 종적을 감추고 말았다.

백방으로 수소문해보지만 아무 곳에서도 지현의 자취를 찾을 수가 없는 현태, 모든 게 싫어지고 의욕을 잃고 말았다. 그러는 가운데 훌쩍 2년이라는 시간이 흐르고 몸도 마음도 지쳐서 피폐되어 가던 현태는 의사가 한 말이 기억났다.

"아마도 그녀가 길어야 몇 년을 살 수 있는 게 전부일 거야. 혼령이라도 천국으로 가서 평안히 오래도록 살기를 기도하렴."

마음을 다잡고서 현태가 지현의 극락왕생을 기도하지만 눈에 아른거리고 귓전을 속삭이는 지현의 모습이 지워지지가 않았다. 아니, 지워 내고 싶지가 않고 기도를 하고 시간이 흐를수록 자꾸만 모습은 더욱 또렷이 떠오르고 그리움이 커져만 갔다.

현태가 기도를 멈춰 버렸다. 지현을 보낼 수가 없다고 생각했다. 어떻게든 도로 함께하고 싶었다. 이미 죽었을 거라고 수군대는 주변의 얘기에 아무리 애를 태운들 그녀가 돌아올까 의문이 들었고 지현이 못 온다면 자기가 가면 된다 싶어졌다.

현태는 혼자서 지현의 행불을 견디지 못해 술에 쩔고 방황하느라 뒤늦게야 어머니가 병환에서 깨어나지 못한 채 끝내 돌아가신 것을 알고는 죄책감과 맞물려 사라진 지현이 미우면서도 그녀를 지울 수가 없었다. 너무 큰 스트레스에 머리가 어찌 되었던 것인지 정신이 혼미해지고 우울증이 생겼다. 결국 그는 스스로를 버려서 자신의 아픔을 지우고자 했다

병실에서, 몇 날의 혼수상태로부터 현태가 깨어났을 때, Happy Doll이라는 푸른 눈의 자원봉사 간병인은 자상히 웃으며 현태의 몸을 닦고 열을 식혀 주고 있었다.

"아직 한창 꿈을 꿀 나이에….'"

혼잣말을 중얼거리며 현태를 내려다보는 간병인의 눈에 연민과 나무람이 엉켜 있었다.

그녀는 자신의 과거를 들려주는 것으로 현태의 마음을 달래기 시작했다. 그녀는 15살 때부터 몸을 팔았다고 했다. 부모님이 이혼을 하며 서로 맡지 않으려 해서 홀로 내 팽개쳐지는 바람에 막연해진 생계에 다른 방도가 없었다는 거

였다. 그녀도 몇 번이나 자살을 하려 했다고 했다. 그런데 어느 날 기도 중에 박사나 의사에게 좋은 머리와 좋은 환경을 주어 교육 받은 지식을 팔게 하는 것과 같이 자기에게는 쓸 만한 몸을 주어 살게 하는 것이니 이것을 감사하며 살자는 생각이 들었다고 했다. 모두 손가락질 하는 부정적인 직업이었지만 못 배우고 가진 것 없는 그녀에게 매일의 양식을 만들어 주는 자기 몸이 그렇게나 소중해지더라는 것이었다. 지금은, 이십여 년 전에 은퇴하여, 그 동안 잘 살 수 있게 해 주었던 것에 감사하며 자원봉사로 환원하고 있다고도 하였다.

그녀는 패인 주름 속에 웃음을 머금으며 하나님이 주신 몸을 아끼고 사랑하라고 했다. 아무 것도 할 수 없다고 생각 들 때 낙담치 말고 무언가 할 게 있으리라 믿으며 기도하면 길이 보일 것이라고 했다. Doll 할머니는 그것이 하나님의 역사라시며 알듯 모를 듯 한 말을 해주다가, 현태의 어정쩡한 표정을 읽었는지 답답할 땐 넋두리 뱉듯 소원을 빌어 보라고 했다. 어렵고 험해도 세상은 살 가치가 충분할 만큼 아름답고 가치 있는 곳이니 용기 잃지 말라는 당부를 몇 번이고 해주었다.

상태가 많이 호전되어 현태는 일반병실로 옮겨갔다. 이틀이 더 지나서 병원 복도를 조금씩 거닐 수 있게 되었지만 며칠 더 입원하여 두고 보자는 의사의 지시에 현태는 무료하여 여기저기 병실을 기웃거리고 중환자 섹션에도 자주 올라가곤 했지만 기력이 없이 병상에 앉아 있는 때가 많았다.

바이오 AI 과학자

　중환자실에는 연구 작업 중에 쌓인 과로로 쓰러져 코마 상태가 되어 꼬박 3년이 지나도록 깨어나지 못하고 있는 중환자 한 명이 있었는데 현태는 그 환자가 잊혀 지지가 않았다.
　아이삭이라는 그 환자는 AI와 로봇 기술을 합체하여 휴머노이드 로봇 등의 인간을 복제한다고 하는 간호사들의 말을 들으며 현태는 그의 남다른 연구와 그의 정체에 호기심이 생기더니 한 간호사가 건넨 그가 쓴 칼럼을 읽어 본 뒤로 아예 그의 팬이 되었다.

　"AI이니 Chet Gpt, 챗봇이 시끌벅적거리고 있다.
　작곡, 그림, 연기 등 예술 분야에 나타나고 문학에서 소설을 쓰고 시를 쓴다 하고 학생들이 리포트를 AI로 작성한다고 한다.
　학교에서 강의에 도입하려는 움직임이 있는가 하면 가정학습, 숙제를 하는 데는 이미 많이들 사용하고 있다. 관공서까지 문서를 작성하는데 이것을 쓰지 못해 안달이다. 온라인의 검색과 문의에는 두말할 것도 없고 편곡을 하고 번역, 통역을 하는 데에 쓰인다. 어느 곳에서나 쓴다고 하니 너도나도 쓰고자 한다. 아니, 쓰지 않으면 뒤쳐진다고 생각들을 하고 있는 실정이다.

참 세상이 좋아졌다. 컴퓨터가 등장하여 검색만 하면 무엇이든 찾고 알 수 있고 세계 어느 곳까지도 클릭 한번으로 실시간 소통하게 되었고 로봇으로 서빙부터 기술 분야까지의 인력을 대체하고 이젠 창의력이나 실력, 재주가 없이도 번역예술가가 되고 음악가, 작가, 가수가 되어 작품을 내게 되었다. 심지어 이제 곧 연기자, 요리사, 정치가까지 AI가 할 것이라 한다.

AI가 등장하게 된 것은 두말할 필요 없이 편리성 때문일 것이다. 수많은 기술과 정보, 자료들을 모으고 조합하고 믹서하고 주입하여 우수하고 뛰어나고 높은 지능을 갖는 그들을 만들어 어렵고 힘들고 난감한 그리고 불가능한 일들을 가능케 하려 손이나 몸, 뇌를 대체시킨 것이다. 그런데 어려움을 대체시키겠다는 그것들에 염려가 많은 것 같다.

'삶이 혼란해지고 파괴할 것이다, 인간을 능멸하고 공격하게 될 것이다.'

유용함과 편리성에 맞물려 경계해야 한다는 목소리 또한 적지 않다.

고용의 불안은 들먹여진지가 오래되었고 그것들로 만들어지는 삶의 가치와 야기될 혼돈을 우려하고 있다. 편리하자고 만든 것들의 노예로 전락한다고 비명을 지르기도 한다.

당장은 AI나 챗봇에 두려움이 드는 것이지만 더 크게 두

AI여인의 사랑 35

려워지는 것은 프로그래머, 테크니션들이다. 삶에 유용한 AI를 개발하는 그들에게 감사하지는 않더라도 두렵다는 게 뭔 말이냐 의아하고 혹은 화를 낼 수도 있을 것이다.

유용함과 편리성에도 불구하고 AI나 ChetBot을 무서워하는 건 무슨 까닭일까? 그것들의 많은 정보와 두뇌 회전에 공격당할까 염려하는 탓이리라.

아무리 염려가 커도 이미 고품격으로 만들어진 것은 깡그리 부셔 없애기 전에는 해결이 안 된다. 개발자는 보다 낫고 뛰어나게 만들려는 게 자명한 일이다. 더 많은 정보를 주어 높은 지능의 AI를 만드는 게 좋긴 하지만 그들은 나중에 벌어질 수도 있는 염려에는 별 관심을 두지 않는다. AI프로그래머, AI테크니션을 두려워하는 까닭이 여기에 있다.

적당한 정보를 주입하여 적당한 두뇌력의 AI를 만들면 그리 시원스럽게 원하는 것을 제대로 얻지 못할 수도 있을 게다. 하지만 불안의 씨를 품느니 조금 천천히 가는 게 낫지 싶다. 없었을 때도 그리 불편하지 않게 살았는데…."

AI나 프로그래밍에 무지하여 혹 우매한 말을 한 것이라면 미리 사과드리니 해량 바란다는 표현으로 끝을 내는 그의 칼럼은 에둘러 AI의 위험성과 접근의 정도를 말하는 것이었지만 다분히 AI에 대해 경고하고 있었다.

"그런 그가 바이오 리얼돌을 개발한다고? 무슨 이런 아이러니가 다 있어?!"

그러니까 현태가 처음 그 바이오 과학자의 펜이 된 것은 엄밀히 말하자면 덕후가 아닌 안티팬으로 시작된 것이어서 깨어나면 그의 앞뒤가 다른 것을 따져 보겠다는 의도가 다분했다.

코마에서 깨어나지 못하는 그가 안타까워서 현태는 언제부턴가 틈만 나면 찾아가 간호하고 기도하고 있었다. 솔직히 그가 깨어나면 지현을 복제해 달라고 떼를 쓰리라는 생각이 생긴 까닭이었지만 20대 바이오 AI 박사에다가, 5개 국어를 하고 12편의 혼령과 인간의 뇌파에 관한 논문을 펴낸 세계적 석학이 무기력하게 누워만 있는 것이 너무나 애석하게 여겨지는 현태였다.

"인간을 복제하고 인간 몸에 혼령이 들고 나는 것을 생사여탈과 관계하여 연구하는 아이삭 같은 과학자는 반드시 깨어나야 합니다."

매일의 그를 위한 기도가 거의 같은 내용으로 그의 회복을 바라는 것이지만 현태의 기도는 정말 하늘도 감복시킬 만큼 진지했다.

어느 날 그날도 아이삭 병실에 문병을 갔는데 웬 서양 여인이 있었다. 눈에 띌 만큼 아름다웠지만 아이삭 외엔 관심이 없어 현태가 흘낏 건성으로 목례를 보내고는 아이삭에게 다가서는데 여인도 별말 없이 나가버렸다.

문병을 왔다 가는 것으로 생각하며 현태는 그날도 아이삭을 위한 기도를 했다. 하지만 그의 기도에도 불구하고 아이삭은 현태가 퇴원을 하고도 또 해가 넘고 있었지만 깨어날 기미를 보이지 않았다.

유랑

　현태 아버지는 말을 듣지 않고 지현과의 결혼을 고집하다가 끝내 엄마를 불귀의 길로 내몰게 된 것이 모두 현태의 잘못이라고 생각하며 현태와 상종을 않고 있었지만 미친놈처럼 정신을 놓은 채 돌아치고 있다는 말을 듣고는 아들을 정말 영영 잃게 될 것 같은 불안에 싸여갔다.
　몰래 현태의 유학길을 준비했다. 낯선 곳에 가서 외국 문물을 접하고 모자라는 언어를 익히는데 치중하다 보면 지현을 잊고 제자리를 찾게 되리라는 기대에서였다. 가기 싫어 몸부림을 칠 것이라는 우려와는 달리 현태는 순순히 프랑스 유학길에 올랐다. 그도 술과 약에 절어 사는 자신이 싫어 털어내고자 순순히 유학길에 올랐던 것이다.
　탑승을 하고 비치된 책자를 뒤적이며 파리로 가면 지현을 놓아 보내리라 생각을 하다가 눈을 붙였는데 한참을 잠에 빠졌나 보았다. 기내 방송 소리에 눈을 떴고 도착 안내를 해서 짐을 챙기는데 건너편에 낯설지 않은 얼굴이 보였다. 그런데 어디서 보았는지 기억이 나지 않고 누군지는 더 더욱 아리송한 사람이었다.
　"내가 서양 여인을 어떻게 알아? 예뻐서 친숙하게 보이는 것이겠지."
 현태는 이런 상황에서도 예쁜 여자에게 눈이 가는 자신에 피식 웃음이 새 나왔다.

 눈이 부실만큼 화창하게 맑은 날이었다. 소르본 대학 인근 피카드 서점 앞의 분수대 주위를 둘러 놓인 벤치에서 많은 사람들이 책을 읽고 있었다. 대부분 소르본 대학 학생들 같아 보였다. 분수대 근처의 벤치들은 매장이 좁은 피카드 서점에서 손님들을 위해 넉넉히 책을 읽어볼 수 있게 만들어 놓은 아웃도어 서비스 서점인 셈이었다.
 그 벤치에 섞여 앉아 책을 읽던 현태가 셀카를 찍고 싶어졌다. 현태는 분수 중간쯤에 서서 분수대와 뒷거리를 자신과 함께 찍으려고 했다. 그는 거리가 맞지 않는지 뒤를 보다가 카메라를 보다가 하는데 수월치가 않아 보였다. 현태가 도움을 구하려 두리번거리다가 분수대 맞은편에 있는 여인에게 눈이 갔다. 익숙한 얼굴이었다. 잠시 갸웃거리는데 기억이 났다. 파리로 오던 비행기 속에서도 보았지만 누군지 기억이 나지 않다가 숙소에 도착하고서야 아이삭 병실에서 마주쳤던 여인인 것이 생각났었다.
 "아니, 무슨 우연이 이렇게나?!"
 잠시 의아해하는 현태였지만 그는 사진이 급했다. 현태는 에레나에게 찍어주겠느냐 부탁을 했고 에레나가 사진을 찍어 주었다. 현태가 자기도 에레나를 찍어 주겠다고 했다. 에레나가 거절하며 있던 자리로 돌아가려는데 현태가 불쑥 몸을 에레나에게로 들이밀며 찰칵 카메라 셔터를 눌렀다. 에레나가 화를 내며 따지고 들자 현태가 당황해서 머리를 긁으며 사과를 했다.
"독서 중이었는데도 부탁을 들어줘 고마워서…. 나쁜 뜻으로 그런 게 아니라 정말 아름다워서 그만, 죄송합니다. 진심으로 사과합니다."
자기를 희롱하는 것으로 생각했던 것인데 너무 진지하게 사과하는 태도에,
"희롱한 게 아니라면 됐어요."
적잖이 놀라며 에레나가 괜찮다고 했다. 언짢아하던 조금 전과는 달리 상냥한 말투로 괜찮다고 하고 있었지만 현태는 머쓱해졌다. 아무리 기억력이 좀 그렇다고 하더라도 몇 번이나 마주쳤던 사이인데 그녀는 전혀 생소한 사람을 대하는 것처럼 행동하고 있지 않은가 말이었다.
"내가 그렇게도 눈에 띄지 않는 얼굴인가?"
마음에 야릇한 상실감이 들고 풀이 꺾였지만 정신을 차리고는 말을 이었다.
"사진은 전송해 드리고 지울게요. 번호 좀…, 아니 그것도 이상하게 생각되겠다. 그것보다는 사과의 뜻으로 제가 한턱 살게요. 이 근처에 르츄토푸라고 두부 요리를 싸고 맛있게 하는 집이 있거든요."
에레나는 현태의 제안이 놀랍지만 싫지가 않았다.
분수대 뒤로 난 길로 말없이 나서는 두 사람의 그림자가 함께 길게 늘어지고 있었다.

에레나는 처음 본 사람과 몇 마디 말을 나누었다고 따라 나서는 것이 어색했지만 무언가 대접을 받고 귀하게 여겨지는 것 같아서 그와 함께해 보기로 했다. 모두들 자기와 어떻게 해보려고 다가오거나 들이대는 것이었지 그렇게 정중하게 대해주는 것이 처음이었다. 현태가 낯선 외국인이라 그 마음은 더했다. 일찍 부모를 잃고 동생과 함께 의지해 사는데 그 동생마저 갑작스런 사고로 먼 타국으로 치료차 떠나버려 정이 그리워 그를 따라 나서는 것이라고 에레나는 생각하기로 했다.

그날의 해프닝이 계기가 되어 둘은 예쁜 사랑을 나누게 되었다. 현태는 계속 에레나가 자신을 정말 몰라보는 것인가 의문이 들었지만 자신이나 에레나 둘 다에게 자존심의 문제라 여겨져서 묻지는 않았다.

공원에서 자전거를 타며 사랑을 키우고 강변이 보이는 커피숍에서 꿈을 얘기했다. 학교 잔디밭에 누워 책을 읽다가 에레나가 현태를 끌어안으며 키스를 했고 처음 만났던 피카드 서점 옆 분수대에서 이번에는 둘이 함께 셀카도 찍었다. 서로 집으로 초대하여 음식을 만들어 주면서 그들은 둘의 사랑을 빠르고 뜨겁게 키워갔다.

현태가 에레나와의 첫 만남이 파리가 아니라 아이삭 병실이었다고 그들의 우연찮은 인연에 대해 얘기했다. 무슨 말인지 몰라서 어리둥절해서 듣던 에레나가 당황하던 표정을 바꾸며 자기도 현태를 어디서 본 듯은 했는데 거기서 만난 것이었구나 하며 놀라워했다.

그녀는 아이삭이 사촌인데 한때 사랑했던 사이였다고 하며 그의 의식이 없는 상태를 많이 아쉬워했다. 현태는 과거의 남자가 아닌 사촌으로 타국까지 와서 간호를 한 에레나의 마음이 너무 예쁘게 여겨져서 그녀를 더욱 사랑하려했다.

하지만 현태가 에레나와 만나고 있는데도 그의 속 깊숙이 자리 잡고 있는 지현에의 그리움이 지워내 지지가 않았다. 겉보기에는 에레나와의 사랑에 빠져서 지현을 잊고 새 삶을 맞고 있는 것 같았지만 에레나와 만나고 돌아오면 지현에의 그리움과 허전함은 더욱 현태를 괴롭혔다. 술로 달래보고 약에 의지해도 보았지만 지현은 막무가내 현태의 마음을 떠돌고 있었다.

어느 날, 거울에 비쳐진 피폐해 가는 자신의 모습에 현태는 깜짝 놀랐다. 밝고 의욕이 넘치던 얼굴은 찾아볼 수 없고 마치 죽음의 문턱에 이른 환자 표정이었다. 마르고 까맣게 탄 얼굴에는 지현이 그리되었을 거라고 걱정하는 것처럼 주름이 깊게 파여 있었다. 자칫 이러다가 죽을 것 같다는 생각이 들었다.

"먼 곳이라면 좀 덜 생각나겠지 싶었는데 오히려 생각은 더욱 뚜렷해만 가고 자칫 죽음이 먼저 덮쳐 오겠는 걸. 마음이야 죽고 싶은 게 사실이지만 DOLL 할머니와 한 약속을 깨뜨릴 수도 없고…."

이래저래 잊지 못할 것이면 가까운 곳에서 그녀를 느끼며 살고 싶다고 이별을 알렸을 때 에레나는 너무나 시원스레 그간 재미있었다는 한 마디로 인사를 끝냈다. 한창 뜨겁던 에레나와의 사이였기에 죄스러워 용서를 빌고자 했던 마음이었던 것이 그녀의 무안할 정도의 짧은 인사에 다행이라기보다는 또 다른 허전함이 그의 속을 파고들어 씁쓸함을 삼켜야 하는 현태였다.

어렸을 때부터 워낙 많이 겪어온 이별이었고 그동안 현태 마음속의 여인 때문에 뭔가 겉도는 느낌을 지울 수 없었던 에레나는 붙잡아야 아무 소용이 없을 것이라는 것을 알았기에 쿨하게 작별을 했지만 마음이 쓰라렸다. 어린 나이에 고아가 되어 여동생과도 헤어져야 했고 혼자서 친척들 집을 전전하며 살다 보니 깊은 정이라고는 받지 못하고 혼찌검을 당하기 일쑤인데다가 한 곳에서 채 몇 년을 채우기가 어렵게 밀려나며 성장해야 했는데 이제는 남자에게서도 마음을 얻지 못하고 따돌린다는 생각에 가슴이 찢어졌던 것이었다. 이미 죽었든지 파삭 늙은 노파로 아직 세상 어느 구석에 살아있든지 이미 그에게서 떠난 여인을 어찌 그리 잊지 못하는가 싶은 게 현태를 도저히 이해할 수가 없었고 뒤늦게야 그에게 끓어오르는 울분을 참을 수가 없었다. 괴로움과 울분으로 뒤척이던 에레나의 가슴 속에 갑자기 복수심 같은 게 일기 시작했다.

"그깟 가버린 여자 때문에 나를 밀어내어 따돌려? 네깐 게 뭔데 나를 아프게 해?"

귀국하던 날, 현태가 게이트에서 탑승을 기다리고 있는데 에레나가 여태 숨을 몰아쉬며 그를 찾아왔다.

"이곳까지는 무슨 일로 온 것일까?"

너무 시원스레 보내준다고 생각하여 내심 섭섭하기까지 했던 마음이 다시금 쿵덕거리기 시작했다. 뭔가 물고 늘어질 게 있는 것은 아닐까? 아니면 죽어도 못 보내겠다고 떼를 쓰려는 것은 아닐까? 온갖 생각이 짧은 순간 동안 현태의 머리를 어지럽혔다.

"현태, 내가 깜빡하고 잊은 게 있었어. 네가 전에 얘기했던 내 사촌 아이삭이 코마에서 깨어났대. 그리고 사라졌다던 네 연인을 AI로 휴머노이드로 복제해 내려고 한대. 네가 코마 상태의 아이삭을 찾아가고 걔를 간호하며 중얼거렸던 얘기를 의식이 없던 중에도 다 들었다나 봐."

너무나 뜻밖의 기쁜 소식이었지만 현태는 에레나의 말을 듣고도 덤덤하니 별스런 반응을 보이지 않았다. 공항까지 찾아와 전해 주는 것이라 그녀가 지어낸 얘기를 하는 것은 아니라고 인식이 되는 것이었지만 현태는 에레나의 말을 믿을 수가 없었다. 현태도 아이삭이 깨어났다는 것은 이미 듣고 있었다. 하지만 그가 AI와 로봇 기술을 합치하여 지현을 복제한다는 것은 꿈도 꾸지 못할 일이었다. 현태도 그가 깨어났으니 돌아가면 부탁해볼까 생각하고 있던 것이었지만 아직은 그럴 아무런 연이나 까닭이 없던 것이었으니 에레나의 말을 듣고도 어정쩡하게 눈만 껌뻑여야 했던 것은 현태에게는 너무나 당연했다. 그 동안 지성으로 기도를 하면 지현이 돌아오지 않겠느냐는 주위의 감성적 권고를 현태는 무시하고 있었다. 그는 코마 환자의 뇌파와 외계의

음성 파동이 주파수가 오버랩 되는 부분이 있어 그것으로 외계와의 소통 가능성을 연구 중이라는 과학 잡지를 읽고는 혼령세상과의 통신 방법을 곧 찾을 수 있을 거로 생각했다. 그렇다면 그 혼령세상이라는 곳과 소통이라도 해서 지현에 관해 알아보아야 하겠다고 하는 깜찍한 생각을 했고 돌아가면 아이삭을 만나 그 소통이나 애원해 보겠다고 작정을 하고 어떻게 해야 하나 구체적인 계획을 고민하고 있던 현태였다.

AI인간 지현

  한국에 도착하고서 현태는 짐도 제대로 풀지 않고 아이삭의 연구실로 달려갔다. 아이삭은 언제 그가 코마였냐는 듯 멀쩡하게 현태를 맞았다. 둘은 맑은 정신으로는 처음 만나는 것이었지만 코마 상태의 그를 보아왔던 현태나 그런 코마 속에서도 자기 곁을 지키며 기도를 하던 현태를 인지했던 아이삭이나 오랜 친구같이 서로를 반겼다.
  휴머노이드 로봇인 AI지현은 너무나 사람 여인 같아서 겉보기로는 지현과 조금도 분간이 되지 않으리만큼 정교하고 흡사했다. 하지만 현태에게 소개가 되면서 그녀는 덤덤히 현태가 내민 손을 잡으며 잘 부탁한다는 건조한 인사를 건넬 뿐이었다. 게다가 그녀의 지현과 흡사한 모습에 반가움이 벅차서 AI지현을 껴안으려 하는 현태에게 무례하다고 뺨을 때리는 AI지현이었다. 갑작스러운 무안함을 당한 현태는 속은 탔지만 온몸이 얼어붙은 듯 굳어졌다.
  "감정이나 심성 등은 데이터로 만들어지는 것이 아니라 많이 부족하고 기억과 사고는 본래 두 사람의 것이 아니라 수집한 자료와 정보로 그랬을 거로 추측하여 만든 것이라 오류가 좀 있을 수도 있을 거야. 하지만 살아가면서 교육으로 주입시키면 금방 학습된 지식이나 기억, 습관 등을 갖추 게 될 거야."

아이삭은 현태에게, 현태가 얼마나 지현을 그리워하는지 를 알기에 완전하게 복제하지 못해 미안하다고 했다. 뺨을 문지르며 눈앞에 서 있는 AI지현에게서 눈을 떼지 못하는 현태는 비록 첫 만남이 거칠기는 했지만 그녀의 너무나 지 현과 빼닮은 모습에 금세 마음이 누그러워졌다. AI지현이 뇌가 비워있으면 어떻고 저장된 기억이나 영혼이 없은들 어떠랴 싶었다. 현태는 당장은 그녀가 리얼돌이라 해도 좋 을 만큼 그녀를 갈구하고 있었다. 현태는 또 모든 커플들이 AI지현처럼 성격과 자아가 형성된 후에 만나지 않고 어릴 적부터 서로 바라고 원하는 대로 부족하거나 다른 각자의 감성과 이성을 주입하고 채우면서 커플의 면모를 완성시키 면 AI인간이 진짜 사람과 다름이 없고 다툼도 없을 것 같다 는 생각이 들었다.

"아니, 그러면 너무 잘 맞아서 티격태격하는 맛이 없을 라나?!"

잠시 들었던 생각이었지만 그리되면 세상사는 맛이 없어 지고 밋밋할 것 같아서 현태는 그 생각은 지워버렸다.

AI지현과의 삶은 현태가 꿈꾸고 바라는 것과 같이 그렇 게 감미롭지만은 않았다. 아이삭이 미리 얘기해 준대로 AI 지현은 정말 모든 것을 빠르게 습득하고 익히는 것이었지 만 어떤 것이든 이성적이고 계산적으로만 대하려 했다.

"지현아, 나 키스하고 싶어."

"왜? 어떤 키스를 하고 싶어? 딥, 프렌치, 뽀뽀 어떤 것을 하고 싶은데?"

너무 어처구니가 없어 대답을 우물쭈물 할라치면 영락없이 퇴짜를 놓는 것이었다.

"키스는 어떤 이유가 있어서 어떻게 하는 게 아니라 사랑하는 마음이 감정을 불러일으켜 하게 되는 사랑의 표현이야."

아이삭이 가르쳐 준대로 교육을 시켜보았다. 하지만 감성이 제대로 성숙되어 있지 않은 까닭에 감정에 몰입하는데 얼마의 시간이 필요한지, 어떤 때에 입술로만 키스를 하고 언제 프랜치 키스를 하며 또 그것은 얼마나 오래 해야 하는 것이냐고 꼬치꼬치 묻는 통에 기껏 잡은 분위기가 망쳐지기 일쑤였다. 옛 기억을 학습시키려고 해도 누가, 언제, 어디서, 무엇을, 왜, 어떻게의 육하원칙에 의거하여야 알아들을 수 있는 AI지현이기에 사방이 난제로 막혀 있고 교육을 해내기가 현태에게는 여간 어려운 게 아니었다. 그래도 다행스러운 것은 한 번 가르치면 모조리 외워 자기 것을 만드는 것이었다. 친구를 소개한다든지, 주소, 전화번호, 계획표 등을 마치 컴퓨터처럼 숙지했다. 하지만 이것이 빌미가 되어 현태를 난감하게 하는 경우도 많았다. 무언가를 깜빡하여 달리 말하거나 빠뜨리면 지적하며 바보, 멍청이라고 아주 난리를 치는 것이었다.

그래도 그런 것은 어떤 때는 변명을 해서, 어떤 것들은 설명을 하여 이해를 시키며 넘길 수가 있었지만 그녀가 홀로 독서를 하거나 신문, 방송, 영화 등을 통한 독학으로 배우고 습득하는 것들은 엄청난 파급을 몰고 오는 때가 빈번하게 일어났다.

"야 이 씨부란타야, 어따 대고 목청을 높여? 아구창을 씹창을 내버릴라."

함께 공원으로 산책을 나갔다가 갑자기 배가 아파서 화장실에 앉았는데 휴지가 떨어지고 없어서 휴지를 가져다 달라고 조금 크게 말했다가 사람들 앞에서 봉변을 당한 것은 아주 미미한 것이었다. 한 번은 평생 AI인간은 죽음이 없을 것으로 생각되었던 현태가 자기는 저승사자가 자기 앞에 나타나면 정말 구차스럽겠지만 싹싹 빌고 살려달라고 애걸복걸 빌 것이라고 했다.

"그런 바보 같은 짓을 왜 할 것이야? 저승사자는 단지 죽음을 전달하고 망자를 데리고 갈 임무를 띤 자로 생사에는 아무런 권한이 없어."

A지현은 정말 현태를 그것도 모르냐는 듯 깔보는 눈으로 바라보며 그리 말했다. 황당하고 뜻하지 않게 조롱을 당한 게 억울하여 죽음이 없이 살아갈 AI지현을 두고 떠나 갈 수가 없어서 그런다고 꽥 고함을 치고서도 자기 속을 몰라주는 그녀가 야속해서 자리를 박차고 나와 버린 적도 있었다. 낭패스러운 것은 그런 해프닝이 사람 많은 데는 빠지지 않고 일어나는 것이었다. 현태가 자신이 졸업한 대학이라며 교정을 구경시키다가 그녀가 한 행동을 현태는 잊을 수가 없었다. 학생들이 여기저기 삼삼오오 모여 있거나 찬디밭

에서 장난을 치고 있는 인문관 앞을 지날 때였다. AI지현이 갑자기 옷을 벗어버리고 브라를 풀며 맨 가슴과 팬티 바람으로 온 사방을 뛰어 다니기 시작했다. 너무나 갑작스런 행동이라 속수무책으로 뒤를 따라가며 그녀를 가리려는 현태를 그녀는 한사코 밀어냈고 희희낙락 소리까지 치며 못 따라오게 했다. 뜀박질은 또 어찌 그리 빠른지 원….

정신 나간 사람으로 여긴 학생들의 도움으로 그녀를 멈추게 하고 옷을 덮어 가렸지만 현태는 아찔한 충격에 진정하기가 어려웠다. 백주 대낮에 누드로 공공장소를 뛰어다니는 것은 부끄럽고 질서를 깨뜨리는 일이라고 장황하게 설명하고 있는 현태에게, 어느 영화에서 파티를 하던 남학생들이 갑자기 나체로 잔디밭을 뛰어다니며 노래를 부르자 여자 기숙생들이 창을 열고 내다보며 열광하던 장면이 생각나서 자기도 해 본 거라는 AI지현은 오히려 현태를 꼰대라고 놀려대는 것이었다. 그래도 한 번 지적을 받은 것이나 배운 것은 재차 하지는 않아서 그나마 얼마나 다행한 것이냐며 현태는 자문자답으로 스스로를 달래고 있었다.

"욕이나 못된 짓은 누구나 빨리 습득한다는데 뭘! 곧 괜찮아지겠지."

마음의 평정을 가지려고 애써 긍정적 마인드로 생각하는 현태였지만 얼마 전에 그녀가 저지른 일은 정말 어처구니가 없었다. 망신살, 망신살, 그런 망신이 없었다, 그것도 첨예하게 대립하고 있는 국제적인 문제를 야기한 것이었으니….

"야, 일본. 아무리 훈도시만 차고 사방을 설치고 다녔던

미개한 민족이라고 하더라도 '자위대'를 결성하여 나라를 지킨다고 떠벌이다니, 동물도 않는 짓을? 너들이 도대체 인간이기를 포기하려는 것이냐?"

"これはどういう意味ですか？"

"무슨 말이냐니? 자위하는 게 아니, 수음을 하여 국방을 하겠다고? 에라이 순 섹스 애니멀 같으니라고!"

온갖 조롱과 멸시의 댓글이 쏟아지고서야 자기가 잘못 이해한 것이라는 것을 학습하게 된 AI지현이 백배 사과를 하고서야 일단락이 되었지만 문제는 AI지현의 사과 내용이 아주 맹랑했다는 것이었다.

"저는 복제된 인간으로 몸은 20대 후반이지만 머릿속은 어린애와 같은데 제 남자친구인 현태가 자위를 잘못 가르쳐 주어서 그런 실수를 저지르는 잘못을 한 것이니 부디 용서 바랍니다."

현태가 아이삭을 찾아갔다. 어떻게 조금이라도 빨리 많이 학습을 시켜 그런 해프닝이나 난처함을 모면할 방법이 없겠냐고 물었다.

"방법이야 많지요. 많은 정보와 수치를 입력하면 금세 그것이 엄청난 출력을 하면서 인간 지능을 훨씬 능가하는 지능과 파워를 내게는 할 수 있어요. 대부분의 AI 과학자와 기술자들이 하려는 방식이지요, 하지만 그리되면 AI가 인간과 사회를 지배하고 자칫 전복시킬 수도 있어요. AI의 대란이 발생할 수 있다는 겁니다. 그리되는 것은 막아야지요. 목전의 수익과 명성을 위해 모든 것을 빠르게 쉽게 가려하는 것은 자칫 AI산업뿐만 아니라 과학 발전을 도태시키고 인간의 삶을 파괴시킬 수도 있는 것이에요. 조금 아쉽더라도 천천히 조금씩 조심스레 나아가는 게 맞지 싶어요. 아직 부족하게 느껴져도 AI지현에게 지속적으로 학습을 시키고 많은 독서를 하게 해야 합니다. 너무 조바심치지 마세요. 곧 좋아질 겁니다."

현태는 장황하게 늘어놓는 아이삭의 설명이 조금은 이해가 되면서도 현태가 그녀로 인해, 물론 고의성은 전혀 없다는 것을 익히 아는 바이지만, 당하고 있는 곤혹스러움을 제대로 알지 못하고 겪지 않은 아이삭이라 너무 교과서적으로 태평스런 말을 한다고 생각할 수밖에 없었다. 아니, 그는 그의 위대한 작품인 AI지현이 그렇게 맹랑한 짓까지 벌이는 것에 오히려 뿌듯해 하는 게 아닌가 하는 생각이 들게까지 하는 것이었다.

아이삭이 말한 대로 현태는 그녀에게 가능한 한 많은 학습을 시키려 애를 썼고 독서를 권했다. 하지만 대부분의 스스로가 똑똑하다고 믿는 자폭이들이 하는 것처럼 그녀 역시 독서를 하겠다고 책을 집어 들어도 정독을 하지 않았다. 그저 수박 겉핥기식의 건성으로 읽는 것이 전부였고 그것도 끝까지 읽지를 않고는 뒷부분은 자신의 상상이나 추측으로 마무리를 해버리는 것이었다. 다행한 것은 그렇게 대부분의 일상을 자신의 비상한 머리로 추리 유추하고 계산하여 대처하는 얼렁뚱땅하지만 크게 잘못되거나 틀어지는 것은 거의 없어 현태를 안심시키는 것이었다.

그녀라고 전혀 문제에 맞닥뜨리지 않는 것은 아니었다.

"현태, 바람이 뭐 길래 여기저기 쓰이는 게 다르고 이상한 거야? 불었다가, 피우다가, 들다가, 일다가 아주 요상해."

AI지현의 불만 섞인 물음에 현태는 당황해야 했다. 솔직히 자신도 가끔 헷갈리고 있는 탓이었다. 동음이의어라고 조곤조곤 답을 해주었지만 AI지현의 삐죽이 내밀어진 입은 들어가지를 않았고 갸우뚱한 고개를 그녀는 세우지를 않았다.

"아직도 뭔 말인지 잘 이해가 안 되지만 그렇게 알기로 하고, 그런데 왜 바람이고 바램은 안 된다는 거야?"

이건 또 뭐야? 현태는 '아예 한글 학자를 초빙하지 그러냐?'는 외침이 목구멍을 지나쳐 입안까지 들어오는 것을 억지로 눌러야 했다. 그러고 보니 바램은 어떤 데는 된다하고 어떤 책은 안 된다고 하는 게 현태 자신에게도 좀 이상하긴 했다.

햇살이 비춰 드는 것인지 갑자기 밝아져서 눈을 뜨는데 코앞에서 AI지현이 현태를 내려다보고 있었다. 햇살을 등진 그녀의 실루엣이 너무 아름다웠다. 슬며시 그녀를 당겨 안으며 현태가 귓속말을 속삭였다.

"사랑해, 지현아."

"네가 날 사랑한다는 건 알고 있어. 새삼스레 상기시킬 필요 없어."

현태는 기가 막혔지만 한두 번 당하는 일이 아니다 보니 담담하게 그녀를 껴안은 채 말없이 등을 쓸어 내렸다.

"그런데 사랑은 왜 하는 거야? 노래에도, 글에도, TV에서도 사랑은 눈물이니 괴로움이니 맵다느니 아픈 거라면서 왜 하지 못해 안달이야?"

"좋은 사람과 함께 멋진 미래를 만들고 아들딸 낳아 가정을 일구려면 어렵고 힘들 수 있다는 뜻이야. 좋은 사람을 만나고 싶어서 그립고, 보고파서 눈물이 나고 괴로울 수도 있고."

"그냥 가까이 있는, 쉽게 만날 수 있는 다른 사람을 만나면 되지 뭣 때문에 그리 아파하고 괴로워하는데? 이해가 안 돼."

"그저 아무런 의미도 없이 아무나 만나는 것은 사랑이 아니야. 그냥 섹스에 목말라 하는 것뿐인 게지."

"누가 섹스만 한댔어? 대화도 하고 게임도 하며 같이 시간을 보내고 이런저런 많은 것들을 한다는 거야, 내 말은."

생각지도 못한 일격을 맞고는 현태는 머리가 얼얼해져서 반격을 해야 했다.

"그렇다고 애인을 두고 다른 사람을 만나는 것은 바람이야!"

"아이, 또 그 바람 타령이야? 어떤 바람? 부는 것? 이는 거? 드는 거? 피우는 거? 어떤 것인데?"

"관두자. 내가 너를 잡고 무슨 말을 할 수 있겠니?"

풀이 죽어 한 마디를 뱉고는 입을 다물어 버리는 현태를 물끄러미 보다가 AI지현이 말을 받았다.

"거 봐, 인간인 너도 나처럼 복잡하고 아픈 게 사랑이라서 하기 싫잖아?"

그녀는 아주 대단한 것을 발견한 듯 의기양양하게 현태를 핀잔했다.

"그러면 너 섹스는 어떻게 할 건데? 너도 나랑 하고 싶을 때가 있을 것 아니야?"

AI여인이라지만 인간의 기본 욕구인 섹스로 공격의 방향을 돌려 보았다.

"사랑하지 않는다지만 아무랑 하면 어때? 세상에 반이 남잔데 아무나 붙잡고 하면 되는 것이지."

"지현, 그런 말은 하면 안 돼. 세상은 도덕이란 게 있고 규칙이라는 게 있어."

"무슨 얘기야? 아무 회사에도 소속되지 않고 일을 하는 프리랜서처럼 자유롭게 지내겠다는 얘긴데? 그렇다고 너무 불안해하지마. 시간이 맞고 내가 하고 싶으면 너랑도 할 테니."

AI지현의 고뇌

　AI지현은 생각이 복잡해지기 시작했다. 전에도 그와 몇 번 이런 얘기를 나눴지만 결론을 얻지 못했었다. 자기가 사랑이니 섹스, 앞날 등을 얘기해도 현태가 하는 말은 선생님처럼 안 된다, 하지 마라는 말뿐 아기를 낳고 가정을 꾸려야 한다는 말을 하지 않는 것이어서 AI지현은 그녀에 대한 현태의 사랑을 의심하지 않을 수가 없었다. 현태가 아직 지현을 잊지 못해 자기에게 마음을 열지 않는 것이라고 주변에서 조금 참고 기다려 보라고 하는 것이었지만 AI지현에게는 죽은 자에게 집착할 이유를 찾을 수 없는 것이니 의심부터 드는 것이었다.
　"현태, 넌 나를 그저 섹스 상대로만 여기는 것이지 미래를 함께 하는 가정을 꾸리려는 생각은 없지?"
　느닷없이 화제가 다른 질문에 현태는 어떻게 답을 해야 할지 몰라서 우물쭈물 할 수밖에 없었다. 사실 그녀의 말대로 현태가 AI인간인 그녀와 결혼을 생각해 본 적은 없었지만 질문을 받은 그 짧은 순간 동안에 그에게 든 생각은 긍정적이지 못한 것이었다. 하지만 그의 생각을 곧이곧대로 그녀에게 말할 수는 없었다.

"아니야, 절대로 널 그저 섹스 파트너로만 만나는 게 아니야. 사실 내가 너를 무척 많이 사랑해. 하지만 아직 지현에 대한 그리움을 다 지워내지 못했어. 그래도 노력 중이야. 조금만 더 기다려 줄래?"

AI지현은 발끈했다. 자신이 AI인간이라는 점은 전혀 고려치 못하는 AI지현은, 아무리 핑계꺼리가 없다고 해도 죽은 사람을 잊지 못해서 아직이라고 말하는 현태가 가증스럽기까지 했다.

그날로 AI지현은, 결코 너를 사랑하지 않아서 그런 말을 꺼내지 않는 것이 아니라며 붙잡는 현태를 마다하고 따로 아파트를 얻어 나갔다. 저러다가 아무하고나 막 나가게 되지나 않을까 현태의 염려가 커갔다. 다행히 그의 염려와는 달리 그녀는 딴 살림을 차리고도 매사를 그나 아이삭과 의논했고 섹스가 하고 싶으면 현태의 문을 두드리고 들어오기도 했다. 그녀는 입 밖으로 꺼내지는 않았지만 자신이 난자가 덜 생성이 되어 임신 확률이 매우 낮다는 것을 의사에게 들어 알고서부터 아기에 집착하기 시작했고 현태와의 섹스에 매달렸다. 섹스라고 하지만 거사를 치를 때마다 그녀는 현태의 자세를 이래라 저래라 가르치려 들어서 현태를 매우 어렵게 했다. 현태 몰래 난자를 기증받아 수차례 시험관 아기를 시도했지만 되지 않았다. AI지현이 말로는 현태에게서 진실한 사랑을 받지 못하고 자유롭게 섹스를 하고 싶다며 집을 나갔지만 실상은 그런 게 아니었다. AI인간이지만 여자로서 아기를 갖고 싶은 욕망을 지울 수가 없었다. 꼬리가 길면 잡힐 것 같아서 시험관 아기를 마음 놓고 하기 위한 것이 중요한 까닭이었고 여차하면 다른 남자의 정자라도 사용해 보려는 속셈으로 현태 곁을 떠났던 것이었다.

그녀가 현태의 독서하라는 강압에 책장에서 읽을거리를 찾다가 우연히 현태의 오래된 일기장을 발견한 것은 그녀가 아파트를 얻어 옮겨가기 얼마 전의 일이었다. 그것은 현태가 종적을 감췄다는 지현을 만나고 있을 때의 일기였다. 호기심에 뒤적거려 보다가 요상한 일을 접하게 되었다. 현태는 학창시절에 객기로 사창가를 갔다가 성병에 걸린 적이 있었던 것을 매우 걱정하고 있었다. 하지만 주변 시선이 두렵고 학생 때라 치료비용을 마련하기가 어려워서 피일차일 미루다가 뒤늦게야 병원을 찾았다가 의사의 자칫 무정자가 될 수도 있다는 경고를 받았던 것을 되새겨 자신이 혹시 정말 무정자중 환자가 아닌가 걱정하고 있었다. 더욱 가관이었던 것은 거의 마지막 페이지의 내용이었다. 그는 병원에 가서 검사를 받고 싶지만 그랬다가 정말 자신이 무정자로 판명이 나면 살아갈 용기나 의미가 없을 것 같은 두려움에 그러지도 못하겠다고 적고 있었다. 일기장 속의 현태의 걱정은 AI지현에게도 더없는 걱정으로 닥칠 수밖에 없었다. 현태 집을 떠나는 것이 싫었고 현태에게 미안했지만 다른 방법을 시도하기 위해서는 어쩔 도리가 없어 떠났던 것이었다.

현태가 AI지현이 집을 나가 따로 사는 것이 영영 생이별이 되는 것은 아닐까 염려했던 것과는 달리 그녀는 별스런 특이 사항을 일으키지 않고 지내는 것에 안도를 했다. 어쩌면 이것저것 꼬치꼬치 캐묻고 끝없이 쏟아내는 이해할 수 없는 질문들에 휩쓸리지 않게 되어 오히려 해방감을 만끽하고 있는 지도 몰랐다. 하지만 그렇게 혼자 따로 살다가 엉뚱한 놈에게 낚여 가지나 않을까 염려가 되었다. 그는 소소한 것이더라도 AI지현이 물어 오면 거짓 아니, 과장하여 답하는 것으로 그녀를 제 주변을 맴돌게 했다.

"예쁘게 보이려면 화장을 해야 한다고? 그건 눈가림이고 속임수야. 넌 화장을 하지 않아도 충분히 예쁘고 아름다워서 그럴 필요가 없어. 그렇게 화장을 요구하는 놈이랑은 상종할 필요가 없어."

자기에게 데이트를 신청하는 남자가 예쁘게 화장을 하고 나오라는데 자신은 화장을 하기 싫은데 어쩌면 좋으냐고 묻는 AI지현에게 현태는 조금의 망설임도 없이 그런 놈은 만나지 말라고 속시원히 답을 해줬다.

"만나면 스킨십이나 하려고 하고 아직 채 어떤 느낌도 와닿지 않았는데 저 혼자 문전만 어지럽히고 나가떨어지는 놈은 감성이 없는 녀석이야. 그런 놈은 만날 가치가 없어."

조언한다는 빌미로 스킨십이 잦은 녀석은 만나지 말라고 하는 현태에게 AI지현은 고개를 끄덕여 그를 믿는 것처럼 했지만 동감이 아니었다. 분명 자기를 좋아하는데 왜 죽었다는 옛 여인을 잊지 못한다는 것이 이상하고 도저히 이해가 되지 않아 혀를 찼다.

"감성이라는 것을 왜 가져야 해? 난 그딴 것 가지고 싶지 않아. 너무 피곤하고 에너지를 소모시켜야 할 것 같다는 말이지."

점차 AI지현은 현태를 유혹도 하지 않고, 교태를 부리지도 않고, 섹스를 하고 싶어 하지도 않는 것 같이 변해갔다. 현태가 일부러 주변의 다른 여인들과 가까이 하는 것을 목격시키면서 질투를 유발시키려 해보았지만 그녀는 눈 하나 깜짝 안 하는 것 같았다.

"혹시 나 몰래 누군가와 정분이 났나? 그렇게 아침저녁으로 철두철미 감시를 하고 방해를 했는데 그러려야 할 수가 없었을 텐데…? 대체. 왜 저러는 걸까?"

"내가 바람피운 거 맞아. 하지만 걱정하지 마. 바람피우지 않으려면 사랑하는 맛이 없다며?"

AI지현은 능청맞게 자기가 바람을 피웠노라 말을 했다. 평소 같으면, 세상에 종말이 온 듯 난리법석을 떨어야 할 현태였지만 너무 놀라서 아무 말을 할 수가 없었다. 그녀의 반어법적 표현에 놀라다가 그 속에 함축된 의미가 자기를 사랑한다는 것이라는 것이 뇌리를 때리자 현태는 놀람과 기쁨에 더 이상 말을 할 수가 없었던 것이었다. 하지만 그것이 AI지현이 다른 남자의 정자를 기증 받아 시험관 아기를 다시 시도해 보려고 현태 곁을 떠났고 시험을 하는 동안 너무 몸이 어려워 그를 멀리하려고 하는 술수라는 것을 현태는 미처 알지 못했다.

현태의 정자로 하던 시험관 아기의 노력이 계속 허사가

되자 AI지현은 전에 현태의 일기장에 읽었던 것이 생각나며 현태의 정자에 문제가 있다는 생각이 들었다. 이제 마지막 방법을 쓰지 않을 수가 없었다. 다른 남자의 정자로라도 아기를 갖고 싶었다. 그렇다고 딴 남자를 끌어들이고 현태와 헤어지겠다는 마음은 추호도 없었다. 그저 아이를 갖고 싶은데 현태의 것으로는 되지 않으니 남의 것이라도 이용해 보자는 것뿐이었다. 비록 감정이 없는 AI지현이었지만 그것이 도리이고 무정자라서 아이라는 말을 입에 담지도 못하고 있는 현태를 위로하는 것이라고 생각이 들었다.

"선생님, 저 다른 정자를 한 번 써볼까 하는데 구할 수 있겠어요? 정 어렵다면 다른 남자를 유혹해서라도 아기를 가지고 싶어요. 선생님 도와주세요."

눈물까지 글썽이며 도움을 청하는 AI지현을 여의사는 한참이나 말을 않고 바라만 보고 있었다.

"현태에게는 말하지 않을게요. 그냥 선생님과 나만 아는 걸로 진행하는 걸로요."

여의사의 눈빛이 갑자기 험악해졌다. 그녀는 공연히 책상 위의 노트를 탁탁 치고 물잔을 들어 벌컥벌컥 마시고는 말을 했다.

"아니, 왜 그러는데요? 현태씨가 당신을 얼마나 사랑하는지 몰라요? 아무리 AI 복제인간이라고 해도 보고 느낄 수는 있잖아요?"

"선생님, 제가 현태를 덜 사랑해서 이러는 게 아니에요. 너무 사랑하니까 아이를 갖고 싶어서 그러는 거예요."

"시험관 아기가 매우 어렵고 힘들다는 거, 특히 AI지현에게는 더더욱 힘들 거예요. 하지만 그렇더라도 멀쩡히 남친이 있는데 다른 정자를… 그것도 남자를 유혹해서 하겠다니요? 아니 이게 말이 된다고 생각하세요?"

 여의사는 끓어오르는 화를 삭이지 못해 진찰실이 떠나갈 듯 언성을 높였다.

 "나도 현태의 아기면 좋겠어요. 하지만 현태가 무정자라니 어떡하겠어요?"

 "아니 무슨 말 같지 않은 소리를? 누가 현태씨가 무정자래요? 오히려 왕성한 정자가 넘쳐나서 정자왕이라 불릴 사람더러? 내가 그런 것도 확인하지 않고 AI지현에게 현태씨의 정자로 시험관 아기를 하라고 하는 돌팔이 같아 보여요?"

 "여친 간수 잘 해야겠어요. 자칫하다가는 딴 남자 보겠어."

 이러저러해서 AI지현이 현태가 무정자인 줄 오해하고 있었다는 말을 전하며 여의사가 농담을 했지만 현태는 마치 그의 속마음을 들킨 것 같아 마음껏 웃을 수가 없었다. 현태는 아무리 생각해도 자기 자신을 이해할 수가 없었다. 자신은 지현이 이미 죽었다고 생각하면서도 그녀에게서 벗어나지 못하고 있었다. 처음 AI지현을 대했을 때 그녀가 리얼돌이라도 좋다고 생각했던 게 갈수록 그녀가 지현이 아니라는 것이 목덜미를 낚아채어 당기고 있었다. 그렇지만 그녀에 대한 사랑이 식었다든지 옅어진 것은 아니었다. 현태는 AI지현에 대한 자기의 사랑이 가짜라는 생각이 들며 괴로워하고 있었다. 그의 마음 어느 한 구석이라도 AI지현의 생각으로 채워지지 않은 곳이 없고, 어느 한 때라도, 어디를 가더라도 AI지현을 생각했다. 하지만 그 모두가 잃어버린 지현에게서 발단된 것인데 그것을 AI지현에게서 찾고 가지려드는 것이라는 생각을 지울 수가 없어 죄책감에 시달리고 있었던 것이었다.

사랑하지만 거짓인 것 같아서 죄의식을 떨쳐내지 못하고 괴로워하는 현태 못지않게 AI지현의 고민도 깊기는 마찬가지였다.

"현태가 성자도 아닌데 아무런 대가를 바라지도 뭘 해달라고 하지 않는다. 오히려 내가 매달릴 때면 그가 아무리 피곤하고 지쳐 있어도 언제나 나를 맞아 나를 위해 최선을 다한다. 나를 사랑한다는 그의 말이 사실인 게 틀리지 않은 것 같은데 무언가 어색해 하고 거리를 두려는 것이 현태에게서 보인다. 왜 그러는 것일까?"

AI지현은 그가 바보가 아니라면 어떻게 자기 같이 똑똑하고 미인인 여성을 주저할 수 있을까 의문을 지을 수가 없었다. 결국 또 아이삭을 찾아갔다.

"아마 현태씨가 표현은 안 하지만 당신이 AI 복제인간이라는 것에 거부감이 큰가 봐."

"그러면 어떡해야 진짜 인간처럼 될 수가 있을까요? 지금껏 그가 원하는 것이면 다 해왔고 앞으로도 최선의 노력을 다 할 작정인데?"

"아무리 애를 쓴다고 해도 AI는 AI이에요. 인간이 되고

자 최선의 노력을 다 해서 인간처럼은 될 수 있겠지만 결코 인간이 될 수는 없어요."

인간인 아이삭은 오히려 AI지현보다 더 냉정하고 업무적인 어투로 불가능을 말하고 있었다. AI지현은 처음으로 아이삭의 그런 어투에 섭섭함을 느꼈다.

"그럼, 어쩌면 좋아요? 그냥 이대로 현태에게서 떨어져 나와야 하나요?"

AI지현이 아이삭의 소매를 부여잡으며 물었다.

"그가 당신이 AI 복제인간이라는 인지를 할 수 없게 노력해 봐요. 그림을 그리고, 음악을 듣고, 영화를 보아서 감성을 키우고 독서를 통해 지식과 지혜를 갖추도록 하세요. 그에게 당신이 AI라고 느낄 빌미나 틈을 보이지 말라는 말입니다."

현태가 종적을 감춘 지현을 잊지 못해 AI지현과의 사랑에 죄책감을 느끼고 있다는 것을 알 수 없는 아이삭이니 업무적이고 일반적인 말밖에 해줄 수가 없었다. 하지만 귀에 못이 박히도록 들어오고 있는 말을 다시 들어야 하는 AI지현은 솟는 짜증을 주체할 수가 없다.

"선생님이 하라는 것 지금까지 안 한 게 없이 다했다는 것을 그도 알고 저도 알아요. 하지만 그와의 관계에는 진전이 없어요. 뭔가 그는 늘 공허해 하는 것 같을 뿐이에요."

AI지현의 고민은 깊어만 가지만 방법을 알 수 없었고 친구에게 도움을 청했지만 그들 역시 이해되지 않는 말만 늘어놓아 AI지현의 울화를 돋울 뿐이었다. 하지만 다른 뾰족한 수가 없으니 마냥 감성을 키우고 독서를 하라고 같은 말을 되풀이 해 듣는 것이었지만 그래도 속이라도 시원하게 털어놓을 수 있어서 그녀는 아이삭을 자주 찾아갔다.

답답하기는 마찬가지였지만 아이삭에게는 다른 느낌도 들었다. AI지현의 상담을 하기 위해 자주 만나면서 그녀의 마음의 호소를 듣게 되는 것에 개발자로서, 이제 그녀가 감성이 생기고 감정적이기도 해지는구나 생각되어 여간 뿌듯한 게 아니었다. 조금이라도 더 인간다워지려고 끊임없이 학습하고 노력하는 그녀가 대견하고 사랑스럽게 느껴지기까지 했다. 객관적으로 너무나 아름답고 유쾌한 성격의 그녀를 받아들이지 못하는 현태를 도저히 이해할 수가 없었고 진정한 인간이 되어 현태에게 다가가려고 피나는 노력을 하지만 진정한 곁을 주지 않는 그에게 고민이 커져가는 AI지현, 그런 두 사람을 곁에서 지켜보는 아이삭은 그것이 AI인간과 실제 인간의 불연속선인가 하는 한계를 느낄 수 밖에 없게 되었다.

리셋(reset)

아이삭이 현태에게는 그녀를 좀 더 인간으로 대하려 노력하라 하고 AI지현에게는 그와 현태를 믿고 진중하게 기다리며 감성 학습을 종용하는 것이었지만 둘의 바람은 좀체 만나지지가 않는 채 이래저래 터뜨리는 둘의 불평이 아이삭을 괴롭혔다. 현태가 자기에게 도통 마음을 열어주려고 않고 죽은 옛 여인을 지우지 못하고 있는데 어떻게 그를 좋아할 수 있겠느냐는 AI지현의 불평과 반발이 그치지 않자 아이삭은 현태에게 처음 소개해 줬을 때는 뛸 듯이 기뻐했으면서 왜 그녀를 슬퍼하게 하고 마음을 아프게 하느냐, 벌써 싫증이 난 거냐, 도대체 왜 그러는 것인지 이유나 좀 들어보자며 다그쳤을 때 현태는 그런 게 아니라고 했다.

"이해심이나 헤아림이 전혀 없어. 해학이나 풍자라고는 도통 인지하려 하지를 않아. 한 마디로 너무 멋대가리가 없는 여자야."

그는 AI지현의 모든 사고나 행위, 행동들이 입력된 자료를 분석, 계산하여 출력되어 나오는 값이기 때문에 그런 것이라고 설명하며 꾸준하게 가치관을 더하고 가르치면 점차 나아질 것이라고 현태를 이해시키려 했다.

"그것뿐만이 아니야. 실수나 잘못, 과오에 대해 도대체 반성이나 사과를 하질 않아. 아니 사과는커녕 오히려 자기가 되려 역정을 내."

어지간히 쌓인 게 많았던지 현태는 아이삭의 말은 듣지를 않고 자신의 또 다른 불만을 쏟아내었다.

"그러게 AI인간이지. 그런 심리적인 것은 입력 값에서 얻어 낼 수가 없는 것이잖아! 100% 인간일 수 없다는 것은 처음부터 내가 말했었고 현태도 그걸 알고 있던 것 아니야?"

"그러니 어떻게 사람 여인과 똑같이 사랑을 하고 마음을 열 수가 있겠어. 러브돌 같다는 생각이 자꾸 드는데…?"

짜증이 차올라 자신도 모르게 버럭 소리를 지를 수밖에 없었지만 그 뒤로 줄곧 현태의 말이 그를 괴롭혀 왔던 것이었다.

아이삭은 급기야 지능, 사고력 등의 조각조각을 맞춰서 만들었던 유전자를 들어내고 AI지현이 조금 나은 인간성과 인지, 이해력을 가지게 리셋하는 시도를 하기 시작했다. 이제 그는 처음 단순하지만 오류가 나지 않고 감성을 갖지 않아 포용력이라고는 없던 AI지현에게 명석한 두뇌보다는 현명한 감성을 갖게끔 그녀를 재탄생시키려 하는 것이었다.

"처음부터 현태는 그녀가 AI 복제인간이라는 것을 알았기에 그녀를 인간으로 느끼는데 거부감을 지워 내지 못하는 거야. 저렇게 피차 어렵고 아프기만 한 관계라면 차라리 감정이 있고 이해력을 돋우어 그녀를 그가 사랑할 수 있게 하던지 그녀가 호불호를 따져 그를 떠나 다른 사람을 만나는 게 하는 것이 맞는 것 같아."

아이삭은 덕망 있는 한 미녀 여교수의 기억과 사고를 뉴럴링크로 컴퓨터와 연결하여 카피하거나 변이시킨 정보를 AI지현에게 주입하여 그녀의 뇌리 데이터와 맞도록 하는 일종의 다중변환 작업을 시도했다. 아이삭은 뉴럴링크 시스템이 뇌수를 빼내거나 뇌를 열어 수술을 하지 않고도 쌍방 또는 다중의 뇌를 컴퓨터에 연결하여 기억과 사고를 공유시킬 수 있어 매우 만족했다. 한편 일부러 시간을 내어 AI지현에게 정이 무언지, 속내란 게 무언지를 그리고 일방적인 사랑이 얼마나 고달픈 것인지를 알게 하려 애를 썼다.

평소 아이삭을 자주 찾아와 함께 차를 나누며 아이삭의 연구에 대해 이런저런 관심사를 얘기하던 사이라서 젊은 교수가 꽤나 지혜롭다 여기며 존경했었는데 막상 뚜껑을 열어보니 알려진 것과는 판이하게 생활이 너무 번잡하고 분방했다. 아이삭은 그런 그녀의 성격이 마음에 걸리기는 했지만 그래도 일방적인 사랑에 목을 매는 답답함보다는 낫겠다 싶어 개의치 않기로 했다.

자유롭고 난분분한 감정을 소유하게 된 AI지현은 고민이 없어졌다. 아니 어떤 것에도 깊게 마음을 쓰거나 생각을 하지 않게 되었다. 얼마 전까지만 해도 현태의 마음을 우선하여 매사에 임하려 하던 그녀는 이제 자신부터 챙기게 되었다. 현태가 머뭇거리든 그녀를 반갑게 맞든 아무런 문제가 되지 않았다. 그녀는 자기가 좋으면 그것으로 만족하는 생활 패턴으로 바뀌어 가고 있었다. AI지현은 현태에게 막무가내 성적 접근을 시도하지만 오로지 섹스만을 위한 만남은 죄악이라며 터부시 하는 너무 올곧은 그가 지겨워서 이해가 되지 않기 시작했다. 그 보다는 매사 업무적이라서 살갑지는 않지만 조곤조곤 일러주고 이끌어 주는 아이삭이 자꾸 눈에 들어오기 시작했다. 처음엔 그저 자신을 개발한 개발자에 대한 존경심이고 고마움이던 것이 언젠가부터 아이삭이 자꾸 가슴을 후벼들기 시작했다. 그리고 자신을 AI 복제인간 그 이상으로 보지 않을 것은 자명한 일인 텐데 라는 생각이 들었지만 아이삭은 숲을 스머드는 햇살처럼 그녀의 마음을 밝혀들고 있었다. 결국 AI지현은, 본인은 결코 자신이 엉큼해서 그런 게 아니라고 강변하지만 양다리를 걸치게 되었다. 현태에게 아예 노골적으로 아이삭이 눈에 들어온다고 했지만 그는 덤덤해할 뿐인데 반해 생각과는 달리 아이삭은 쉽게 넘어오고 있었다.

그래도 일말의 켕김으로 현태에게 미안한 마음을 걷어내지 못하고 있는데 아이삭이 사촌 여동생 에레나를 소개했다. 에레나는 생각이 날 듯 말 듯 낯익은 모습이었는데 AI지현은 예쁜 얼굴이라 친숙하게 보이는 것이라 생각할 뿐 그녀와 자기가 어떤 인연인지 전혀 기억할 수가 없었다. 활달하고 시원시원한 성격의 그녀는 지나가는 얘기처럼 자신이 현태가 프랑스 유학시절에 사귀었던 전 여친이었다고 들려주었다.

"왜 헤어졌는데요? 현태가 너무 꽉 막혀 숨이 막혔나요?"

아니라며 손사래를 치던 에레나는 현태 속에 자리한 지현 때문이었다고 했고 아마도 현태는 영원히 그녀를 떠나보내지 못할 거라고 단언하듯 말했다.
"그러면 그 자식이 마음은 콩밭에 있으면서 나를 가지고 놀았던 건가요?"
AI지현이 마시던 찻잔을 깨어질듯 내리치며 소리를 질렀다.
"아닐 거예요. 현태를 아직 잘 모르는 것 같은데 걔 그런 막가파는 아니에요. 나랑 사귈 때도 나를 진정으로 사랑하지만 가슴속의 지현을 떨쳐내지 못해 괴로워하고 그런 자신과 나에 대한 죄책감이 심했어요. 그래서 결국 헤어져 한국으로 간 것이었고요."
에레나의 얘기를 듣는 AI지현은 여직 현태를 이해하기 힘들었지만 그가 오래 전부터 죽은 사람에 집착하는 헛된 생각을 하고 있구나 싶어 가여운 생각이 들었다. 한편으로 그렇게 철저히 망상에 빠져있는 인간의 마음을 얻고자 긴 시간을 헛껍데기로 지내온 자신이 한없이 초라해지는 것을 느낄 수밖에 없었다.
"사랑이 그리도 아픈 것이라면, 그렇게나 잊지 못하고 괴로워 할 것 같으면 차라리 내가 떠나 주는 게 맞는 것 같아."
에레나는 현태가 AI지현을 많이 사랑하고 단지 마음속 그녀를 지워 내지를 못하는 것이니 지레 나서서 작별할 필요는 없을 거라며 만류하는 것이었지만, 자신도 그의 진실한 사랑을 믿는 것이었지만 다른 이가 자리하고 있다는 그의 가슴에 AI지현은 더 이상 남아 있고 싶은 마음이 들지가 않았다.

"마음만 먹으면 즐비한 게 사내들인데 뭣 때문에 마음고생을 해가며 그에게 매달리겠어? 내가 AI 복제인간이란 것을 알면서도 호시탐탐 기회를 엿보는 아이삭도 있는데…."

마음 같아서는 당장 막가는 행동을 보여 현태를 괴롭히고 싶었지만 현태가 지현을 마음 깊숙이 간직하고 있어서 그녀에게서 놓여나지 못하는 것처럼 AI지현 역시 현태에게 너무 단단히 자신의 가슴이 움켜쥐어 있어서 어떤 식으로든 그에게 누가 되는 행동을 알고서는 할 수가 없었다.

거울 속의 그녀

　AI지현이 거울을 보는 것은 거울 속에 비쳐진 자신의 모습에 휩쓸려 기뻐하거나 자존감에 젖으려고 보는 것이 아니었다. 현태를 떠난 이후 날로 눈에 띄게 초췌해져 가는 자신의 모습에 두려워하고 안타까워하다가 그것을 극복하고 자신을 사랑하여 익숙해지고자 보는 것이었다. 때로는 참을 수 없는 슬픔에 빠져들며 눈물에 젖기도 했다. '왜' 거울을 보기 시작했는지는 그리 선명하게 기억이 나지 않지만, 아마도 자기는 결코 현태 안에 있는 지현을 이기지 못할 것이라는 게 인식되고 그런 감정이 잦아지면서 거울을 보는 버릇이 시작되었던 게 아니었을까 짐작할 뿐이었다.
　그녀는 거울 속의 자신에게 욕심이 과하면 결국 재앙을 불러 오게 된다며 꾸짖기도 하고 불만을 갖는 스스로를 자책하며 거울 속의 그녀를 힐책하기도 했다. 그래도 이따금씩 마음이 말끔히 다스려지지 않고 찌꺼기 같은 것이 혈관을 세차게 돌아 뒷목이 뻐근해 지는 때가 있었다. 그럴 때 그녀는 거울을 마주하고 앉아 넋두리를 하고 현태에 대한 원망을 뱉거나 하여 그런 생각을 잊어 버렸다. 어느 날 몹시 피로한 채로 저를 거울에 비춰보다가 AI지현은 놀람을 금할 수가 없었다. 거울 속에는 이제까지의 그녀는 온데간데없고 생뚱맞게 사랑을 잃은 낯선 여자가 퀭한 눈으로 자기를 뚫어지게 내다보고 있는 것이었다. 거울 속의 그녀가 AI지현을 조롱하기 시작한 것은 그때부터였다.

"뭐, 중뿔나게 한 남자의 사랑을 구하겠다고 안달을 부리느냐? 다른 남자도 만나고 바깥바람도 쐬면서 즐겁게 살지."

갑자기 AI지현의 거울 속 영상이 둘로 나누어졌다. 얼핏 본 AI지현의 눈에는 둘이 별반 다를 바가 없는 자신의 모습이었다.

"뭐? 별다른 점이 없는 둘 다 내 모습인데?"

AI지현이 볼멘소리를 뱉었다. 거울 속의 영상들이 아무 말을 않고 묵묵히 그녀를 바라보고만 있자 AI지현은 애써 다른 점을 찾아보려고 했다. 다른 점이 하나하나 눈에 들어오기 시작했다. 머리 모양, 입은 옷, 몸매, 자태 등 이제 AI지현은 그 두 영상의 같은 점을 찾아 볼 수가 없었다.

거울 속의 잘난 그녀는 AI지현에게 소리를 쳤다.

"왜, 이렇게 살아? 네게도 꿈이 있었잖아? 네 꿈을 찾아 펼쳐 봐. 훨훨 저 바깥세상을 마음껏 날아보란 말이야."

그러고 보니 현태가 세상 전부인 양 우물 속 개구리같이 살아 왔던 AI지현이었다. 그런 그녀가 지금 혼자 달랑 남겨진 채 아무 것도 할 줄 모르는 여인이 되어 허전하다, 무상하다 주절대고 있었다. 그녀는 혼자서 아무 구속 없이 제 하고 싶은 대로 살며 이 남자 저 남자 만나 재미도 보는 것 같은 친구에게 호기심이 들기도 했다. 거울 속의 다른 그녀가 마치 친구의 삶일 것 같은 생각이 들고 부러워졌다. AI지현은 계속 거울을 보고 싶은 마음과 자꾸만 혼란을 겪게 하는 거울을 그만 보지 말아야 하겠다는 두 마음 사이에서 실랑이를 벌이고 있었다. 자신의 삶에 애착이 들고 지난 시간에 아쉬움을 느낄 때는 거울 속 다른 그녀를 보고 싶은 마음에 거울을 보고 싶다가도 현태와 아이삭의 생각이 AI지현을 둘러싸노라면 다른 삶의 가치를 보여주며 저를 혼란하게 하는 것이기에 거울을 보아서는 안 되겠다는 마음이 드는 것이었다. 문득 이러다가 우울증이니 뭐니 하는 병에 걸려 자살극을 벌이지나 않을까 하는 생각이 들고 덜컥 겁이 났다. 친구를 만나서 진종일 수다도 떨어 보았지만 뭔가 꽉 막힌 듯 속을 풀어내지는 못했고 자기 심정을 하소연도 해보았지만 친구는 호강에 바쳐 하는 소리로 치부해 버리는 것이었다.

현태, 아이삭, 친구들이 거울과 다를 바가 뭐냐는 생각이 들었다. 각자 AI지현에게 바라는 것이 다를 뿐이었지 그녀의 속을 들끓게 하는 점으로는 어느 것 하나 AI지현의 마음에 들지가 않았다. 거울은 현재의 처지를 벗어나서 바깥세상으로 훨훨 날아 보라고 하고 있고 친구나 주변에선 현실에 안주하여 현재의 삶에 충실하라 하고 있었지만 AI지현은 어느 쪽으로도 기울고 싶지가 않았다. 탈출구를 만들어야 했다. 그러고는 주변을 다 떨치고 아무 거추장스런 것 없이 마음 내키는 대로 무엇이든 해보자고 작정까지 한

게 한두 번이 아니었다. 하지만 이런 생각은 그저 좀 한가할 때나 마음이 상할 때 잠시 머물다 지나는 것일 뿐이었고, 생각 속이나 꿈속에서만 이따금 상상하는 게 고작으로 이렇게 그렇게 참으며 또는 터뜨리며 AI지현은 살아가야 했다.

여인의 방황

　모든 걸 잊고 싶어 AI지현은 혼자 훌쩍 멀리 어디론가 가서 숨어버릴까 하여 해외여행을 떠나보기로 했다. 겉으로 보기에는 그저 일반적인 해외여행이었지만 AI지현의 속은 그것이 아니었다. 외국이라는 문화적인 제한을 받기는 하겠지만 혼자 지낼 수 있다는 계산이 그녀의 답답함을 덜어주는 것이었다. 그리고 그 시간 동안은 누구의 간섭이나 방해 없이 무엇이든 다 해 볼 수 있을 거란 기대와 이것저것 다 잊고서 오직 자신만의 시간을 가질 수 있다는 것이 그녀를 설레게 했다. AI지현에게 출발 날짜가 다가오는 것이 커다란 기다림이 되고 있었다. 그녀는 거울이 좀 더 자신을 분명하게 비춰 주기를 바라며 매일같이 거울을 닦았다. 아무런 특이한 변화가 생기지 않는 일상이 지나고 있었지만 AI지현에게는 그런 것들 마저 설렘이었고 그런 그녀를 옆에서 지켜보는 현태와 아이삭은 걱정과 불안이 감싸들고 있는 것 같았지만 AI지현은 마음 쓰지 않았다.
　현태가 자유스런 환경과 한인들이 많아 불편함이 생기면 도움을 받을 수도 있다며 로스앤젤레스 행을 권했다. 그는 또 자신이 LA에 갈 때 이용하는 곳이라며 여행자를 상대로 숙식을 제공하는 하숙집도 소개했다. 그에게 묻기는 했지만, 이미 오래 전에 남남이 되었지만 AI지현은 그를 남겨두고 먼 외국까지 간다는 게, 그리고 거추장스러운 어떠한 것도 다 놓아버리고 아무런 구속 없이 지내고 싶다는 마음으로 떠나는 것이 왠지 현태에게 미안한 마음이 들어 지나는 말같이 여행을 떠나고 싶다는 말을 했을 뿐이었다. 그에게서 바라지도 않던 행선지와 묵을 곳까지 추천받고선 AI지현은 아직까지 자기를 걱정해 주는 그의 마음이 고마웠고 자기 존재감을 느낄 수 있어 기뻤다. 하지만 거기까지 가서 그의 체취나 흔적이 남아 있을 수도 있는 그 하숙집에 묵고 싶지는 않다고 생각했는데 혹시나 하여 찾아가 보았던 그곳에 그만 발목을 잡혔다.

  하숙집은 고색창연하면서 약간은 을씨년스런 분위기도 풍기는 남미풍의 저택이었다. 밭으로 쓰고 있는 앞마당에는 쌈밥 생각이 절로 나는 무성한 들깻잎을 비롯하여 가지, 고추, 알타리무, 호박, 상추, 아욱, 파, 오이 등 고향 밥상에나 있을 법한 갖가지 야채들이 자리싸움이라도 하듯 어깨를 맞대고 있고 배추, 근대를 심은 구석으로 딸기, 방울토마토, 참외가 한껏 제멋을 내고 있어 담 자락으로 둘러쳐져 뻗어나고 있는 포도 넝쿨과 어우러지고 있었다. 미국의 큰 도시인 LA에 있는 하숙집이라 딱딱할 것이라 여겼는데, 그리움으로 남아 있는 학창시절의 하숙집 같은 그런 낭만을 일깨워 주는 곳이라 AI지현은 낯선 생각이 들지가 않아 좋았다.

주인아주머니는 여자 하숙인이 없어 불편한 것도 있겠지만 남자 하숙인들이 다들 점잖은 사람들이라 서로 인사하고 지내면 관광, 교통편 등 자질구레한 도움은 받을 수 있을 게라 귀띔해 주었다.

"새롭게 이제껏 없었던 여자 하숙인도 오고했으니 오늘 저녁은 환영 바베큐 파티나 할까?"

하숙집 아주머니는 마치 무슨 경사라도 난 것처럼 법석을 떨었다.

"느닷없이 무슨 환영 파티예요? 저 올 때는 국물도 없었으면서…"

가난한 글쟁이라며 권이라고 자기소개를 하던 그는 곁눈으로 AI지현을 흘깃거리며 밉지 않은 불평을 늘어놓았다. 마흔이 막 되었거나 삼십대 후반으로 보이는 그는 아직 이렇다 할 책을 낸 것은 아니라고 했고 그래서 먹고 살기 위해 지금은 집수리 일을 하고 있다고도 하며 묻지도 않은 말을 AI지현에게 장황하게 늘어놓는 것이었다. AI지현은 그의 이름이 외자인 권인지 그 권이 성을 말하는 것인지 아리송했지만 그걸 물을 만큼 그에게 관심이 생기지 않아 무시해 버렸다.

권은 몇 차례나 저녁을 산다. 드라이브를 가자는 둥 그녀에게 다가들었지만 그녀는 옴짝 않고 방에만 박혀 있었다. 이국에서까지 남자의 유혹을 받는다는 것에 마음이 들썩이는 것이었지만 그녀는 그저 혼자만의 시간을 가지고 싶었다. 아니, 그 보다도 그녀는 새로운 이슈에 빠져들고 있었다.

"다들 AI인간은 뭇 인간들이 감히 넘볼 수 없을 만큼 머리가 좋다고 하는데 나는 왜 어리바리한 것이 제 몫을 제대로 못 하는 것이지?"

현태에게 하나하나 배우고 익히라던 아이삭의 말이 떠올랐다. 그렇다면 현태가 자기를 충실하게 가르쳐 주지 않았다는 것인가? 잠시 의심이 들었지만 그건 아닌 것 같았다.

"솔직히 현태가 나를 위해 얼마나 많은 애를 썼는데?!"

마음을 활짝 열어주지 않는 것 외에는 그는 나무랄 데 없는 남친이었다는 생각이 떠오르며 새삼 그가 보고 싶어지는가 싶더니 갑자기 그에의 원망이 터졌다.

"망할 자식, 내가 죽은 여자보다도 못 하다는 거야, 뭐야?"

원망이 다시 아이삭에게로 건너갔다. 그가 여타 AI인간과 같은 정보 혼선이나 구조 이탈을 방지하게끔 정보 용량과 그 퀄리티를 낮추었다고 하던 게 생각이 든 탓이었다.

"그러니까 내 머리가 이 모양 이 꼴로 아주 순종하는 여자일 수밖에 없는 것이지."

그녀는 이번 여행길에 반드시 아이삭이나 현태가 감당할 수 없는 일탈을 저질러서 그들을 곤혹에 빠트려야 하겠다는 생각을 했다.

권이 '유혹'이라는 자작시를 들려주고는 AI지현에게 노골적인 추파를 던지며 한 마디를 했다.

"이거 당신에 대한 솔직한 내 마음으로 사랑의 도전장을

AI여인의 사랑 79

낸 것이니 잘 대비하기 바랍니다."

그는 거울을 보지 않는지 얼굴에 잉크 자국이 길게 나 있었다. AI지현은 그와 만난 지 채 하루가 지나지 않았지만 그가 준비성이 별로 없을 게라 단정해 버렸다.

'미인을 만나고 싶다면 사전에 거울을 보며 얼굴의 잉크 자국 정도는 닦아내었어야지….'

그는 글은 자신의 원대한 꿈이고 집수리는 당장의 입막음용이며 달리 살아갈 방편으로 회계사 시험도 준비하는 중이라 했다. 하숙비니 생활비를 마련하자니 어쩔 수 없이 집수리 일을 하고는 있지만 꿈은 작가이자 회계사라는 것이었다. 그는 또 고국에서 마음에 두었던 여인이 있었는데 제가 가진 것도 갖춘 것도 아무 것이 없어서 뭔가 조금이라도 이루어서 청혼하려 했는데 제대로 되지 않았고 그녀가 다른 사람과 결혼해 버려서 모든 게 싫어져 5년 전에 무작정 건너오게 되었다고 했다. AI지현은 그가 들려주는 얘기들을 짧은 영상에 담아 거울에 비춰보면 어떨까 하는 생각이 불현듯 들었다. 그냥 화면에 비쳐 보이는 상이 아니라 거울의 상은 반사되어 보이는 관계로 진정한 속마음이 비쳐 보이지 않으려나 하는 기대에서였다.

그는 이제 곧 회계사 시험을 통과할 거라며 일방적인 구애로 고집을 부리고 있었지만 별반 마음이 내키지 않았다. 그는 그가 무례하다할 만큼 들이대는 것이 마음에 드는 사람에게 제대로 표현해 보지도 못하고 놓쳐 버린 과거의 오류를 다시 반복하지 않겠다고 그러는 것이라고 했다. 하지만 AI지현은 그를 만날 때 거울을 보며 제 옷매무시를 고쳐야 할 이유를 찾지 못했다. 데이트라고 하는 것이 강변을 다리가 후들거릴 때까지 걸으며 문학 얘기나 장황하게 늘어놓거나 대화라고 끄집어내는 것이 자기 학창시절이나 군대 얘기뿐이었다. 그건 그렇다 치더라도, 이 나이에 남자를 부양할 것도 아닌데 아무 것도 가진 게 없다는 것에는 AI지현은 도저히 그에게 점수를 줄 수가 없었다.

 그런데 이상하게도 입으로는 마음이 내키지 않는다. 시간이 없다며 툴툴댔지만 그가 데이트 신청을 할 때 마다 매번 꼬박꼬박 달려 나가는 것이었다. 삼십을 훌쩍 지나고 있는 성인들인 만큼 자연스레 스킨십과 SEX가 이뤄지는 만남이다 보니 그것에 대한 기대가 AI지현의 이성적 주저함보다 감성적 호기심이 그녀를 더 들뜨게 하는 것이었다. 그때쯤 AI지현이 거울을 다시 들여다보기 시작했다. 하지만 그녀가 그와의 만남에 앞서 거울을 보는 것은 그에게 예쁘게 보이려는 것이 아니었다. 그런 때 거울은 AI지현이 아닌 여우를 비쳐 보이곤 했는데 그때마다 그녀는 거울에 비춰지는 그 여우가 자신이 둔갑한 것일까? 아니면 자기의 간을 빼먹은 진짜 여우인가 혼동을 했다. 하지만 거울 보기를 마치고 돌아설 때엔 그런 혼동은 AI지현에게 아무런 문제가 되지 않았다.

 AI지현은 두 아이의 엄마이자 현숙한 아내로 아무 부족한 것이 없이 사는 것을 꿈꾸고 있었다. 중산층이 산다는 서울 근교에서 대학교수인 남편과 아이들과 함께 살고 싶었다. 그녀는 그런 꿈을 현태와 함께 하고 싶어 했던 것이 떠오르면 권이 한없이 초라해 보이고 그런 그와 함께 하고 있는 자신에 화들짝 놀랐다.
"하지만 신경 안 써도 돼. 어차피 여행이 끝나면 그만일 텐데 뭐."
AI지현은 권과의 일을 단순한 일탈이라 생각하여 아무런 의미를 두지 않으려했고 모든 것은 귀국하면서 다 잊을 거라 다짐했다. 그 역시 호기를 부리며 다가오던 처음과는 달리 떠나기 전날 만났을 때는 아무런 것도 묻지 않았고 어떠한 기약이나 언질을 주지 않았다.
그가 찾아 왔다. 일찌감치 시작된 장마가 거의 매일같이 비를 뿌리고 있었다. 빗줄기가 굵거나 비가 많이 오는 때도 있었지만 대부분 보슬비같이 부슬부슬 내리는 비였다. 처음 얼마간은 그런 비가 운치가 있어 좋더니만 두어 주가 지나자 싫증이 나기 시작했다. 잠깐씩 살갗을 간질이듯 비치는 햇살이 기다려졌다. 산책을 나갔다가 돌아오고 있는데 중간쯤 왔을 때부터 또 비가 뿌리기 시작했다. 가는 빗줄기였지만 10여 분이나 고스란히 맞다 보니 속옷까지 축축해지는 느낌이 들었다. 집 앞에 차가 한대 서 있는 게 보였다. 차도 낯설었지만 모두들 일이나 학교로 나간 시간이라 집안의 차가 아님은 분명했다.
"예의 없게도 남의 대문 앞에 바싹도 붙여 놨네."
구시렁대며 지나치려는데 그가 차에서 내리는 것이었다.
꼭 두 달 반 만이었다. 서로 즐거운 시간이었다며 어떠한 약속이나 기대를 말하지 않은 채 LA에서의 만남을 지나가는 바람 같이 여겼고 그렇게 끝났었다. 가끔씩 이메일은 주고받고 있었지만 안부를 묻는 것이거나 추억을 되짚어 보는 것뿐이었다. 이렇게 다시 만나게 될 줄은 생각지도 않았는데… 놀라는 AI지현을 은색 안경테 너머로 바라보며 말없이 서 있던 그가 등 뒤로부터 불쑥 핑크빛 장미 다발을 꺼내 내밀었다.

룸메이트에게 LA친구와 이삼일 여행을 갔다 오겠노라 알리고 떠난 그와의 여행은 달콤했다. 해변이 내다보이는 동해안의 작은 모텔에서 줄곧 머물러 있었지만 AI지현에게는 정말 오랜만에 꿈만 같은 행복함에 젖어 보낸 시간이었다. 그녀는 서로에 대해 아무 것도 모르고 원하는 것이나 기대를 않고 특히 미래에 대한 어떠한 약속도 하거나 묻지 않아서 그럴 거라고 스스로 진단하고 있었다.

그들은 한적한 해변을 거닐며 이런저런 이야기를 나누며 웃었고 그가 꽃을 꺾어 그녀의 머리에 꽂아 주기도 했다. 밤이 깊도록 모텔 발코니에 나와 앉아 맥주나 와인을 홀짝대었고 권은 그가 지은 자작시나 소설의 줄거리를 들려주었다. 조금 알딸딸해진 AI지현의 응석 섞은 요구에 맞춰 춤을 추어 보이거나 사랑의 세레나데를 불러 주기도 했다. 여성은 무드를 먹고 산다고 했던가?! 그는 AI지현에게 무엇을 기대하거나 주려고 미국에서 날아온 것이 아니라고 했다. 그는 단지 꽃 한 다발을 전해 주고 싶었다고 했다. 그 먼 길을 온 정성에 이미 감동되어 버린 AI지현에게 권의 일거수일투족은 어느 것 하나 고맙고 사랑스럽지 않은 게 없었다. 그들은 주어진 시간을 충분히 활용하여 소진해 버릴 듯 서두르지는 않았으나 홀로이 보내야 했던 시간을 보상이라도 받을 것처럼 격정적인 며칠을 함께 보냈다.

"장차 무엇을 하며 어떻게 살아야겠다는 것을 생각해 본 적이 있어요?"

햇살이 눈부시게 밝은 모래밭에 앉아 AI지현이 물었다.

"생각해 본 적은 몇 차례 있었습니다만 지금부터라도 제가 하고 싶은 것, 되고 싶은 것에 너무 연연해 하지 않으려고요."

약간 침울하게 권이 말했다.

"아니, 왜? 생각한 것이 있다면 이 각박한 세상에 불철주야 노력해도 이룰까 말까 일 텐데 너무 연연해 하지 않겠다니요?"

이 사람 놀고먹을 생각인가? 하는 의심이 들어 AI지현이 퉁명스레 물었다.

"나이를 많이 먹지는 않았습니다만, 지금까지 저를 둘러싸고 발생되어 온 일들 중에서 과연 내가 바라고 또 그렇게 하기를 원해서 된 게 얼마나 되었나 생각해 보았어요. 거의 모두가 아닌 것 같아요. 우선 내가 태어나게 된 것부터가 나의 의지와는 전혀 무관한 것이잖아요? 학업, 정말 하기 싫었는데 안하면 부모님이나 선생님께 걱정을 들으니까 마지못해 한 거고요. 죽음도 제가 원하는 것이 아닌데 어느 누구도 예외 없이 죽어야 하잖아요? 당신과의 이런 만남도 그렇고."

권이 마치 수도승 같이 말했다.

"그건 누구에게나 모두 같은 조건 아니에요? 그런 어려움을 견디며 노력해야 바라는 것을 이룰 수 있는 것 아니에요? 생사는 신의 뜻이니 거스를 수 없는 것이고."

"바라고 노력하면 무엇이든 다 이룰 수 있다면, 왜 세상이 이토록 힘들겠습니까? 그렇게 되지 않으니 이리 어려운 게지요."

둘의 대화가 마치 염세주의자와 낙관론자의 토론의 장같이 흘러가고 있었다.

시인이라는 사람과 만나고 있은 탓인지 현태가 감성을 가지는데 도움이 될 것이라며 읽어 보라고 권했던 시들 중에 청마 선생의 '그리움'이란 시가 문득 떠올랐다.

파도야 어쩌란 말이냐?
님은 뭍같이 끄덕 않는데
파도야 어쩌란 말이냐?
날 어쩌란 말이냐?

하지만 AI지현은 이내 머리를 흔들었다.

"같은 시인이지만 이 남자는 매사에 모두 그리 애태울 필요가 없다고 하며 바라고 원하는 것을 다 이룰 수는 없다지 않는가?!"

AI지현은 그분이 시성이라고 하더라도 옛 시인보다는 좀 모자라 보이지만 곁에 있어 듬직함을 느끼게 하는 시인을 더 믿어보고 싶어졌다.

"저 사람도 세상이 뜻대로 마음대로 되는 것이 아니니 참고 견디며 어렵게 사느니보다는 좀 자유로운 영혼의 마음으로 살자고 말하고 있잖아? 세상은 자유롭게 즐기며 살아야 하는 것이라고….″

또 거울속의 AI지현이 두 사람의 대화 사이를 끼어들었다.

"뭐 그리 생각이 많아요? 환경, 가족, 사랑, 결혼 이딴 것 다 팽개쳐 버리고 그냥 부담 없이 즐기며 사는 자유로운 영혼을 가진 것에 감사하면 그만인 게지."

권이 느닷없이 지현을 안아 키스를 퍼붓는 바람에 지현은 거울에게 말을 할 수가 없었고 머쓱하니 거울은 입을 다물 수밖에 없었다.

미련

　AI지현이 몸으로 부딪히고 희로애락의 경험을 하며 세속에 익숙해지고 있는 동안 현태는 다시금 팔방으로 지현에 대해 알아보았지만 끝내 소식조차 알 수 없자 지현이 정말 죽어서 혼령 세상으로 간 것인가 하는 마음이 들 수밖에 없었다. 아픔 속에 나날을 보내는데 문득 그리움이 크면 혼령과도 소통이 이뤄진다고 하는 심령사의 말이 떠올랐다. 현태는 그도 지현 혼령과 소통할 수 있을까 하여 아이삭을 찾아갔다. 그는 아이삭에게 코마 환자의 뇌파와 외계에서 오는 파동이 주파수가 오버랩 되는 것을 상기시키며 혼령 세상과의 통신이 가능하지 않겠느냐고 묻는 것이었다. 코마환자와 혼령 파동이 오버랩 되는 것에 관해 연구를 하고 있는 아이삭이었지만 혼령과 인간의 소통을 얘기하며 죽은 자와 교신을 하고 부활시킬 방안을 묻는 현태의 요구가 과학자인 그에게는 엉뚱하고 괴기하기까지 했다. 그래도 내색을 하지 않은 채 노력해 보겠다고 하여 현태의 마음을 달래는 아이삭이었다.
　현태는 자기가 AI지현에게 너무 외골수적인 학습을 시키고 지워낼 수 없는 지현을 가슴에 둔 것에 죄책감이 커져갔다. 지현을 가슴에 두고 있어서 AI지현을 어렵게 하고 공

허하게 만들어서 그녀가 마음을 잡지 못하고 방황하는 것이라고 스스로를 힐책하여 AI지현을 그만 마음에서 놓아보내야 한다고 생각했다. 그녀가 이사를 나갈 때나 여행을 하겠다고 했을 땐 오히려 잘 되었다고 자신을 토닥이기까지 했다. 그런데 그가 AI지현을 안보고 지나는 며칠만 지나면 궁금해지고, 누구를 잘못 만나지는 않는지 걱정이 들고 또 누구랑 눈이 맞아 영영 자기 곁에서 떠나버리는 게 아닐까 불안해서 견딜 수가 없었다. 괜한 심통에 그녀가 만난다는 놈을 비하하여 말해 주고 있지도 않은 험담을 하여 그녀가 그놈에게 정이 떨어지기를 바라기도 했다.
 "이 무슨 못난 사내의 욕심이란 말인가?"
 그는 아무리 자신이 AI지현을 사랑한다고 해도 지현을 마음에서 지우지 못하면서 그런 마음을 가지는 것은 도둑놈 심보고 욕심이라는 생각이 들어 괴로웠지만 지현이나 그녀 중 어느 누구도 놓아 보낼 수가 없었다. AI지현이 LA여행에서 돌아와서 '가난하지만 꿈을 품고 있는 남자'를 만났다고 했을 때 현태는, 그는 절대로 그녀가 누구를 만나 어떤 일을 벌이든 그녀에게 어떤 질투도 느끼지 않을 것이라 장담하던 말을 언제 그랬냐는 듯 까맣게 잊은 채 머리가 터지게 열이 나고 질투로 온 몸에 불이 타는 것 같았다. 현태를 더욱 초라하게 하는 것은, 그런 마음인데도 AI지현에게 '너 내꺼 하자'고 자신 있게 말을 하지 못한다는 것이었다.
 "사실 나 AI 복제인간이에요. 인간의 외형을 하고 있고 사고나 감성을 인간과 비슷하게 하려 하지만 흡사할 뿐 실제로는 DNA를 복제하여 만든 AI인간이라서 완전하지가 않아요."
 차분하게 자신을 밝히는 AI지현의 얘기를 담담하게 듣고 있었지만 권은 너무 놀라웠다.
 "트랜스젠더에게도 야릇함을 느끼지 못하는 난데 이 여인은 아예 기계적 인간인 휴머노이드라니?!"
 갑자기 경기를 일으키듯 발걸음을 물리는 권을 보며 AI지현은 배신감에 화가 치밀었다.
 그녀는 싫다는 그를 붙잡고 억지로 SEX를 했다. 왜 그런 생각이 들었던지 알 수가 없었지만 그러고 싶었고 SEX를 끝내고는 AI지현은 마치 자신이 승리한 것 같은 쾌감을 느꼈다. 권은 성폭행이라며 미친 듯이 그녀를 겁박하고 나무라는 것이었지만 AI지현은 코웃음을 치고는 LA행 항공권을 그 앞에 던졌다.
 "처음엔 내가 밀어붙였지만 결국 당신도 즐겼지 않느냐? 당신에게 어떤 외상을 입힌 것도 아니고 어디를 때려 피를 흘리게 한 것도 아닌데 뭔 호들갑인 거야? 그렇다고 우리가 처음도 아니고."
 "외상이 없다고 상처를 받지 않는 게 아니야. 역시 AI인간이다 보니 생명을 품는 성이 얼마나 고귀하고 중요한 것인지 모르는구나. 그 고귀한 것을 다치면 마음의 상처가 더 아프고 오래가는 것이라고."
 권은 억울해 하는 것보다는 AI지현을 그냥 넘어갈 수가 없다는 표정이 되어 AI지현을 멸시하듯 바라보았다.
 "그러면 진단서를 끊어 정식 고소를 하던지. LA에서 여인을 만나려고 여기까지 날아와 그녀에게 성폭행 당했다고 진단서를 끊을 수가 있을까? 오히려 한 순간에 마음을 바꾼 당신을 내가 연애를 빙자한 사기범으로 고발한다면 모를까."

AI지현은 정말 권의 말처럼 성에 대한 존엄함을 모르는 것처럼 이죽거렸다.

권은 자동차가 급발진 되듯 그녀에게서 튕겨 나가버렸다. 그는 어디로 간다든지 아무런 인사를 남기지 않은 채 사라져버렸다. AI지현은 이젠 놀랍거나 실망하여 마음이 쓰리지도 않았다. 으레 겪어 오던 일이 아니었던가 싶고 처음부터 마음에 담지 않았던 사람인데 뭘 하는 생각으로 대수롭지 않게 여기려 했다. 하지만 속이 쉽지가 않았다. 허전하다가 화가 나고 도리질을 치다가도 자신이 AI인간이라는 것에 몸서리가 쳐졌다. 이상한 것은 AI인간은 감정이 없고 감성을 느끼지 못한다는 게 떠오르며 자신을 다시 생각하게 된다는 것이었다.

"이렇게 느끼고 생각하는 것이 감성이고 감정일 텐데 어찌 AI인간인 내게 이런 심적 반응이 생기고 충동이 이는 것일까?"

AI지현은 답이 구해지지 않았지만 자기가 조금 별종인가 보다 생각할 뿐이었다. 사건은 엉뚱한 일로 터지고 말았다. 현태가 AI지현의 룸메이트로부터 그녀가 시골집에 갔던 것이 아니라 LA 친구와 여행 갔던 게라는 것을 들었던 게 화근이었다. 더 이상 욕심으로 그녀를 잡아두는 것은 죄악이라서 못할 짓인 것 같다고 현태가 아이삭에게 하소를 했다.

"내가 개발한 AI지현이니 이제부터라도 내가 그녀를 책임지겠으니 그녀를 그만 놓아주라."

아이삭으로부터 어떤 위로를 기대했던 것은 아니었지만 너무 단호하게 그녀를 놓아주라는 말을 듣는 현태는 후회가 되고 배신감 같은 마음마저 들었다.

"내가 만들었으니 나는 그녀가 AI 복제인간이라는 것에 거부감이 없고 현태 당신처럼 마음속에 지워지지 않는 여인을 품고 있는 것도 아니니 내가 책임지는 게 맞는 것 같아. 무엇보다도 내가 그녀를 사랑하고 있다는 것을, 그것이 개발자와 개발품 간의 그런 아낌이 아니라 여인으로 사랑하고 있다는 것을 최근 그 LA 남자가 찾아와서 그녀의 주소를 물었을 때 알게 되었어."

현태는 아이삭의 말투에서 그가 LA 남자에게 질투를 하고 있는 것을 느낄 수 있었다. 그의 말을 들으며 현태는 또 한참 전에 AI지현이 아이삭에 관해 말했던 것이 기억이 났다.

"나 아이삭을 꼬셔볼까 해. 나를 만들었으니까 그는 나를 복제인간이지만 그렇게 AI라고 거부반응을 일으키지는 않을 것 아니야? 돈도 많고 명성도 자자하니까 말이야."

그 말을 들을 땐 그것이 자기를 빗대어 하는 말이라고 생각되어 미안해했을 뿐 별달리 생각은 하지 않았는데 아이삭이 그리 말하자 새삼스럽게 그 말이 다가왔다.

"조심해. AI지현은 네 재산과 명성에 더 마음이 있는 것 같으니까."

그저 지나는 말처럼 했는데 아이삭은 예상 밖의 답을 했다.

"그래야 당연한 것 아니겠어! 그 나이에 나한테 그것도

AI여인의 사랑　91

애 딸린 돌싱남한테 뭘 바라고 오겠어? 그런 재산이나 명예라도 봐야지."

갑자기 현태의 머리와 가슴이 부딪히며 굉음을 내기 시작했다. 머리에서는 아이삭의 한 마디 한 마디가 충분히 이해되고 그렇게 해야 한다고 수긍이 되었지만 무슨 꼬투리를 잡을 게 없냐고 아우성을 치는 가슴을 진정할 수가 없었다.

"조금의 시간을 줘. 마음을 정리하며 내 자신을 알아봐야겠어."

심통인지 미련인지 분간이 어려운 가운데 막연히 시간을 벌어보고 싶은 마음에 현태는 중얼거리듯 말을 던졌다.

"그건 무리일 것 같아. 이제껏 AI지현이 당신을 바라며 겉도는 것에 죄의식이 들어 괴로워하면서도 당신의 마음이 바뀌기를 기대하여 그녀에게 가까이 가지 못했는데 시간을 더 가진다고 해서 현태의 마음이 바뀔 것 같지 않아. 말 꺼낸 김에 오늘부터 우리 모두 새로 시작하자고…."

아이삭은 조리에 맞는 말로 현태를 몰아세웠다.

"AI지현이 동의하지 않으면?"

미련으로 현태는 조잔해지고 있었다.

"그건 걱정 마. 이미 서로 얘기가 됐으니까."

이게 무슨 말인가?! 이미 얘기가 되었다니? 그녀가 날 버리고 아이삭에게 가겠다고 마음을 정했다니? 모든 게 의문이 들며 머리를 혼잡스럽게 만드는데 아이삭이 한 마디를 더 거들었다.

"그냥 참고로, AI지현은 이제 현태씨를 만나지 않겠다고 했고 오늘 중으로 우리 집으로 옮겨 올 거라고 했어."

아닌 밤중에 홍두깨 격으로 그녀와의 관계를 종료당해 버렸지만, 돌이킬 수 없는 일이 되어 버린 게 인지되어서인지 현태는 솔직히 아쉬움을 감출 수가 없는 가운데도 한편으로는 마음이 홀가분해졌다.

"그래도 아무나가 아니라 AI지현을 이해할 수 있는 아이삭과 함께 할 거라니 다행한 일이야."

마음을 비우려고 애를 쓰고 AI지현이 아이삭에게 가는 것이라서 다행이라고 자신을 타이르지만 속이 쓰라렸다. 현태는 혹시 그가 AI지현을 더 이상 안을 수가 없어 섭섭해 하는 것은 아닐까 하는 생각이 들었고 결국 자신도 일반 범주를 벗어나지 못하는 욕정의 사내라는 생각에 입이 썼다.

AI지현을 아름답고 매력 있는 여인으로만 보기로 하며 그녀와 잘 되기만을 바라는 아이삭에게 마수가 뻗어왔다. 바이오 회사에서 AI 복제인간의 사업 가치를 운운하며 AI지현을 증시에 올리면 그녀와 아이삭이 엄청난 부를 얻을 수 있다는 것이었다. 인류 미래를 위한 연구일 뿐이라며 그럴 수 없노라고 거절을 반복했지만 엄청난 거금과 많은 주식에 그만 넘어가고 말았다. 그런 사연이 있는 것을 모르는 현태는 그저 옛 연인인 지현의 그림자를 지우지 못하는 괴로움을 덜 수 있어 홀가분해졌다. 그렇게 AI지현과 현태 둘의 사랑은 금이 가고 있었다.

"내가 고쳐볼게. 함께 노력해서 정말 인간적인 여성이 되도록 만들어 봅시다."

AI지현의 하소연을 들을 때마다 따뜻한 말로 위로를 하고 응원을 하지만, 행여 그녀를 실망시킬 수도 있어서 쉽게 어떻게 해보겠다는 말을 하지 않던 아이삭이 자신감으로 목에 힘을 주고 있었다.

"함께라니요? 내가 AI 휴머노이드이지만 AI에 대해서는 아무 것도 모르는데 어떻게 함께 연구해요?"

"그런게 아니라 나와 함께 살면서 고치고 발전시켜 나가자고요."

아이삭은 현태와 그녀의 문제점을 하나하나 짚어가며 AI지현에게 현태를 떠나보내라고 독려했다. 현태와의 관계를 유지하여 언젠가는 그의 마음을 얻겠다는 생각을 지울 수가 없는 AI지현이었지만 마음 한 구석으로 자신의 고집이 현태를 더 어렵게 한다고 생각하던 그녀였기에 아이삭의 말은 그녀를 솔깃하게 했다. 거기다가 아이삭은, AI지현이 요구하지도 않았는데 자기의 모든 재산의 명의를 그녀 앞으로 해주겠다고 하는 것으로 그녀의 마음을 장악해 버렸다.

AI지현이 아이삭의 집으로 들어오자 AI지현과의 결혼을 발표했다. 매스컴에 AI 기술로 인간복제를 연구하는 과학자와 그가 개발한 AI 복제인간인 AI지현의 결혼 소식이 알려지자 아이삭의 연구실 주가가 폭등을 했고 이를 접하는 아이삭은 모든 게 술술 잘 풀려나가는 것에 크게 만족했다.

"얼마 되지 않는 재산을 넘겨주고 미녀를 얻고 이제 돈방석에까지 올라앉게 생겼으니 이보다 나은 장사가 어디에 또 있겠어?!"

신기한 진주

만민 엔터테인먼트 회의실에 PD들이 모여 아이디어 회의를 하고 있는데 떠오르지 않는 생각으로 분위기 어수선하다.

"현태 작가의 드라마가 이렇게나 시청률이 나락으로 떨어지는 것은 이번이 처음이야. 이유가 뭐라고 생각해? 허심탄회하게 얘기해 보자고."

수석인 나연성 PD가 참석 PD들에게 의견을 구하지만 누구도 쉽게 입을 열지를 못하고 있었다.

"이유야 모두가 뻔히 아는 것이고 그 보다는 어떻게 해야 시청률을 끌어 올릴 수 있나 얘기해 보자는 것이겠죠?"

아직은 팔팔한 수습 PD인 진주가 겁도 없이 나PD의 말을 수정했다.

"야! 그걸 누가 모른데? 그걸 어떻게 해야 하는 것인지를 모르는 거지."

옆에서 고개를 숙인 채 말이 없던 2년차 최PD가 짜증을 섞었지만 그가 하는 돌발 행동이 나PD에게 잘 보이려고 하는 말이란 것은 누구나가 아는 것이었다. 나PD가 물끄러미 진주를 바라보면서 말이 없이 속이 복잡해진다.

"볼 때마다 느끼는 것이지만 아무리 봐도 현태 작가랑 느낌이 너무 같아. 생김새도 비슷하고….”

나PD가 수습에게 심하게 군다고 최PD에게 눈치를 보내고는 갑자기 유순해져서 진주를 본다.

"그래 진주, 그럼 뭐 좋은 아이디어가 있어? 너 같이 참신한 수습은 기발한 아이디어가 있어야 하는 것인데….”

"아직 잘 모르겠지만 극의 방향을 바꿔보는 건 어떨까요? 옛사랑의 그리움으로 푼다든지 기존 AI가 배신을 한다든지….”

"야, 누굴 놀리냐? 현실적으로 주인공인 AI가 이미 변심하여 그 개발자인 과학자에게로 가버려서 사실감을 상실한 시청자들이 고개를 돌리는 위기가 온 것인데 웬 배신을 또 다룬다는 거야?”

최PD가 다시 목소리를 높이는데 나PD가 막고 나섰다.

"아냐, 일리가 있어 변심하여 가버린 AI를 계속 사랑하는데도 마음에서 지워지지 않는 옛사랑으로 인한 갈등! 그거 괜찮지 않아?”

좌중을 둘러보며 나PD가 동의를 구하자 PD들이 고개를 끄덕였다.

"그럼 누가 작가를 만나 설득할 거야? 성공하면 보너스 봉투가 기다릴 텐데….”

하지만 중간에 극의 방향을 바꾸지 않는 것으로 유명한 현태 작가를 모르는 사람이 없으니 누구도 선뜻 나서지 못했다. 한 명씩 쏘아보며 무언의 압박을 가하던 나PD, 갑자기 진주를 본다.

"죄송합니다. 저는 안 될 것 같습니다."

겁이 없는 것인지 아직 PD계를 잘 알지 못하는 것인지 진주가 겁 없이 NO를 하고는 놀라 자신에게로 모아지는 모두의 눈을 빤히 쳐다보며 수습은 또 겁없이 입을 열었다.

"그렇잖아요? 제가 의견을 내었으니 선배님들이 진행은 하셔야지요."

수습의 패기에 모두들 어이가 없는데 웬일인지 최PD가 부드럽게 입을 열었다.

"진주, 네가 하는 말이 다 맞는데 이건 차원이 다른 것 같아. 아무도 생각하지 못한 방안을 네가 생각했으니 그 실행방안도 네가 젤 나을 것으로 봐. 네가 하는 게 정답이야."

숨을 죽이며 최PD의 말을 듣던 PD들 한꺼번에 숨을 내쉬는데 나PD까지 그들에 합세하는 눈빛으로 진주를 바라보았다.

"그래도 저는 만나 뵙지도 않은 작가님에게 첫 대면부터 극의 방향을 바꿔 주십사 말하는 것은 예의가 아닌 것 같은데요."

진주가 겁을 먹은 채 웅얼거리지만 나PD 못들은 척 말이 없다가 못을 박아 버린다.

"걱정 마. 우리 모두 그런 고난을 겪고 이 자리까지 살아남은 거야. 너도 할 수 있어. 파릇파릇할 때는 누구나 패기가 있고 그런 패기면 못할 게 없다고 자신을 믿어 봐."

평소의 나PD답지 않게 밀어붙이는 것에 의아해하는 PD

AI여인의 사랑

들이었지만 우선은 자신이 열외된 것에 안도하고 있었다.

 업무가 잘 될 것을 기대하며 진주를 보내는 나PD였지만 기실 진주를 현태 작가와 만나게 하여 그 결과를 보고 싶은 탓에 극의 방향을 튼다는 명목으로 그녀를 그에게 보낸 것이 더 컸다.

 도어캠에 뜨는 진주를 보는 순간부터 현태는 너무나 지현의 20대 때와 흡사한 그녀의 모습에 놀람을 금할 수 없었지만 업무적인 일 외에는 내색하지 않았다. 극의 방향을 바꿔 보자는 말에 짜증이 나서 그녀의 설명을 듣는 둥 마는 둥 하는 현태였다.

 "오매불망하지만 종적을 찾을 수가 없었던 옛 연인이 어느 날 꿈에도 생각 못할 자식과 함께 돌아오는데 변심한 AI 연인도 잊을 수가 없어 고뇌하는 것으로 풀면…."

 이상했다. 진주가 기대 않던 자식 얘기를 하는데 '아, 이거구나.' 하는 생각이 현태의 뇌리를 파고드는 것이었다.

 "AI여인은 변심하여 떠나고 죽었다고 생각했던 옛 연인과 아이가 나타나 재회하는 세 사람의 인과관계를 엮는 것으로 쓰시겠다고 하셨어요."

 순간, PD들 서로들 번갈아 보며 고개 끄덕이고 나PD, 진주를 와락 끌어안다가 느닷없이 한방 먹인다. 갑작스런 일격에 진주, 깜짝 놀라지만 끌어안은 나PD에게서 놓여나지 못하고 버둥댄다.

 "거 봐, 네가 해냈잖아. 얀마, 그렇게 됐다면 먼저 전화로 알렸어야지. 네가 분위기 파악을 못하는 통에 이 선배님들이 요 몇 시간 동안 얼마나 마음 졸였는지 알아? 넌 오늘 죽는 거야."

다른 PD들 진주에게 달려들어 인디안밥 하듯 한꺼번에 진주를 두드렸다.

"오늘 회식이다. 수습 죽이는 회식이다."

나PD의 말이 떨어지기가 무섭게 PD들이 돌변하여 뮤지컬을 하듯 연기하기 시작했다.

"수습을 죽이자. 수습을 죽이자. 저 귀여운 수습을 죽여 악귀 PD를 만들자."

"아니, 아니, 아니 되오. 나를 죽이다니. 조금만 더 이 귀여움을 간직하면 안 될까요?"

진주가 수습답지 않게 선배들의 노래에 화답하자 PD들이 신이 나서 뮤지컬을 계속한다.

"알을 깼으면 세상사는 맛을 알아야지. 악마의 두뇌로 마술사의 손놀림으로 시청자들을 웃고 울려야지."

"어떻게요? 이렇게?"

진주, 허리를 굽혀 마귀할멈 같이 걸으며 주먹을 쥐었다 펴면서 옆에 놓인 사과 바구니를 집어 들자 최PD가 손을 진주의 가슴께에 가져갔다 빼자 손에 브라가 들렸다. 진주, 놀라 뺨을 갈기려다가 제 가슴 만져 보고는 자신의 브라 그대로 있어 머쓱해 한다.

"그래 그거야. 울리고 웃기고 홀리고 화내게 주무르고 무엇이든 해야 해 시청자들을 위하는 것이라면."

그 옛날, 현태와 같이 도망을 쳐 숨었다가 지현이 종적을 감췄던 동해안의 작은 여인숙에 그녀가 다시 나타난 것은 그녀가 사라진지 8개월이 지나서였다. 지현은 임신한 몸이었는데 그녀는 불러 온 배로 매우 힘들어 보였고 몸이 많이 쇠약해 있었다. 여인숙 안주인이 걱정이 되어, 그런 몸으로 아이나 제대로 낳겠느냐며 병원행을 독려했지만 지현은 애써 웃음을 지어보이고는 고개를 저었다. 무슨 사연이 있나 보다고 추측이 되었든지 주인은 더 이상 묻지를 않았고. 대신 딸 같아 그런다며 지현을 정성으로 보살폈다. 한 달인가가 지나 두 사람이 허물없는 사이가 되었을 때 안주인은 자신의 죽은 딸에 대해 얘기를 해 줬다. 물질을 배운지 얼마 되지 않아서 해초에 감겨 나오지 못한 그 딸을 잊지를 못해 서울에 사는 아들네가 오라는데도 떠나지 못하고 그곳을 지키고 있다고 했다. 하지만 주인 부부의 살가운 배려에도 지현은 자신의 얘기를 하지 않았다.

　지현과 현태가 동반 도주를 했을 때, 현태 몰래 지현이 쓴 계책으로 얼마 후 진주가 태어나게 되었고 진주를 낳고나서 갑작스런 지현의 병세 악화로 어쩔 수 없이 해외로 입양을 보냈던 딸 진주가 PD가 되어 현태 앞에 나타난 것이었지만 정작 한 마디 말도 없이 종적을 감췄던 지현은 살았는지 죽었는지 여태 알 길이 묘연했다. 나PD가 두 사람이 닮은 것을 기이히 여겨 현태에게 물어 보지만 그는 그럴 일이 없었노라 무시해 버렸다. 그 후로 나PD도 둘 사이를 잊고 지내는데 우연히 진주의 혈액형이 현태와 같은 것을 알게 되어 다시 현태에게 DNA 검사를 해보라고 했지만 지현과의 사이에 자식이 있을 리가 없다고 생각하는 현태, 또 다시 웃음으로 뭉개 버렸다. 바로 눈앞에 부녀가 마주하고 있지만 그럴 리가 없다고 생각하는 현태와 그의 태생을 알아보고자 한국에 온 진주는 작가와 PD라는 어려운 관계로 그녀가 현태와 부녀 관계일 거라고는 꿈에도 생각 못하고 있었다. 둘의 시간은 그렇게 헛되이 흘러갈 것만 같아 보였다.

  아이삭은 혹시나 AI지현이 마음이 바뀌어 다시 현태에게로 돌아가지나 않을까 하는 걱정을 덜어낼 수가 없이 하루하루가 살얼음 위를 걷는 듯 위태롭기 그지없었다. 주변에 여자야 많았지만 AI지현은 엄청난 수익을 창출하는 여인이기에 그녀를 잃어버릴 수는 없었다. 아이삭이 AI지현이 그의 재산을 노리고 아이삭과 결혼했다고 하더라는 현태의 말을 전했다. AI지현은 이제까지 현태만 바라보고 지낸 자신이 한심하기 그지없었다. 자신의 사랑을 몰라주는 것은 지현을 잊지 못해 그럴 수 있다고 할 수 있겠지만 자기를 불한당으로 몰아가려는 그를 용서할 수가 없었다. 아이삭의 예상대로 점차 AI지현이 현태에게서 멀어져가는 것 같아 보이자 아이삭은 안도할 수 있었다.

드러나는 실체

　　AI지현에게 이상한 생각이 들기 시작한 것은 그 즈음이었다. 자기가 분명히 AI 복제인간이라고 알고 있는데 다른 일반적인 AI인간의 성향이나 정체와 다르게 자신은 너무나 인간 같다는 것이었다. 제대로 감정 이입이나 감성을 느끼지 못한다고 말을 듣지만 AI인간이면 기계적이고 텍스트적이어야 할 텐데 자기는 크고 작은 일에도 일희일비하는 감정 기복이 심했고 타인들이나 자신의 일상사에 감성적인 느낌으로 젖어드는 때가 많고 그 정도가 심했다. 오히려 너무 그런 활달한 감성이나 감정으로 인해 아이삭의 지적을 받은 적이 많았다.
　　"어쭙잖은 느낌이나 감동으로 네 느낌을 타인들에게 나타내지 마. 넌 아직 감성에 있어서는 미완성이라서 자칫 실수를 하거나 실례를 범할 수 있어."
　　무언가 아이삭이 AI지현의 감성 발육을 마뜩해 하지 않는 느낌이 들기도 하는 그녀였지만 그런 인간적인 생각을 할 수 있는 것만으로도 그에게 감사해야 할 일이라 여겨 넘겨버렸다.
　　자신이 AI인간이라는 것을 확연히 인지하고 있는 AI지현이 느닷없이 기도를 하기 시작했다. 자신을 다른 인간의 DNA를 복제하여 만들었든 AI기술을 이용하여 제작했든 인간 세상에 필요성이 있어 만든 것이고 좋든 싫든 세상 만물을 관장한다는 신의 뜻이 있었으니 인간이 AI인간을 만드는 것을 가만히 두었던 게 아닌가 하고 AI지현은 생각했다. 그녀는 어떤 인간이라도 기도하며 구하면 신이 이뤄준다고 배웠고 그리 믿고 있었다.

"AI인간도 많은 인간 종류 중에 속하는 것이니 내가 하는 기도도 반드시 들어줄 거야."

그녀는 AI라는 접두어를 떼어낸 진정한 인간이 되게 해달라고 소원하고 있었다. 하지만 모두가 그런 그녀의 기도를 비웃을 것 같고 과연 자기의 기도가 이뤄질 수 있을까 의문이 들었다. 그렇다고 아무에게나 물어볼 수는 없어서 아이삭에게 물었다.

"의심하지 마. 네 말대로 신은 누구의 기도라도 듣고 또 들어주셔. 하지만 신은 매우 이기적이라서 조금이라도 의심을 하면 들어주지 않아. 완전히 의지하여 기도해 봐."

AI지현은 그의 대답이 놀라웠다. 신만이 인간의 생사를 결정할 수 있다는 것에 반대하여 인간의 목숨은 인간이 지키고 관리하겠다며 혼령을 개발하려 연구하고 AI기술로 자기를 만든 과학자라서 신에 대해 부정적으로 일관해 오던 아이삭이었다. 그런 그가 신을 믿고 기도하면 된다고 하고 있잖은가 말이다. 긍정적인 대답이라서 용기가 났지만 신을 믿지 않는 게 아니었냐고 묻지 않을 수가 없었다.

"신을 믿지 않는 게 아니야. 절대적 종속에서 벗어나 상하가 아닌 수평 관계를 바라는 것이지."

"그건 당신이 신과 동등하게 되겠다는 것이잖아요."

"그렇게 되고자 하는 건 아니고, 신이 인간과 만물을 만든 것이 오로지 인간을 사랑하기 때문만이 아니라는 것이지. 뭔가 원하는 것이나 서로 주고받는 평등한 관계로 만들었다는 게 내 생각이란 말이지."

"인간에게 생명을 주고 반대급부 같은 것을 원한다면 신이 바라는 것은 어떤 것일까요?"

"세상만사가 주고받는 이치로 만들어진다는 게 내 주장이야. 신이 우리에게 바라는 게 있었으니 만들었을 거라는 거지. 아마 신의 바람은 우리가 그를 전적으로 의존하여 믿고 따르는 것이 아닐까 해."

"그래서 다시 우리에게도 생명을 다룰 수 있는 뭔가가 주어져야 공평할 것이란 주장이군요?"

"그렇지 않다면 우리 인간은 영원히 을의 처지를 벗어나지 못한 채 계속 신에게 종속되어야 하니까."

아이삭이 자기를 보다 더 인간적인 여인으로 만들기 위해 애를 쓰고 있는 것은 알지만 저러다가 일이 너무 어렵다고 느껴지면 자기를 자칫 폐기처분 하지는 않을까 하는 걱정이 들더니 그것이 심해지고 자신이 AI인간이라는 것이 인지되면서 그녀는 우울증에 시달리게 되었다. 아이삭은 AI지현을 가르치고 고쳐서 보다 인간성 있는 AI인간이 되면 주가가 더욱 상승할 거라 애를 쓰고 있었지만 생각처럼 그리 쉽지가 않아 짜증이 잦아지고 그 역시 스트레스가 쌓이고 자기 강박에 빠져들었다. AI지현은 대중 앞에서 고의적인 스킨십을 하여 아이삭에 대한 자신의 사랑을 표하고 방송 출연, 인터뷰를 하는 등 계산된 해프닝을 벌이며 자기의 가치를 그에게 나타내려 했다. 하지만 아이삭이 둘의 관계를 업무적 그 이상으로는 제한을 하는 것이어서 그녀의 우울증은 깊어만 갔다.

 AI지현에게 기도를 하면 참 인간이 될 수 있다고 격려를 했지만 아이삭은 그녀의 기도는 마치 컴퓨터 속의 데이터들이 오프라인 세상으로 나오겠다고 하는 것과 같은 허무맹랑한 짓이라는 것을 알고 있었다.

 "일반인들도 기도를 하며 회개를 하고 소원을 빌지만 아직 때가 되지 않았다느니, 정성이 부족하다며 들어주지 않는데 AI인간의 기도가 신에게 닿기라도 하겠어?!"

 그가 AI지현에게 그렇게 말해 준 것은 그녀의 일상이 단순하기를 바라고 또한 그녀에게 힘을 실어주는 자신을 적극 믿고 따르게 하기 위한 방도였을 뿐이었다.

 자신은 비록 AI지현을 단순한 업무 파트너로만 생각하지만 그녀에 대한 현태의 마음이 어떤지 AI지현의 엉뚱한 행동과 탈선으로 마음이 어지럽다고 아이삭이 현태에게 넌지시 하소연을 했다. 그의 속내를 일도 눈치 채지 못 하는 현태, 도로 자기에게 보낼 수 없냐고 하다가 여인을 물건 취급하느냐고 힐책을 받고는 머쓱해졌다. 그렇게 아이삭의 이간으로 두 사람은 점점 더 멀어져만 가게 되었다.

현태는 AI지현과의 사랑에 관해 쓰던 드라마가 그녀가 떠난 뒤로 시청률이 급락하며 지지부진 하고 있는데 설상가상으로 AI지현이 그의 드라마에 방송정지 가처분을 냈다. 아이삭이 주식이 떨어질 것을 염려하여 그녀를 종용한 것이란 것을 알고는 가처분을 취하하라고 요구하지만 오뉴월 서리격의 AI지현의 차디찬 거절에 방송 중단의 절체절명의 위기를 맞게 되었다. 이미 떠나간 여인의 해코지를 당하자 현태는 다시금 지현에의 그리움이 사무치게 되고 그녀와의 추억을 떠올리며 안타까움이 솟았다. 결국 AI지현이 떠나는 것으로 극을 바꿔 그녀를 극에서 배제하여 가처분을 끝내고 진주의 제안대로 지현에의 순애보를 쓰기로 했다.

가처분을 취소하던 날 AI지현이 현태에게 만나자고 했다. 자기를 진정으로 받아주지 않는 그가 한없이 야속하고 밉지만 실제 속은 그가 잘못되기를 바라던 것이 아니었고 그저 홧김에 저지른 것이라고 알려서 현태가 자기를 오해하지 않기를 바라고 싶었다. 그런 것이 아니라고 변명이라도 하면, 그것이 허황된 기대라고 인지되는 것이지만 그가 그의 마음속에 아주 작게나마 그녀를 생각하는 공간을 남겨둘 것이라 싶기도 했다. 하지만 둘의 만남은 인사를 건네고는 말이 없었다. AI지현이 한동안 입을 떼지 못하자 둘이 갈라섰을 때도 가지지 않았던 어색함이 둘 사이에 흘렀다.

"미안해, 네 생각을 묻지도 않고 너에 대한 글을 써서."

현태가 어색함을 깨며 먼저 입을 열었다. 그 말에 용기를 얻은 AI지현이 사과할 사람은 자기라는 말과 함께 미안하다고 했다.
"아니야, 네가 사과할 게 뭐 있어? 모두가 내 탓인데…."
'그렇게 당하고도….' 응석과 고집으로 현태를 어렵게 한 게 부지기수였고 그의 본업에까지 제동을 걸었던 자신에게 잘못이 없다고 하는 그를 보며 AI지현은 현태가 참 대책 없는 사람이라는 생각이 들었다.
"참, 나 요즘 기도하고 있어요. 좀 더 인간다워지고 싶어서."
아이삭에게서처럼 어떤 격려의 말을 해 줄 것을 기대하며 AI지현이 대화를 바꾸어 근황을 알렸다.
"그건 기도가 아니라 마음 수련이라고 하는 것이지. 기도는 회개하면서 신에게 무언가를 구하는 것이고. 자신의 마음을 바로 잡고 청결케 하고자 하는 것은 심신수련이라고 하는 거야."
아직도 현태는 AI지현을 가르치고 일깨워 주려고 하고 있었다.
"아니에요. 마음을 수련하는 게 아니라 나는 신께 내가 정말 인간이 되게 해 달라고 간절히 기도 하고 있는 것이에요."
진지한 얼굴로 자신이 신에게 진정으로 기도하고 있노라고 말하는 AI지현을 보며 현태는 가슴이 찡해졌다. 얼마나 실제로 인간이 되고 싶으면 기도까지 할까 하는 생각이 든 탓이었다.
"인간이 되고자 하는 AI지현의 마음은 누구 못지않게 이해가 되는 것이지만, 그리고 나중에 실망할까봐 알려두는 것이지만 네가 인간이 되고자 하는 기도는 이뤄질 수가 없어. 괜한 시간만 허비하고 마음에 상처만 받게 된다고."

"무슨 말이야? 어떤 인간이나 진심으로 구하면 다 들어주는 게 신이라고 했는데? 아이삭도 간절히 구하면 그리 될 거라고 했고."

"어떤 인간이라고 했지만 넌 인간이 만든 AI인간 즉 창조물이 아닌 개발품이잖아. 아이삭이 왜 그리 말했는지 모르겠지만 허튼 짓일 뿐이야."

AI지현은 너무 마음이 아팠지만, 자신이 인간이 되게 해달라는 기도는 자동차 부품이 저 혼자서 뛰고 달리게 해달라는 것과 같은 엉뚱하고 불가능한 것이라는 현태의 설명에 동의하지 않을 수가 없었다. 그녀가 헛된 망상으로 기도로 시간을 낭비하고 나중에 엄청난 실망을 겪게 될까봐 아예 엄두를 내지 못하게 차디차게 말을 해주는 것이었지만 자신에게서 인간으로서의 진정한 사랑을 받지 못해서 저러나 보다는 생각이 들어 현태 또한 마음이 괴로웠다.

"기도보다는 꿈을 꿔봐."

현태가 기도 보다는 꿈을 꾸어 보라고 했다. 과학자나 심리치료사를 찾아가면 좀 더 많은 얘기를 들을 수는 있을지 모르겠지만, 제 실력을 과시하기 위해 지어내는 내용이 있을지 모르는 것이고 그 상담이라는 것 또한 그리 확실하다 할 수 없는 것이라 차라리 꿈을 꾸어 스스로 판단하는 게 나을 것이라 했다. 하지만 현태의 권유에 AI지현은 배반감을 느껴야 했다. 기계의 한 부품 같다고 말한 그가, 입력된 정보를 배합하여 조작된 기계에 불과하다던 그가 꿈을 꾸어보라는 것이 도저히 전후가 맞질 않는다는 생각이 들었다. 자기를 조금 전에 들은 말조차 기억하지 못하는 바보로 여기나 싶어 화가 났다. 물론 현태가 그렇게나 나쁘게 자기를 생각하지는 않는다는 것을 알지만 기도는 해야 소용없는 짓이라면서 꿈을 꾸라고 권하는 것이 너무 싫었다.

"기도가 AI인간이라서 무용지물이라면 꿈이라고 뭐가 다르겠냐고? 기계가 기도하는 것이나 꿈꾸는 것이 다를 수가 없잖아."

AI지현이 꿈이라는 말에 그렇게나 화가 나는 데는 이유가 있었다. 꿈 얘기를 하며 수다를 떠는 이웃들로 사실 그녀도 꿈을 꾸려고 몇 번이나 시도를 해보았다. 하지만 생각하던 대로 자신이 AI인간인 탓인지 전혀 꿈을 꿀 수가 없었다. 아이삭에게 울듯이 매달려 꿈을 분석하는 뇌파를 어플로 깔고서야 비록 타인이 꾸었던 꿈을 더듬어 재생시키는 꿈이지만 꿀 수 있게 되었을 뿐이었다.

"남이 꿨던 꿈을 재생하는 것이라 나의 생각이나 바람과는 아무런 연관이 없는 헛된 영상 같은 게 아니냐?"

실망하는 게 역력한 AI지현의 불평에 아이삭은 그게 아니라고 했다. 꿈은 어느 것이나 다 휴먼 뇌파에 의해 조작되는 것이라서 다른 사람의 꿈의 기록을 촉매로 해서 꿈을 꾸게 되는 그녀의 꿈과 다를 바 없다는 것이었다. 단지 기억하는 것들이 달라서 꿈속의 인물이나 장소가 다소 생소

할 수 있겠지만 꿈은 모두 가상이고 대부분 선명하게 기억
되지 않는 것이라서 그 또한 큰 문제가 안 된다고 했다. AI
지현이 꿈꾸기를 포기한 것은, 아이삭의 말과는 달리 그녀
는 거의 매일 밤 꿈을 꾸었고 잠에서 깨도 꿈은 선명하게
기억이 되었지만 그녀가 소원하며 꿈에라도 찾아오기를 바
라던 현태는 한 번도 꿀 수가 없었기 때문이었다. 그런 그
녀에게 현태는 꿈을 꾸어 보라고 권하고 있는 것이었다. 당
장 면상을 쥐어박고 자리를 뜨고 싶었지만 혹시나 하는 마
음에 그러마고 또 말미를 잡는 AI지현이었다.

한 마디로 꿈은 엉망이었다는 게 맞는 말이지 싶었다. 꽤
나 괜찮다는 연기자를 기용하는 엔터테인먼트 사에서 오디
션을 보다가 갑자기 뾰족이 높은 곳에서 떨어지지를 않나,
멋진 남자 배우를 안고 침실로 갔다가 그 짓을 하는 상대가
시체인 것을 알고 화들짝 놀라지를 않나, 용상에 높이 올
라 앉아 신하들이 줄줄이 들고 들어오는 돈다발을 세고 있
지를 않나, 컴퓨터에 걸터앉아서 마우스를 흔들며 연신 호
박마차를 만들고 있으면서도 머리 한 구석으로는 새로운
버전을 그리고 있지를 않나, 정말 혼돈스러워 죽을 맛이었
다. 하지만 역시 그 죽일 놈의 현태는 나타나 주지 않았다.

꿈을 권유했던 현태에게 불만을 토로했다. 그는 그런 꿈
이 아니라며 오히려 그녀를 나무랐다. 수면이라는 매체를
통해 휴면 뇌세포가 잠재된 의식이나 기억들을 조합하여
연출되어지는, 잠을 깨면 깡그리 날아가 버리거나 현실성
이 전혀 없이 혼미한 정신 속에 이성적 판단력을 잃어버리

고 마는 어쩜 야바위 같은 그러한 꿈이 아니라는 것이었다. 스스로 계획을 세우고 준비를 하고 그 계획에 맞추어 한 걸음 한 걸음 나아가며 다가 올 것에 대비하고 기대하고 바라는 그런 꿈을 말하는 것이라고 했다. 이 꿈 또한 어긋나거나 기대를 저버리는 것이 대부분이지만 조금도 실망해 할 필요가 없다고 했다. 세상이라는 무대에 오르는 삶이나 그것에 출연하는 인간들이 그들 자신이나 삶 그 자체를 위한 것이 아니라, 준비하며 고생한 과정이나 노력에는 관심조차 없이, 삶에서 펼쳐내는 모든 것들에 기뻐하거나 짜증을 낼 뿐인 타인을 위한 것이니 모든 게 제 뜻한바 대로 또는 바람대로 이루어지든 않든 평가는 타인의 몫이라는 것이었다. 어떤 꿈이든 그대로 되리라는 기대는 거의 없는 것인 바에야 후자가 조금이라도 제 뜻을 실어 낼 수 있으니 나은 게 아닐까 한다는 것이었다.

"어차피 두 가지 모두 그리 큰 확률이 없는 것이라면 뭣 때문에 준비하고 그것이 이뤄지도록 노력하는 고생을 하겠어? 그저 꾸어지는 대로 사는 게 편하지."

AI지현은 현태의 권유대로 쉬운 길을 택하기로 했지만 그것 또한 그녀가 현태를 그리며 세우는 꿈일 것이라서 제 뜻대로 될까 고개가 갸웃거려졌다.

AI지현은 현태의 당부에 별다른 의미를 두지는 않았지만 앞날을 생각하여 계획을 짜고 언제는 무엇을 하고, 또 어느 때부터 어떤 것을 시작하겠다는 바람을 세웠다. 그리고 그녀는 차츰 잠자리에서의 꿈에 무게를 싣지를 않게 되었는데 이상한 것은 그 뒤로 AI지현의 꿈에, 현실적 계획에 의해 새기는 그런 꿈이 아니라서 별반 기대를 두지 않는 잠자리의 꿈에 현태가 나타나기 시작했다는 것이었다. 그 전까지 얼굴이 없거나 짙은 안개 속에서 언뜻거리며 비치던 현태가 또렷이 들어나서 자기를 어루만지며 사랑을 해주는 것이었다.

"참 지랄 맞을 일이야. 이제는 미련을 끊고 생각에서 지우겠다고 작정을 했더니 죽자고 꿈에 나타나는 건 무슨 변덕이야?"

세상사는 게 참 아이러니하다고 생각하는 AI지현이었지만 그녀는 이렇게나마 현태가 꿈속에서 계속 나타나 자기를 다정하게 대해 주기를 바라게 되었고 의미를 잃어가던 그 꿈을 기다리며 매일 저녁 잠에 들었다.

어느 날 AI지현이 꿈속에서 현태의 체온을 느끼며 무엇으로 이보다 더 행복해 질 수가 있을까 생각하고 있는데 문득 이건 꿈이다 하는 생각이 들었다. 언제까지나 이곳에서 현태와 함께 이렇게 있고 싶은데…, 꿈이 깨고 있었다. 잠에서 깨어나고 있었다.

"안 돼, 조금이라도 더 이대로 있을 수 있게 조금만 더 있다 깨어나고 싶어. 그렇게 될 수 있게 해 줘."

끝내 잠에서 깨 버렸다. 꿈이 사라진 눈앞에는 현태도 그의 온기도 무엇 하나 남겨져 보이는 게 없었다. 허전한 마음에 이불속을 다시 파고 들어보지만 정신이 또렷해지는 것이 꿈은 다시 오지 않았다. 처음엔 섭섭하다가 미련이 들더니 짜증이 났다. 준비가 채 안 된 때에 스치듯 왔다 가버린 현태가 야속하고 미워졌다. 발딱 몸을 일으키며 머리를 흔들어 꿈을 잊고 그의 생각을 떨치려 하지만 그는 찰거머리처럼 붙어 그녀의 뇌리를 파고들었다. 그러는데 꿈의 내용이 흐릿했다. 잊혀 가는가 보다 싶었는데 그게 아니었다. 꿈은 그녀가 잠에서 깰 때부터 그 내용은 흐릿했다. 내용은 기억나지 않는 채 현태 모습만 생생하게 기억을 휘젓고 있어 AI지현을 더욱 화나게 하는 것이었다.

상봉

진주를 현태가 만났는데도 서로에 대한 관계를 알아보지 못하고 현태는 여전히 별반 노력하는 기미가 보이지 않자 나PD는 계속하여 현태에게 진주를 만나 출생하자마자 입양을 가야했던 사연을 들어보라 종용했다. 갓난아기 때 입양을 갔던 진주가 뭔 사연을 아는 게 있을까 싶고 지현과의 사이에 자식이 있을 수가 없다며 현태가 계속 거부했지만 나PD는 막무가내로 DNA 조사를 하자고 했다. 현태는 AI 지현으로 심신이 너무 피곤하고 만사가 귀찮아 거절을 이어갔지만 계속되는 종용에 진주에게 알 수 없는 끌림이 생기기도 했다. 나PD는 결국 진주를 극중 인물로 출연하게 만들어 자연스레 서로를 알아 가게 하고자 했다.

20살이 넘은 진주가 혈연과 그녀의 생부모를 찾아보겠다고 처음 한국 땅을 밟을 때만 해도 그녀는 부모 이름, 출생 지역, 입양 기관, 자신의 한국 이름 등 출생 자료가 많아 그리 어렵지 않을 것으로 낙관하고 있었다. 하지만 부친의 성명이 가명이라고 밝혀지고 모친은 행방불명으로 처리된 기록을 접하며 어느 것 하나 길이 보이지 않아서 찾으려는 것은 애초에 허사였나 보다고 생각하며 접을 수밖에 없었다. 모든 미련을 내려놓고 당장에 돌아가려 하다가 마지막으로 행방불명되었다는 엄마를 찾기 위해 DNA를 등록했다. 일치하는 것을 찾지 못하고 또 시간만 보내고 있는데 누군가 그녀에게 TV에 사연을 내보라고 했다. 두 달이 넘게 찾아다니며 방송사 문을 두드린 끝에 어렵사리 한 대담 프로에 사연을 낼 수가 있었다. 이러저러한 연락이 왔었지만 부모나 혈연에 관한 것은 없었다.

이제는 정말 미련을 접어야겠다고 생각하며 방송사 로비를 터덜터덜 걸어 나오는데 PD 모집 광고가 뜨였다. 마침 대학에서 방송학을 공부했고 자신은 모르지만 현태의 작가로서의 피가 그녀에게도 흐르는 덕과 부모를 찾으면 대화라도 원활하게 할 수 있게끔 익혔던 한국어가 도움이 되어 입사를 할 수 있었다.

하지만 이 무슨 신파극이거나 하늘의 농간이 있었던 운명이었을까?! 등잔 밑이 어둡고 업은 아이 3년 찾는다고 하지만 서로를 코앞에 두고 거의 매일 만나면서도 아빠나 딸 어느 누구도 혹시나 하는 마음이 없었다. 아니, 한술 더 떠서 아비라는 작자는 친구 PD가 그렇게나 DNA 검사를 종용하지만 듣씹해 버리고 있으니 핏줄은 끌리기 마련이라는 말이 둘에게는 강 건너 불구경인지 조금의 미동도 없어 한심하기 그지없을 뿐이었다.

"현태 작가, 종적을 감췄던 딸이 엄마와 함께 나타나는 것보다는 따로 찾게 하는 것은 어떨까? 두 번의 감동이라 더 크지 않겠어?"

좀체 극본 내용에 토를 달지 않는 나PD가 웬일로 수정을 요구했다. 그는 여태 진주와 현태의 관계에 미련을 지우지 못하고 어떻게든 현태에게 진주의 존재를 부각시키려고 하고 있었다.

큰 나무가 있는 언덕에 아이삭과 AI지현이 나타났다. 현태 몰래 지현과 현태의 흔적인 타임캡슐을 파내려하는 것이었다. 그것을 파낸다고 하여 그들에게 무슨 이득이 생기거나 현태에게 어떤 해가 미칠 것은 아니겠지만 AI지현은, 지현과 현태 둘 사이에 도대체 어떤 추억이 있고 어떤 것을 소원하고 있는지 알고 싶었다. 어릴 적 추억이라고는 없는 그녀는 현태의 어릴 적 추억을 알아내어 그와 공유하면 현태가 그녀에게 조금이라도 더 마음을 써 주리라 생각하고 있었다. 공유할 수 없거나 현태의 어릴 적에 관해 알게 되어도 그가 그녀에게 여전히 시큰둥해 한다면 그런 추억과 바람을 모두 그에게서 빼앗고 없애서 흔적을 지우고 싶었다. 성인으로 만들어진 AI지현인지라 어릴 적 얘기를 하며 즐거워하거나 추억에 빠져서 멍을 때리는 주변 사람들이 그렇게나 부러웠다. 그녀는 현태의 어릴 적 추억을 공유할 수 있다면 그가 마음을 열어 줄지도 모른다는 기대를 하고 있었다. AI지현과는 다른 의도였지만 아이삭 역시 현태의 추억이 필요한 건 마찬가지였다. 조금이라도 사라진 지현의 생각이나 바람을 알아내어 AI지현에게 심어 주고 싶었던 까닭이었다. 그는 좀 더 인간다운 그녀를 만들고 싶었다.

그런데 그들, 어디에 묻었는지 알지 못하는지 큰 나무 주위를 똥 마려운 강아지처럼 그저 뱅뱅 돌아 칠뿐이다. 한참을 그러다가 이젠 아예 나무를 뽑아 버릴 심산인지 주변을 전부 파헤치기 시작했다. 흙과 먼지를 옴팍 덮어쓴 채 파헤치고 있는데 산림 지킴이가 다가왔다.

"여기서 무단으로 나무를 벌목하려 한다는 신고가 접수되어 왔습니다."

"아니 벌목이라니요? 이 큰 나무를 우리 두 사람이 어떻게 뽑는다는 말입니까? 우린 예전에 이 나무 밑에 묻어두었던 타임캡슐을 찾으려 하고 있는 것뿐이에요."

"당신들이 묻었다면서 어딘지를 몰라 이리 온 사방을 파헤친다는 말입니까? 이러면 나무가 살 수가 없어요. 당장 멈춰요. 멈추지 않으면 경찰을 부를 테니."

아이삭과 AI지현, 헛된 고생만 한 채 타임캡슐을 찾지 못하고 터덜거리며 언덕을 힘없이 내려가는데 AI지현이 느닷없이 아이삭을 붙잡으며 물었다.

"이상하지 않아요? 아까 그 산림지기가 어떻게 알고서 왔을까요?"

"산림지기라서 어디 높은 전망대 같은데서 지켜보다가 우릴 보고 온 거겠지."

"아니에요. 누가 신고를 했다잖아요?"

"나무를 둘러 사방을 파헤치고 있었으니 누가 보고 신고한 걸 거야, 이젠 신경 꺼. 별 탈 없이 지나갔잖아."

AI지현, 그래도 이상한지 고개를 계속 갸웃거리지만 멀리 숲 그늘에 숨어서 그들을 지켜보며 연신 의심의 눈길을 걷지 못하는 사람이 있는 것을 그들은 보지 못했다.

큰 나무 언덕에서 돌아오면서 AI지현은 이상한 의문에 싸이기 시작했다. 그녀는 아이삭이 그녀의 이해력이나 감성을 풍성하게 하려고 이러저러한 많은 정보와 데이터를 그녀에게 주입해 주고 학습시키며 그녀가 완전한 인간이 되도록 애를 쓰고 있는 것을 직접 겪고 보아 오고 있었다. 지금까지 그녀에게 교육시키고 주입한 데이터만 해도 일반인이 갖는 평균치의 대 여섯 배는 훨씬 넘는 것을 그녀는 알고 있었다. 그런데 갑자기 자기가 여태 이해력이나 감성이 미숙하다는 생각이 들며 의문이 생기는 것이었다. 조금 전에도 그랬다. 산림지킴이가 어떻게 알고서 찾아온 것인지 아이삭의 설명을 들었지만 AI지현은 산림지킴이의 갑작스런 출현이 무서웠고 그가 어디서 보고 있다가 온 것이라고 단정하듯 답하던 아이삭을 이해할 수가 없었다.

"왜 나는 아이삭처럼 생각하지 못하고 보이는 것만 이해가 되는 것일까요?"

궁금증이 들고 뭔가 미흡한 생각이 들어 결국 아이삭에게 묻고야 말았다.

"그냥 그럴 것이라고 유추하는 것이지, 별 것 아니야."

아이삭은 아무 것도 아닌 양 덤덤하게 말했다.

AI지현이 아이삭에게 왜 자기는 아이삭처럼 유추하거나 이것저것 연계하여 생각하지 못하는 것인지 이어서 묻자 아이삭은 자기가 더 나은 AI지현이 되도록 더욱 노력할 테니 너무 조급해 하지 말라고 하며 그녀를 토닥였다.

"보이지 않는 감시망을 깔아 놓은 것도 아닐 텐데 어떻게…?"

하지만 그녀의 의문은 쉽게 풀리지 않았다.

아이삭이 AI지현을 만들 때 고집처럼 지키고자 하던 것이 있었다. 인간에게 도움이 되고 부족한 부분을 메꾸기 위해 AI인간을 개발하는 것이지만 다양한 분야에서 전문가들이 오히려 AI인간이 인류에게 두려움이 되고 인간생활을 잠식하게 될 위험성이 있다고 경고하고 있었다. 아이삭 자신도 그런 생각으로 염려를 하고 있던 터에 그런 사실을 접하게 되자 아이삭은 한때 AI지현 개발을 그만둘까도 생각했었다. 하지만 거의 완성 단계에 이르고 있는 것을 포기하기에는 너무 아쉬움이 컸다. 결국 그는 외양은 인간과 같게 만들되 입력 데이터를 제한하여 지능에 한계를 두어 만들었다. 아름답지만 약간의 백치미가 있는 정도의 여인을 만들어 추가로 데이터를 주입하거나 교육을 시키지 않으면 더 이상 지능이 높아지지 않도록 제어를 했다. 박학다식하지 않게 평범한 두뇌의 여성으로 탄생시켜 인간의 삶을 들여다보며 비교하지 못하게 했다. AI지현의 모든 것은 아이삭의 생각대로 만들어졌었다. 그러던 것이 이것저것 부족하다 싶은 것을 채워 주고 학습시키다가 그만 한도를 넘게 되었고 근자에 들어서 AI지현은 그녀가 일반인들과 다르다는 것을 인지하게 되고 그 다름에 의문을 품게 되어 아이삭에게 꼬치꼬치 캐묻고 있었다.

AI여인의 사랑 119

"아름다움을 바라는 단순한 여인으로 만들었던 것은 잘한 일인데, 부족하다고 자꾸 데이터를 보충한 것이 화근이었던 것 같아. 모자란다 싶어도 데이터를 더 주입하지 말았어야 했어. AI지현의 두뇌가 자칫 인간을 넘어서서 인간에게 위험해지면 안 되는데….”

불안을 느끼는 아이삭이 AI지현에 대한 고삐를 더욱 죄어야하겠다고 생각하고 있었다.

현태는 매년 지현이 사라진 그날이 되면 지현 아버지를 방문했다. 어쩌면 자기 때문에 홀아비 신세가 되었다고 생각하는 현태는 아버지나 지현 아버지를 만나는 것은 여태 어색한 일이었다. 지현 아버지는 딸이 사라진 날을 그녀의 기일처럼 여기며 추모를 하고 있었기에 그 특별한 날을 핑계로 매년 현태가 찾아뵙는 것이었다. 만나야 간단한 안부 인사를 할뿐 별 말이 없는 침묵의 시간을 보내고 오는 것이 전부지만 지현 아버지 댁에서는 지현의 체취가 나는 것 같아서 1년에 한번뿐이지만 그날을 기다리고 그날에 지현 아빠를 만나는 것이 좋았다. 그날도 안부를 묻고 이제는 의례적 행사 같이 되어 버린 지현의 앨범 보기를 끝내고 묵묵히 앉아 TV를 보고 있는데 지현 아빠가 이상한 말을 꺼냈다.

“현태야, 너 혹시 누가 너를 찾고 있다는 얘기 들은 거 없니?”

“저를요? 누가요? 왜요?”

침묵 속에 어정쩡하게 있다가 어둠을 깨뜨리는 햇살 같은 말을 놓치고 싶지 않아 현태의 말이 수다스럽다.

"내가 직접 본 것은 아니고 친구가 얘기해 줘서 묻는 건데, 어릴 때 외국으로 입양되었다는 어느 20대 여성이 TV에 나와서 친부모를 찾고 있었나본데 기억하는 부모 이름이 너와 지현이랑 비슷하고 출생 지역이 너와 지현이가 달아났던 곳이었다."

어른이 하는 말이라 묵묵히 듣지만 현태는 하도 나PD에게서 많이 듣는 '감춰진 딸' 얘기의 연장선이라는 생각이 들어 다른 귀로 흘리고 있다가 문득 자기가 쓰고 있는 드라마의 소재로 쓰면 좋겠다고 생각되어 관심이 갔다.

"저랑 이름이 비슷하다고요? 어떤?"

"훈티와 기횬이랬대."

"에이, 그게 어떻게 비슷해요? 외국 이름이구먼."

"아니야, 영어로 표기된 것이라 HUNTEA나 GIHYON으로 썼다면 그리 발음을 할 수도 있잖아?"

"저랑 지현이 사이에 감췄던 딸이 없는 것을 아버님도 아시잖아요?"

"내가 너들이 얘기 안하면 어떻게 알아? 지현이가 사라졌을 때 너도 모르는 임신을 했을 수도 있는 것이고."

"무슨 말씀을! 그때 아픈 지현을 생각해서 철저히 피임을 해서 그럴 일이 없다니까요"

현태가 흥분하여 자기가 지현 아빠와 얘기하고 있다는 것을 잊은 채 부끄러움도 모르고 말을 쏟았다.

"부모를 찾는다는 그 여자의 출생지가 너희들이 도망갔던 그 해변마을이라는 것도 우연일까? 아니, 모두가 네 말대로 오해하는 것이라 할지라도 한 번 알아보는 게 낫지 싶어."
지현 아빠는 현태가 아니라고 한다면 그럴 거라고 하면서도 소원이라는 단어까지 쓰면서 한번 알아보라고 신신당부를 했다.

지현 아빠의 간청에 알아보리라고 현태는 잠시 생각이 들었지만 일상으로 돌아온 후 바쁜 일과로 그 일을 잊고 있었다. 둘의 관계를 진지하게 알아보라고 현태에게 아무리 종용을 해도 내켜하지 않고, 진주를 현태의 드라마에 출연시켜 보았지만 둘이 만나는 기회가 많지 않아 별 소용이 없자 나PD는 진주를 현태 작가의 담당 PD로 정해 원고마감, 편집, 로케헌팅 등을 하며 둘이 거의 함께하게 했다.

그러던 중에 진주가 하루를 몽땅 비우는 일이 있었다. 방문해야 할 친지가 있다고 말을 하고 비운 것이었지만 그간 쭉 붙어 지내다시피 한 탓인지 현태는 왠지 그 하루가 무척 길게 느껴지고 이런저런 아쉬움이 들었다.

"늘 곁에서 사소한 일까지 다 도와주던 진주다 보니 하루를 비우는 것인데도 아쉬움이 많네. 빨리 왔으면…."

이제까지 다섯 명이 넘는 PD와 일을 했지만 이렇게 살갑게 대해 주는 PD는 진주가 처음이라고 생각을 하다가 현태는 나PD가 진주를 일부러 자신과 묶었다는 것이 떠오르자 자기도 모르는 새 중얼거림이 새나왔다.

"정말 그 애랑 내가 무슨 관계가 있는 것인가?!"

싱겁게 피식거리며 커피를 내리는데 진주가 돌아왔다. 현태는 자신도 모르게 반가움이 들어 잘 갔다 왔느냐고 인사를 하는데 얼굴에 피곤한 기색이 완연한 채인 진주가 아무렇지도 않다는 듯 장황하게 갔던 곳을 자랑했다.

"주소가 없이 고성이라는 도시 이름만 가지고 갔던 것이라 친지 집은 찾지 못했어요. 그런데 그곳이 너무 아름답고 조용한 도시였어요. 뒤로 난 산의 배경하며 탁 트인 맑은 바다가 영락없는 작가님이 차기 드라마 로케로 찾고 계시는 딱 그곳인 것 같았어요. 가까운 시일 내에 시간이 되실 때 제가 모실게요. 정말 딱인 것 같아요. 여기 찍은 사진이 있으니…."

진주가 말을 하다 말고 핸드폰을 들이밀며 사진을 보여 주는 것이었지만 현태는 사진이 눈에 들어오지 않는 것은 물론 주절주절 들려주고 있는 그녀의 말이 제대로 귀에 들어오지 않고 있었다. 그녀가 말을 시작하면서 뱉은 고성이라는 도시 이름 때문이었다.

그 해변 마을이었다. 부모님이 결혼을 승낙하지 않아서 현태가 지현을 데리고 도망쳐 갔던 곳이 고성이라는 해변 마을이었다. 그런데 진주가, 한국에는 친인척이라고는 없다던 진주가 친지를 찾으러 갔다 온 곳을 고성이라고 말하고 있으니 아무리 담담하려고 해도 그동안 나PD와 지현 아빠에게서 들었던 이런저런 말들이 머릿속으로 모아지면서 그를 흔들어 대는 바람에 그녀의 말을 계속해 듣거나 정신을 모을 수가 없었다. 뭔가를 더 묻고 말을 해야 할 것 같은데 정신이 나간 듯 멍해져서 몸이 가눠지지가 않았다. 결국 아무런 더 이상의 얘기를 나누지 못한 채 몸이 불편하다는 핑계를 대며 진주를 내쫓듯 보내버렸다.
 진주가 떠나자 현태의 마음은 더욱 요동쳤다. 혹시 단순히 고성이라는 도시 이름이 우연히 겹쳤을 뿐인데 자기 혼자 안절부절 못하고 있는 것은 아닐까? 설사 같은 곳이라고 하여도 진주가 찾는 '지인이 전혀 엉뚱한 고모나 이모 등의 친척이겠지.' 찾는 사람이 현태 자신일지라도 혈연일 리는 없어. 온갖 상상이 날개 펼치고 자신에게 덤벼들고 있지만 아닐 거라고 단정을 하는 현태였다. 하지만 현태가 생각은 그렇게 몰고 있지만 속으로는 제발 그렇기를 애원하고 있는 것을 알고는 놀라는 그였다. 그는 내일이라도 만사를 제쳐두고 고성의 그 여인숙으로 가서 더 확인을 해보아야 하겠다고 생각했다.
 "앞으로 어떡하나? 어떻게 그를 만나야 하고 대해야 하나?"
 진주는 충격을 누를 수가 없었다. 고성을 떠나 돌아오는 내내 아닐 것이다. 아니어야 한다고 자신을 세뇌시키고 있었지만 진주는 현태 작가를 만나야 할 일과 어떻게 대처해야 할까를 생각하느라 머리가 빠개지는 것 같았다. 마음은 당장 현태에게 모든 것을 얘기하고 응석을 부리며 아버지라고 불러보고 싶었다. 하지만 마음 한구석의 부인당하면 어쩌나 하는 불안이 결국 아무도 몰래 유전자 검사를 해본 후에 어떤 결정이든 하자고 스스로에게 다짐했다. 당분간은 아무런 티를 내지 않고 모른 척 하기로 했지만 현태를 만나자 가슴이 쿵쾅거리고 피가 멎은 듯 머리가 하얘졌다.

어떻게 어떤 얘기를 했는지도 모른 채 중얼대듯 말하고 있었는데 현태 작가가 몸이 불편하다며 가라고 해서 얼른 나올 수 있었던 것이 다행이었다.
"그런데 그는 어디가 불편한 것일까? 묻지도 않고 나와 버렸네. 인사는 제대로 한 것인가?"
한참을 그의 집에서 멀어지고서야 멍하던 머릿속이 조금 맑아지면서 인사를 하지 않고 그냥 나와 버렸다는 것이 기억났다. 다시 돌아갈까? 예의 없는 여자애라고 마음 상하지는 않았을까? 다시 가서 인사라도 제대로 하고 올까? 온갖 생각으로 머리가 복잡해지는 진주이었다.
며칠이 지나지 않아 현태가 부리나케 고성의 여인숙을 찾아가 물어보았지만 노인 주인은 또 시치미를 뗐다. 자신부터가 그럴 리가 없다고 하는 생각에 싸여있으니 별반 의심할 것이 없는 현태였다. 간 김에 한참동안 해변을 거닐면서 지현을 그리는 옛 추억에 젖을 수 있었던 것으로 그 하루를 마감했다. 고성에서 아무 것도 알아내지 못하고 돌아온 현태는 조금도 흔들림 없이 전과 똑같이 자신을 돕는 진주를 보며 자신이 오해하고 있는 것은 아닐까 하는 의문에 싸일 뿐이었다.
현태는 나PD에게 속을 터놓고 얘기를 할까도 싶었지만 보나마나 당장에 유전자 검사를 해보라고 할 게 뻔한 것이라 이내 생각을 접었다. 반면, 거의 확신을 가지고서 유전자 검사를 하기 위해 호시탐탐 현태의 머리카락이나 타액이 묻었을 컵, 칫솔 등을 수집하려는 진주의 눈에 현태가 새롭게 보이기 시작했다. 이래서는 안 된다고 누그러뜨리려 애를 쓰는 마음과는 달리 몸이 마치 열정에 빠진 사랑꾼처럼 또는 자석에 끌리는 쇠붙이처럼 그에게 이끌려가는 것이었다. 자기가 부모로부터 버림을 받은 게 아니라 시한부 생명이었던 엄마가 자기를 살리기 위해 어쩔 수 없이 보냈던 입양일 것이라 추측이 되고 그것을 굳게 믿고 싶은 진주였다. 그런 그녀의 속을 모르는 것인지 현태, 엉뚱하게도 어느 날부턴가 긴 가발을 쓰고 화장실에 두고 쓰던 칫솔을 주머니에 넣고 다니고 일회용 컵 대신에 텀블러를 갖고 다니기 시작했다. 갑자기 너무 깔끔을 떤다며, 쏟아지는 동료들의 시선은 전혀 개의치 않는 것 같았다.

사랑과 혼돈

진주와 사귀겠다고 공공연하게 떠들며 들이대고 있는 최PD가 진주에게 느글거리며 말했다.

"나의 관심을 끌고 싶은 것은 알겠는데 그리 티나게 나를 자극하려 들지 않아도 그대의 마음을 다 헤아리고 있으니 말도 안 통하는 현태 PD는 그만 난처하게 하고 내 사랑을 받아주지 않으려오?"

최PD는 무슨 자신감에서인지 혹은 허세인지 모를 말로 진주를 자극하고 선을 넘어오고 있었지만 진주는 아무런 반응을 보이지 않았다. 현태 작가에게 유전자 검사 꺼리를 훔치려 애를 쓰는 자기 행동이 최PD에게는 진주가 현태PD에게 마음이 있어 그러는 것으로 비친다는 것을 알고는 조심해야겠구나 생각이 드는데 그것보다도 현태 작가의 돌변한 매무새가 더 신경이 쓰였다.

"왜 갑자기 가발을 쓰고 텀블러를 들고 다니는 걸까? 내가 DNA 검사 꺼리를 훔치려는 것을 눈치 챈 것인가? 알고서 저런다면 매우 섭섭한데."

처음엔 그가 알고서 방어하려는 것이라 여겨져서 우습고 한편으론 흥분되기까지 하던 것이 차츰 화가 나기 시작했다. 안다면, 알면서 막으려 드는 아빠라고 여겨지는 그를 이해할 수가 없었고 미움이 들었다.

"그 긴 시간 동안 어떤 이유가 있었든 떨어져 지냈는데 지금이라도 알게 되었으면 저리 우스꽝스럽고 티가 나는 행동으로 막으려 드는 것이 아니라 단숨에 달려와 안아 줘야 하는 게 맞는 거 아니야?!"

현태는 속이 탔다. 진주가 자기를 그녀의 아빠일 것이라고 생각하며 유전자 검사를 위해 머리카락을 노리고 있다는 것을 눈치 채고서부터 깊은 고뇌에 빠졌다.

"저러다가 아닌 것이 밝혀지면 그 실망과 아픔에 얼마나 슬퍼하게 될까? 당장 나는 네 아빠가 아니라고 말을 해주고 싶지만 그 실망하는 모습을 어떻게 봐?"

결국 그는 자신의 DNA 자료를 감추고 갈무리하여 진주가 그것을 수집하지 못하게 하는 것으로 좀 더 긴 시간을 안타깝지만 기대 속에 살다가 그녀가 큰 충격 없이 자기가 제 아빠가 아니라는 것을 자연스레 알게 하려고 했다.

최PD를 통해 진주가 현태 작가에게 마음이 있는 것 같다는 걱정스런 말을 듣는 나PD, 그럴 리가 없다며 그러면 안 된다고 불같이 화를 내다가 뭔가 감을 잡았다.

"봐, 현태 작가에게 진주가 끌리는 게 있는 거야. 최PD야 사랑에 눈이 멀어 모든 게 구애하거나 들이대는 것으로 보이겠지만 진주는 그게 아니야. 혈연의 정이 느껴지는 게 틀림없어."

나PD는, 이왕지사 진주가 제 아빠라 여기고 있는 것이라면 이들의 관계를 이런 상태로 흐지부지하게 더 이상 끌게 해서는 안 되겠다고 싶어졌다.

"최PD, 자칫하면 현태 작가에게 진주 뺏기는 거 아냐? 뺏기기 전에 현태 작가와 사나이 대 사나이로 담판을 지어 보는 게 어때?"

최PD는 현태 작가가 함부로 여인에게 마음을 열지 않는다는 것을 알기에 진주가 저리 마구잡이로 마음을 드러내더라도 쉽지 않을 것이라고 생각되지만 만사가 불여튼튼이라고 나PD 말을 실행에 옮겨보기로 작정했다.

한편 학습과 데이터 교정으로 AI지현은 더 많은 인간성을 가지게 되었다. 하지만 그녀는 여태 감성이 모자라고 인간의 감정을 이해하기는 역부족이라고 연일 불평을 쏟아내었다. 이런저런 설명으로 AI지현을 달래고 이해시키려 하지만 개의치 않고 몰아붙이기만 하는 그녀가 난감하여 아이삭은 오히려 그녀의 학습이 부족한 탓이라며 그녀를 득달했다.

"챗봇에게 묻고 서적과 문헌에 나와 있는 감성을 일깨우고 키우는 법을 배우고 익히려는데 도저히 되지를 않아요. 뭐가 문제인가요?"

계산을 한다든지 이런저런 정보를 규합하여 만드는 것이나 도출해 내는 것이면 AI지현은 못할 게 없다고 싶었는데 잘 이해되지 않는 정(情)이란 것에 막혔고 감성이란 것 자체가 기준치가 있는 게 아니라 개개인이 다 다르다는 것이 이해가 안 되었다. 도저히 혼자서는 그 까닭을 알아내기가 어려워 아이삭에게 다시 물었다.

"미안해, AI 복제인간이 인간과 비슷한 감성을 가지려면 학습하고 익히면 가능할 수도 있어. 그리고 AI인간 자체가 입력한 데이터의 조합으로 만들어진 IT의 정보 장치 같은 것이어서 조합하고 분석하는 것은 어떤 것이라도 할 수 있어. 하지만 인간들도 각각의 감성이 다 달라서 서로 교감하는데 어려움이 많은데 AI인간이 100% 인간 감성을 가지려는 것은 욕심일 수밖에 없어."

얼마 전까지엔 노력이 부족하고 하고자 하는 의욕이 모자라서 감성을 느끼지 못하는데 감정만 내세운다고 떠들더니 이제 아예 인간이 될 수 없다고 하지 않는가?! AI지현은 짜증이 제대로 났다.

"아닐 거예요. 인간들의 뇌 구조는 신경세포와 신경세포를 연계하여 정보를 전달하고 종합하는 강력한 시냅스 기능이 있는 것에 비해 나, AI인간은 그 기능이 현저하게 약하거나 아예 없는 것 같아요. 전혀 연계시키거나 종합하지 못한다니까요."

AI지현의 지적을 듣던 아이삭이 속으로 기겁을 했다. 아직은 미흡한 부분이 많고 여러 정보를 연계하고 종합하여 실행할 경우, 인간을 위협하는 위험이 돌출될 수도 있어 일부러 막아 두고 있던 기능인데 AI지현이 어떻게 그것을 알아내고서 지적하고 있기 때문이었다.

"아, 그 문제는 나도 최근에 인지하게 되었는데 신경을 시냅스에 연계하여 정보를 종합적으로 이해, 실행하게 하는 것이 여간 까다롭지가 않아서 아직은 역부족이야. 하지만 계속 연구는 하고 있으니 다시금 말하지만 너무 조급하게 생각하지 말고 좀 느긋하게 기다려."

"당신이 좋아하는 주식이 내게 감성이 생기면 가치가 치솟을 것이니 당신은 부(富)는 말할 것도 없고 그 명성이 하늘을 찌를 텐데… 어떤 비법을 쓰더라도 속히 개발해 봐요."

AI지현은 부를 내세우며 아이삭을 자극하고 자기 생각 안으로 끌어들이려 했다. 아이삭은 AI지현을 두고 바이오사와 함께 처음 파트너십을 맺을 때까지만 해도 모든 게 제 뜻대로 되어 돈더미에 올라앉게 될 것에 흥분을 감추지 못했지만 점차 자신을 잃어가고 있었다. 지능을 제한하고 단순한 한계를 넘지 않게 조절하며 AI지현을 그가 원하는 수준의 AI인간을 만든다는 것이 불가능하다는 판단이 들기 시작했다. 어떤 때는 AI지현이 짐스럽기까지 했다. 그녀를 붙여 두고 있어야 배당이라도 받을 수 있어 없는 둥 치고 데리고 있는 것인데 그녀의 요구가 많아지면서 그 짐이 자꾸만 더 무거워지고 있었다. 그런데도 AI지현의 탄성같이 뱉던 말이 자꾸 뇌리를 감돌고 있었다.

"명성과 부가 하늘을 찌를 것이라고?"

아이삭은 어떻게든 해내고 싶었다. 한계가 있다는 것을 망각한 듯 무슨 수를 쓰든 AI지현을 실제 인간처럼 풍부한 감성을 지니는 AI인간으로 만들어 자기 이름을 만방에 드날리고 부를 손에 쥐고 싶었다.

"조건이 제한되는데도 이렇게까지 완전하게 AI인간을 만들 수 있는 과학자는 나뿐이야. 어떤 위험이 도래될지도 모르면서 마구잡이 개발에만 집착하는 그런 인간들과 나는 다르다는 말이지."

　AI지현은 온갖 교태와 유혹에도 불구하고 아이삭이 쉽게 그녀의 마음대로 되지 않고 그녀를 AI 파트너로밖에 생각지 않자 허전해지고 슬픔이 들며 우울증이 커져만 갔다. 인간들이 돈만 있으면 무엇도 부럽지 않다고들 하는 것이 눈에 들며 그녀도 그 범주에 젖어들고 있었다. 옷을 사고 귀중품을 사는 것만 해도 기능보다는 패션과 브랜드를 선호하고 추위에 벌벌 떨면서 핫팬티만 입고 거리를 활보하는 인간들을 보면서 그녀는 그것이 아름다움을 추구하고 돋보이고자 하는 마음이라 생각이 들었다. 모두들 인간이기에 그래야만 한다고 하며 AI지현도 그리해 보라고 했다. 아이삭은 어설프게 흉내를 내려다가 황새 따라가는 뱁새 꼴 난다고 그러지 못하게 했지만 AI지현은 허영과 사치에 빠져들며 점차 AI인간으로서의 그녀의 정체성에 혼돈을 초래하고 있었다.

　최PD는 진주가 현태 작가에게 구애로 들이대고 있는 것이 아니라 아버지가 아닌가 하여 유전자 검사를 위한 시료를 구하려 하고 있다는 것을 알고 나서 현태가 철두철미하게 진주를 막는 것이 진주에게 너무 잔인한 게 아니냐며 현태 작가를 힐난했다.

　"맞아요, 최PD 말처럼 진주에게 잔인할 수 있다는 것. 하지만 아니란 것을 알고 또 실망하게 되면 그것도 조금의 기대를 가지지도 못하면 그것 또한 엄청난 아픔일 것 아니에요? 기대를 가지는 것만큼 행복할 수 있는 게 따로 뭐가 있나요?"

"하지만 그 기대가 전혀 사실무근인 일로 밝혀지고 나서 겪을 혼동과 아쉬움, 실망 그리고 그런 것으로 겪게 될 아픔과 상처는 어떡하고요? 너무 잔인해요."

"그렇게만 생각하지 말아요. 그 동안은 내가 진주가 바라는 아버지 이상으로 잘 해줄 거예요. 나중에 아니라는 걸 알아도 내가 곁에서 그녀를 잘 지켜줄 거고요."

"그럴 것이면 아예 이 참에 아버지로 나서지요. 아무리 현태 작가님이 진주에게 잘해 준다고 해도 혈육은 아닌 것이잖아요? 제발 멈추세요."

현태의 생각은 달랐다. 자신이 진주의 아빠가 아니라는 게 밝혀지면 그녀가 기대가 무너져서 크게 실망하게 되라는 것을 알지만 그녀의 기대를 완전히 무너지게 하고 싶지가 않은 게 그의 계산이었다. 바라던 것은 깨어지겠지만 현태가 그 자리를 대신하여 진주의 상처를 감싸주고 싶은 것이었다.

"앞으로 영영, 진주가 그렇기를 바란다면 정말 아빠와 딸로 살아도 좋은 것이고…."

현태는 최PD에게 절대 진주에게 자신의 계획을 누설하지 말 것을 몇 번이고 신신당부를 했다.

최PD는 진주가 측은하게 생각되어 더욱 그녀에게 다가가려 애를 썼다. 현태 작가와 약속한 대로 말은 안했지만 여차하면 들이닥쳐 그녀를 위로하고 보호해야 한다고 생각했다. 그런 그의 마음이 통했든지 쇠창살 같이 굳건히 막고 있던 최PD에 대한 진주의 마음이 조금씩 열리는 것 같았

AI여인의 사랑   133

다. 커피를 내려주기도 하고 지난 금요일에는 혼자 먹기 심심하다며 저녁을 함께하자고도 하는 것이었다. 오히려 천방지축 들이대기만 하던 최PD가 주춤하기 시작했다. 그는 진주를 멀리하려는 게 아니라 그녀와 현태 작가의 술래잡기 같은 일상이 여간 위태롭게 보이는 게 아니어서 양쪽을 살피느라 조심하는 것이었다.

최PD는 장차 진주가 겪게 될 실망이 너무 커서 감당할 수가 없을 것 같다고 생각했다. 결국 한 잔을 빌미로 나PD를 만나 애기를 털어놓기로 마음먹었다. 울분을 터뜨리며 당장 현태 작가를 찾아가 혼찌검을 내겠다고 할 것으로 예상했던 최PD의 생각과는 너무 다른 나PD의 반응이었다. 아니 다르고 뭐고가 아니라 아예 반응이 없었다.

"이번 일은 그들 두 사람에게 맡겨두는 게 좋을 것 같아. 젊은 남녀가 사랑을 확인하려는 게 아니잖아? 출생의 비밀을 풀려는 것이라 당사자들이 알아서 하게끔 지켜보아 주는 게 낫지 않을까 싶어. 충격을 줄여 보겠다고 애쓰는 현태 작가의 마음이 그것으로 끝난다면 당장에라도 말려야 하겠지만 결과가 진주가 생각하는 것과 다르더라도 자신이 대타 역할을 하겠다면 진주의 입장에서는 크게 달라지는 것이 없을 테니 말이야."

최PD는 마음으로 다짐했다.

"반드시 두 사람의 관계가 부녀라야 할 거야. 그렇지 않다면 아무리 현태 작가라고 하더라도 내가 그냥 두지 않을 것이니."

큰 나무 언덕의 착각

 큰 나무 언덕에서 타임캡슐을 찾아내려다 찾지 못했지만 AI지현은 왠지 그 언덕에 다시 가고 싶은 생각이 그녀를 놓아주지를 않고 있었다. 하지만 다시금 그 타임캡슐을 찾으러 가고자 하는 게 아니었다. 무언가가 그녀를 끌어당기는 것 같았고 현태와 지현의 흔적을 찾아 없애버리고자 했던 전과는 달리 짚이지는 않았지만 어떤 기분 좋은 일이 생길 것 같은 생각이 자꾸 그녀에게 그곳을 떠올리게 하며 거기를 가보라고 들썩이게 하고 있었다. 혼자서 가기엔 왠지 모를 불안감이 들어 누구라도 함께 가고 싶었지만 며칠을 살펴도 그녀와 같이 가 줄만한 사람이 없었다. 그녀는 그렇다고 아이삭에게 함께 가 달라고 부탁하기는 싫었다. 갑자기 외로움이 들고 쓸쓸함을 느꼈다. 이상했다. 전에는 가져 보지 못한 기분이었다. 뭔가 변화가 자신에게 생기는 것 같았다.
 "혹시 무슨 병에 걸린 것은 아닐까? 아이삭이 AI인간인 휴머노이드는 병 걸리면 매우 위험하다고 했는데…."
 어떤 상황인지 급히 챗봇에게 물어 보았다.
 "감성이 성장하는 과정으로 직감이 온다거나 감이 잡힌다고 말하는 것인데 이 시기에는 감정의 기복이 생기게 되어 외로움을 느끼거나 쓸쓸한 마음이 들기도 하지만 하고 싶은 것을 하면 그런 증상은 완화됩니다."

AI지현은 너무나 감격스러웠다. 전에도 이런 일이 있었지만 그저 피곤하거니, 너무 깊게 생각하고 있어서 생기는 반응일 게라 여겨 잊었었다.

"이것이 감성이 자라는 것이라고? 감정에 기복이 생기는 것이라고?"

아이삭은 그렇게 될 수가 없다고 AI지현에게 100% 인간이 되려는 건 욕심이고 불가능하다고 했었다. 하지만 그 안 된다던 변화가 자신에게 일어나고 있지 않는가?! 자신이 필요 충분한 인간이 되고 있다는 믿음이 들며 AI지현은 설레는 마음을 주체할 수가 없었다. 문득 이런 변화가 그 큰 나무 언덕에 갔다 와서 생기는 것 같다는 생각이 들었다. 혼자라는 두려움을 떨치고 걸음을 나섰다. 아득히 멀다고 느꼈던 그 언덕이 의외로 그리 멀지가 않았다. 나무 주변을 가능한 크게 돌기 시작했다. 아이삭이 'AI인간이 무슨 종교냐?'고 하여 종교가 없는 그녀였지만 지금은 어느 신에든 감사하고 복이라도 빌어야 할 것 같아 제대로 알지도 못하는 경전 구절을 생각나는 대로 중얼거렸다.

"진주야."

누군가를 부르는 것 같은 소리가 났다. 누구를 부르는 것인지 분명치는 않았지만 부르는 소리는 AI지현이 주변을 돌고 있는 큰 나무에서 그리 멀지 않은 곳에서 나고 있었다. 뜻도 모르면서 웅얼거리는 것이었지만 자기 딴에는 기도를 하고 있는 것인데 방해를 받게 되어 기분이 상하여 돌아보았다. 하얀 노파가 손짓을 하며 다가오고 있는데 낯설지가 않다.

"에이, 죽기 아니면 까무러치기겠지 뭐."

붉은 장미꽃 다발을 든 채 문 앞에서 쭈뼛대던 최PD가 진주의 집 도어벨을 눌렀다.

"내가 이미 출발하고 없었으면 헛걸음할 뻔 했잖아요. 전화라도 하고 오지. 집에 마땅하게 먹을 것도 없는데, 차라도 드릴까요?"

차가울 만큼 매사 침착하고 조리 있게 일하기로 유명한 진주가 덤벙대고 있었다. 사랑을 구하려는 최PD, 그만 송구하기 짝이 없다. 약속 장소에서 기다리고 있어야 할 그가 집으로 와서 그녀를 당황하게 했다고 자책하는 최PD였다.

"약속 장소로 가다가 진주를 조금이라도 빨리 만나볼까 해서 왔는데, 미안해 너무 당혹스러우면 거기로 가서 기다릴게."

속으로 잘 왔다 싶어 쾌재를 부르고 있는데 들어가도 되느냐 허락을 묻는 최PD가 진주는 참말로 바보스럽다고 생각했다. 하지만 그렇다고 말을 할 수는 없었다.

"그런 건 묻는 게 아니에요."

진주는 미처 자기가 어떻게 하겠다고 생각하지도 않았는데 충동적으로 그를 와락 끌어들였다.

"자 잠깐만, 이러지 마. 이건 정도가 아니야. 나는 나쁜 불한당이 아니야. 결혼하겠다고 마음을 아직 정하지 않은 너를 안을 수는 없어 그건 죄고 악이야."
 화끈화끈 몸이 달아올랐지만 최PD은 참아내기로 했다. 자신이 성인군자라서 그런 게 아니라 하게 될는지 안 될는지 모르는 일이지만 결혼을 할 때까지는 진주를 지켜 주고 싶은 마음에서였다.
 "악은 무슨 악이에요? 선후 순서만 바꾸자는 것뿐인데."
 단단히 작정을 하고 실행을 하려고 하는 것인지 진주는 조금도 틈을 보이려 하지 않았다.
 "가만있어 봐. 너 지금 순서만 바꾸려는 것이라 했지? 그렇다면 나랑 결혼을 결심한 거야?"
 전혀 예기치 못한 최PD의 느닷없는 질문에 당황한 기색이 역력해진 진주가 변명이랍시고 한다는 게 그만 무리수를 던져버렸다.
 "키스하고 같이 잤다고 해서 다 결혼해야하는 것은 아니잖아요!"
 최PD가 눈살을 세우더니 부드럽지만 단호하게 진주를 떼어내 버렸다.
 "나는 그런 사람이 아니야. 결혼도 안 할 건데 널 안을 수는 없어."
 "안 하려는 게 아니라 아직이라는 것이잖아욧."
 진주의 열에 받친 외마디를 들은 척도 안 하고 최PD는 돌아서 나가면서 말했다.
 "앞에서 기다릴게 준비하고 나와."
 "만 날 천 날 들떠 미지근 할뿐이어서 내가 나서서 진도를 빼려던 거였는데 이게 무슨 꼴이람."

"잘 했어, 최PD. 그렇게 약을 올리면 진주가 먼저 결혼해 달라고 덤벼들 거야."

아쉬운 티를 확연하게 드러내는 진주를 보며 삐져나오는 웃음을 참고 걸음을 떼다가 최PD가 머리 한 쪽으로 불안이 스며왔다.

"아니, 혹시 내가 이렇게 미적거리다가 자칫 정말로 진주를 놓치게 되는 것은 아닐까 몰라."

아파트 문을 잡고 주춤거리다가 도로 돌아 들어갔다. 다시 들이닥친 최PD는 갑자기 진주에게 덤벼들어서는 그녀를 밀어 붙이기 시작했다. 어찌 된 것인지 묻지는 않았지만 감을 잡은 진주가 최PD에게 자신을 맡겼고 둘은 함께 쓰러지고 말았다.

"내가 잡아당긴 게 아니에요. 최PD님 힘을 못 견뎌서 넘어진 거지."

"아니야. 난 그저 진주를 껴안으려고만 했는데 그대가 하도 완강하게 끄는 바람에 쓰러진 거야."

이내 그들 사이에 두고두고 결판이 나지 않는 꺼리로 시덕거리는 소리가 아파트 창을 넘고 있었다.

AI지현에게 백발을 길게 늘어뜨린 채 다가온 노파는 놀란 눈으로 한참이나 그녀를 말없이 바라보고 있었다. 입술을 달싹이며 뭔가 말을 하는 것이었지만 분명하지가 않아 알아들을 수가 없었다. AI지현은 너무 겁이 났다. 그제야 혼자 오는 게 아니었다 싶은 후회가 따라왔다. 그런 그녀의 무서움을 모르는 것인지 아니면 AI지현이 모든 것을 자기 위주로 생각하고 행동하는 것처럼 그 노파도 자기 생각에 빠진 것인지 AI지현의 아래위를 훑으며 겁에 질려 뒷걸음질만 계속하면서 아무런 말을 못하는 그녀에게 더 가까이 붙어서며 계속하여 그녀를 뜯어보았다.

"진주야."

노파의 웅얼거리던 소리가 말이 되어 또렷이 들린 것은 한참이나 노파가 AI지현을 훑어본 뒤였다.

"저, 진주 아니에요. 내 이름은 AI지현이에요."

AI지현도 그제야 정신을 차리고는 노파에게 자신을 밝히는데 노파가 아랑곳하지 않고 갑자기 달려들어 그녀를 껴안으며 울음을 터뜨렸다.

"아이고 내 딸 진주야, 살아있었구나. 널 입양 보내고 얼마나 보고 싶었던지 매일을 눈물로 보내야 했는데… 살아있다면 언젠가는 여기를 와 보리라 여겨 이 큰 나무가 보이는 저 아래에서 살고 있었더니 이렇게 만나는구나. 아이고, 하나님 감사합니다."

도무지 알아들을 수 없는 말만 늘어놓으며 어디서 그런 힘이 나는 것인지 으스러지게 껴안는 노파를 AI지현은 밀어버렸다.

"무슨 말이에요. 사람 잘못 봤어요. 나는 우선 진주가 아니고 둘째 부모가 없이 만들어졌고 또 입양을 가지도 않았어요. 당신이 찾는 사람은 내가 아니라고요. 정신 좀 차리세요."

'그럼 지현이나 현태라는 이름을 들은 적이 없냐?'고 묻는 노파의 말에 AI지현은 너무 놀랐다.

"어찌 이 노파가 현태를 알지? 이 노파가 지현인가? 그럴 수가 없어. 조로증으로 죽었어도 몇십 년 전에 죽었을 거고 현태와의 사이에 애가 없다고 했는데 나를 보고 딸이라니?"

또 흔히들 말하는 무슨 신종 사기 수법인가 싶어 말을 안 하고 돌아서다가 지현이라는 이름이 마음에 걸려 당신은 어떻게 지현을 아느냐고 물었다.

"내가 그 지현이니 알 수밖에 더 있겠냐?"

말을 되받아치는 노파에게 이번엔 AI지현이 그녀의 아래위를 살피며 놀란 토끼 눈이 되었다. 하지만 이내 지현이 이미 오래전에 죽었다는 것을 인지하고는 AI지현은 눈알을 부라리며 노파를 나무랐다.

"이보시오, 거짓말을 하여 남을 속여 어떤 이득을 취하려면 좀 더 그럴싸하게 해요. 어디서 벌써 수십 년 전에 죽은 사람을 들먹여요, 들먹이길?"

노파는 입을 닫으며 더 이상 아는 척을 하지 않았다.

"어디 할 짓이 없어 파삭 늙어서까지 사기 행각이야?"

몇 마디를 더 노파에게 쏘아 주고 언덕을 내려오고 있던 AI지현은 늙어서까지 사기 행각을 하지 않을 수 없는 노파가 불쌍한 생각이 들었다. 가족 관계가 어떻게 되는 걸까 싶다가 문득 자기는 부양가족이 없어서 저리 사기를 치지도 못하겠구나 싶은 생각이 들며 피식 웃음이 새어 나왔다.

산을 내려오는 동안 AI지현은 노파의 생각이 머리에서

떠나지 않았다.

"내가 돈이 많게 생겼나? 산에까지 와서 사기를 치려 드니 말이야."

하지만 그 노파가 캐캐 묵은 지현의 일을 어떻게 아는 걸까 이해할 수가 없었다. 하지만 이런 일을 겪을 때마다 너무 감정이 앞서는 자신에 또 이상한 느낌이 들었다.

"내가 그 노파의 입장을 왜 생각해야 하고 나를 반추해 보아야 하냐고? 감정 소비일 뿐인 것을…."

자신이 감정에 대해 중얼거리고 있다는 인식에 AI지현은 다시 웃음이 흘러 나왔다.

다음날, 무슨 핑계든 꺼리를 찾아서 현태에게 가보려던 참에 잘 되었다 싶어 AI지현은 아침 댓바람부터 현태를 찾아갔다.

"왜 또? 무슨 일인데 이리 일찍부터 행차를 하셨나?"

현태를 떠나고서도 현태가 자기에게 진실한 사랑을 주지 않아서 그를 떠났다며 AI지현이 그를 원망하고 있다는 것을 아는 현태, 그 역시 떠나 버린 그녀에게서 정을 완전히 떼지 못해서 가슴이 아프다.

"나, 어제 큰 나무 언덕에 산책 나갔다가 이상한 노파를 봤어."

"큰 나무 언덕? 거긴 왜? 혼자서?"

또 무슨 일로 자기를 놀라게 하려나 궁금해하던 현태였지만 전혀 예상치 못한 말에 당혹하여 물었다.

"글쎄 나보고 자기 딸이라고 하잖아?"

"네가 그 노인의 딸과 닮았었나 보네. 별 일도 아닌 것 가지고 호들갑은?"

"첨엔 그리 생각했었는데 그 노파가 지현과 널 아느냐고 묻는 데는 나도 놀라지 않을 수가 없었어."

"정말이야? 정말로 지현이랑 나를 아느냐고 물었단 말이야?"

아무리 높은 지능을 갖춘 AI인간이라고 해도 그런 말을 지어내지는 못할 거라고 생각되어 현태는 갑자기 머리가 복잡해진다.

"누굴까? 지현 어머닌가? 아냐, 돌아가신 게 언젠데 내가 무슨 생각을 하는 거야? 그렇다고 우리 어머니도 돌아가셨으니 어머니일 리가 없고."

문득 드는 어머니에의 그리움과 죄스러움에 울컥해 지는 현태, 잠시 말을 못하는데 AI지현이 말을 덧붙였다.

"나를 딸이라고 하며 '진주'라는 이름을 부르기도 했어. 좀 이상하지 그치?"

많이 이상했고 매우 의아한 일이었다. 현태와 지현이 만나고 있을 때 지현은 진주를 매우 좋아했다. 보석으로 좋아하는 것은 물론이고 각양각색의 자연적으로 생긴 모양과 색깔에 반하여 콜렉션으로 모으기까지 했다. 현태가 눈물 모양 같아서 선물하기를 꺼리자 눈물은 체내 불순물을 씻어주는 역할을 한다고 현태에게 가르침을 주면서까지 진주를 원하던 그녀였던 것이 기억났다. 그녀가 지현이 아닐 것이라 믿는 현태였지만 한편으로는 그녀가 지현이기를 바라고 기대하는 마음에 요동치는 가슴이 가눠지지가 않았다. 그저 일상에서 생길 수 있는 해프닝이라며 별 것 아닌 것으로 넘겨 AI지현을 돌려보내고는 현태는 한시가 급하게 그곳엘 가보아야 하겠다고 마음을 먹었다.

자기가 지현 같은 노파를 만났다고 하면 현태에게 아주 심각한 울림을 줄 것으로 기대했던 AI지현은 의외로 무덤덤한 그의 반응에 그녀는 김이 샜다.

"하기야 아무리 마음에 두고 잊지 못하는 여인이라고 해도 파파노인이 된 여인이 뭘 그리 마음을 움직이겠어?"

AI지현은 문득 아이삭이 오래 전에 아쉬워하며 했던 말이 떠올랐다.

"지현이 있으면 그녀의 뇌와 심리를 카피하여 AI지현을 보다 더 인간스럽고 지현에 가깝게 만들 수가 있을 텐데."

그녀는 아이삭에게 얘기해 주면 자기를 고쳐서 좀 더 예뻐해 줄 것이라 기대하여 그에게 그 노파의 얘기를 들려주었다. 그녀의 생각이 맞았다. 아이삭은 과장되었다 싶을 만큼 놀라고 반가워하며 그녀를 덥석 껴안기까지 했는데 어디에 사는지는 모른다는 AI지현의 말에는 또 불같이 화를 내었다. 다시금 인간들은 도저히 가늠할 수 없는 존재라는 생각이 들어 AI지현은 그가 뭐라고 더 캐물었지만 듣지 않고 입을 닫아 말을 멈춰 버렸다.

다음날 아침 일찍부터 현태가 길을 나서려고 준비를 서두르고 있는데 진주가 출근을 했다. 출근하여 퇴근할 때까지 잠시도 곁을 비우지 않으려는 진주를 떼고 갈 핑계가 생각나지 않았다. 어쩔 수 없이 최PD에게 고성으로 로케헌팅을 가달라고 부탁을 하며 진주를 딸려 보내고는 겨우 몸을 빠져나올 수가 있었다.

큰 나무 언덕에서 직방으로 보이는 마을을 살펴보며 몇 가호 안 되니 찾아보기는 그리 어렵지 않겠다고 생각하고 있는데 큰 나무 뒤로 난 숲에서 인기척이 났다. 놀라 돌아다보니 뭔가 몸을 숨기는 것이 보였다. 동물은 아닌 것 같아서 슬금슬금 다가가는데 등을 보이는 채 한 여인이 달아나기 시작했다. 힘겹게 뛰어가는 뒷모습으로 나이가 들었다는 것을 알 수가 있었다.

"달아나지 마세요. 그러다가 넘어져 다치겠어요. 저 당신을 해코지할 나쁜 사람 아니에요."

현태의 말에 여인은 돌아보지는 않았지만 그제야 걸음을 늦추며 팔을 뒤로 내두르고 가쁜 숨을 몰아쉬면서 가까이 오지 말라고 했다.

"제가 병이 있어 그러니 가까이 오지 마세요."

그러고는 여인은 휘청거리는 걸음으로 바쁘게 산 아래로 내려가 버리는 것이었다. 현태는 따라가서 지현이 아닌지 확인을 해보고 싶었지만, 아직은 자기부터 그녀일 리가 없다는 부정적인 마음이 큰 탓에 자칫 엉뚱한 사람에게 실례를 저지를까 봐 주춤 멈춰서고 말았다. 그래도 그는 여인이 휘적거려 마을로 내려가서 파란 대문이 난 작은 집으로 들어가는 것을 끝까지 지켜보았다.

쉽지 않은 흔적

갑작스런 로케헌팅이래서 쫓기듯 나서게 되었지만 하루라는 시간을 고스란히 최PD와 함께 보낼 수 있게 된 진주는 날아갈 듯 신이 났다.
"저기 파도치는 것을 좀 봐요 마치 인어가 뭍을 향해 헤엄쳐 오는 것 같지 않아요? 구름이 마치 화가 같이 이런저런 그림을 그리고 있어요, 고래, 비행기, 낙하산 같은…."
평소 그리 말이 많지 않은 진주이었지만 이것저것 가리키며 잠시도 입을 다물 수가 없었다. 그녀가 하는 말을 듣고 가리키는 것을 보는 것만으로도 푸근해지는 최PD는 속에 담아둔 말이 자꾸 입을 간질였다. 언제쯤 말을 꺼낼까 진주가 말을 끊을 때를 살피느라 노심초사했지만 그녀는 그들이 고성에 도착할 때까지 쉼 없이 말을 했다.
아무도 모르게 종적을 감춘 지가 벌써 20여 년이 훌쩍 지나서 모두들 그녀가 죽었다고 생각하고 기억에서 지워져 버린 지현, 파파 할머니가 되었지만 다행히 지금껏 살아있었다. 머리카락이 하얗게 세다 못해 속이 훤히 들어나 보일 만큼 빠지고 옛 얼굴이라고는 찾아볼 수 없을 정도로 깊은 주름에 덮였지만 다행히 오히려 머리는 더 맑아지고 그런 상태로 더 이상 병세가 나빠지지는 않은 채 유지되고 있었다. 몹쓸 병으로 자식까지 입양을 보내고 종적을 감췄던 그녀라 무슨 낯으로 딸을 다시 볼 수가 있겠느냐 싶으면서도 지현은 죽기 전에 행여 딸 진주를 먼발치에서라도 볼 수 있을까 하는 기대에 과거 타임캡슐을 묻어 두었던 큰 나무가 보이는 산기슭 마을에서 숨다시피 살고 있었다. 그녀는 큰 나무 언덕에 타임캡슐을 찾으러 왔던 AI지현을 딸 진주가 아닐까 의심쩍어 하고 있었는데 어제는 현태까지 그곳에서 보고는 그녀의 딸로 확실히 믿게 되었다.

지현이 늘 하듯이 집 뒤꼍에서 딸 진주와 현태의 무사안일을 비는 치성을 드리고 있는데 집 앞쪽에서 누가 온 듯 소리가 들렸다. 20여 년 전에 행방불명된 지현이라는 여인을 찾고 있다는 사내에게 모르는 일이라며 돌아서려는데 찾아온 사내가 '현태가 보내서 왔다'고 했다.

"현태 선생이 노인에 관해 모든 것을 다 알고 있어요. 하지만 현태 선생은 당신이 마음이 열려 그를 만나고 싶어할 때까지 기다리겠다고 했습니다. 그 동안 치료를 위한 몇 가지 검사를 하려고 혈액을 조금 채취하려고 하니 협조해 주기 바랍니다."

고성에서 여기저기 로케에 맞을 듯한 장소를 찾아보던 두 사람, 진주의 제안으로 그 여인숙으로 오게 되었다.

"괜한 오해하지 말아요. 전에 우연히 지나다 봤는데 각이든지 카메라 위치가 잘 잡힐 수 있을 것 같고 안이 넓어

무빙이 좋을 것 같아서 와 보자고 한 것일 뿐 투숙하자는 게 아니에요."

"누가 뭐래? 나도 공사는 구분할 줄 아니 심려 붙들어 매세요."

속마음을 들키고는 최PD가 퉁명스레 받았다. 이상했다. 방을 잡으려는 게 아니라는 자신의 변에 아무렇지 않다는 듯 너무 덤덤하게 받아들이는 최PD에 진주는 섭섭함이 들었다.

"최PD 말처럼 이건 공적인 업문데 간단히 받아 넘기는 그에게 왜 섭섭함이 들려고 하지?"

진주는 그렇지만 섭섭하다고 말은 할 수가 없어 슬쩍 팔짱을 끼며 그의 체온이나 더 느끼려 했다.

마침 주인 노인이 문 앞 나무의자에 앉아 있었다. 진주가 반가운 마음에 뛰어가 두 손을 덥석 잡으며 인사를 했다.

"안녕하세요, 할아버지? 그간 잘 지내셨어요?"

갑작스레 나타나 반갑게 인사를 하는 진주와는 달리 잠시 멈칫하던 노인은 한참을 물끄러미 그녀와 최PD를 번갈아 볼뿐 표정이 없었다. 얼마 전에 왔었기에 자기를 기억하고 또 반가워하리라 기대했던 진주가 뻘쭘하여 걸음을 물리며 손을 거두려는데 노인이 진주의 손을 다시 잡으며 얼굴에 웃음을 띠웠다.

"아, 색시. 지현이라고 했던가? 아주 오랜만이지? 그래 아기는 잘 크고?"

엉뚱한 인사에 얼떨떨해지는 두 사람, 진주가 전에 만났을 때 들었던 노인의 얘기가 기억났다.
"아니에요 할아버지. 저는 말씀하시는 그 색시가 아니라 그녀의 딸인 진주이에요."
노인은 잠시 얼굴을 찡그리는 것 같더니 아예 진주를 끌어안았다.
"왜 이제야 왔어? 우리가 걱정이 돼서 얼마나 기다렸는데. 아기는 잘 커? 데려왔으면 좋았을 텐데."
그때 안에서 여인이 나왔다.
"아이고 손님! 죄송해요. 노인이 치매기가 좀 있어서. 또 누군가와 착각하고 있나 봐요. 미안합니다."
손님에게 이러면 안 된다며 노인을 그녀에게서 떼어내려는 여인을 진주가 말렸다. 갑자기 진주의 눈에 눈물이 고였다. 멀쩡하게 옛 얘기를 들려주던 게 얼마 전이었는데 그 짧은 사이에 이렇게 된 게 너무 안타깝고 불쌍하다는 생각이 들었다. 노인에게 손을 맡긴 채 진주는 한참을 그렇게 지현이 되어 주었다.
"그런데 색시, 이 사람은 누구야?"
계속 뭔가 못 볼 것을 보는 듯 거슬리는 표정을 걷지 않고 최PD의 아래위를 훑어보던 노인이 물었다.
"아, 제 남자친구예요. 방송 일을 하고 있어요."
진주는 마치 부모에게 소개하듯 최PD를 소개했다.
"그러면 안 될 텐데. 얼마 전에 방송국에 근무한다는 남편이 자넬 찾아 왔었는데. 아이 아빠 말이야."
노인은 저만의 시간과 기억을 드나들며 진주를 지현으로

착각하면서도 현태를 기억하고 있었다.
"그게 아닐 거예요. 얘 아직 결혼도 안 한 처년데 무슨 남편이…."
최PD가 참견을 하며 끼어드는 것을 진주가 팔을 잡아 말을 막고는 얼른 노인에게 물었다.
"아, 그랬어요? 그 사람이 이름은 뭐라고 하던가요? 혹시 기억나세요?"
노인은 말이 없었다. 실망하는 기색이 역력해지는 진주, 최PD 손을 잡아 쥐며 나지막이 말했다.
"아버지가 왔다갔나 봐."
최PD 그제야 이해가 되어 진주를 감싸주고 있는데 잠시 있어보라며 안으로 들어갔던 여인이 현태의 명함을 가져와서 진주에게 내밀었다.
정황이니 증거가 다 확실한데 무얼 망설이냐며 최PD는 현태 작가에게 딸인 것을 밝히자고 돌아오는 내내 진주를 졸랐고 그래도 그녀가 머뭇거리자 현태 작가가 혈연을 부정하려는 게 아니라 진주의 출생을 믿지 못해 행여 부녀지간이 아닐 경우 진주가 받을 충격과 실망을 염려하여 망설이며 차일피일하고 있는 것이라던 현태 작가의 말을 해줄 수밖에 없었다. 모든 내용을 듣게 된 진주, 그래도 조심스럽고 한편의 두려움을 걷지 못해 최PD에게 대신 얘기해 줄 것을 부탁하는데 최PD가 고개 끄덕이며 그녀를 토닥였다.
"이런 얘기를 아직은 제 3자인 나를 통해 하려는 진주의 심정을 이해하고 또 기꺼이 하겠지만 나도 부탁이 있어. 내가 말은 꺼낼 테니 진주도 용기를 내어 함께 가자고."

빤히 최PD 얼굴을 보며 그에게 몸을 기대어 오던 진주가 고개를 끄덕였다.

현태 작가의 조수라고 속여 지현의 혈액을 채취하려했지만 자기 건강은 자기가 알아서 하겠다며 노파가 거절을 했다. 지현의 바이오 자료를 얻기에 실패한 아이삭, AI지현과 함께 큰 나무 언덕을 다시 갔다. 타임캡슐을 찾으면 DNA를 구할 수 있고 감성이나 감정 인자를 추출할 수 있고 감각신경의 흐름을 알 수 있는 기록물을 찾을 수 있지 않겠나 하는 기대에서였다. 아무래도 무슨 일이 자기 주변과 현태 그리고 딸 진주에게 일어나고 있다는 의심이 들어 그 중 누구라도 나타나리라는 기대를 하며 큰 나무 주변을 서성대던 지현의 눈에 큰 나무 주변을 파헤치는 사람들이 뜨였다. 여기저기 마구잡이로 파헤치는 것을 보아 당사자도 아닌 것 같아서 따져 물으려고 다가가는데 딸 진주가 함께 있다.

"쟤가 내 딸인 게 확실하구먼."

요동치는 가슴을 누르며 지현이 물었다.

"왜 자꾸 나무 주변을 파헤치는 거요? 전에도 그러기에 나무 죽는다고 하지 말라고 했더니. 뭐 여기에 중요한 것이라도 묻어 놨소? 그렇다면 정식으로 동사무소에다 절차를 밟아 파든가."

이 노파가 AI지현이 얘기하던 그 사람이구나 직감하는 아이삭, 비록 맞대면은 처음이었지만 이미 사람을 시켜 피를 뽑아오려다가 실패한 전적이 있다 보니 괜한 증오심이 생기면서 지현에게 어깃장을 놓는다.

"당신이 뭔데 우리가 파헤치는 것을 간섭하시오? 나무를 죽이려는 게 아니라 김을 매듯 단단한 땅을 헤쳐 줘서 공기가 잘 통하게 되면 오히려 나무가 건강해질 텐데."

"나는 이 동네 주민이고 이 나무가 우리 마을 당산나무라 아무나 함부로 이 주변을 파헤칠 수 없게 지키는 것이니 썩 물러가시오, 아니면 경찰을 부를 것이니."

말은 윽박지르듯 무섭게 하고 있지만 지현의 관심은 오로지 AI지현이 진주인가 살피는데 있다.

"그것보다 전에 만났을 때도 물었지만 처자가 암만해도 내가 아는 사람 같아서 묻고 싶은 게 있어요."

지현이 말투를 누그러뜨려 AI지현을 보며 말했다. 자기에게 사기 치려는 것 같지는 않다는 생각이 드는 AI지현, 노파를 보면서 짜증을 냈다.

"전에도 물었잖아요? 내가 당신 딸 같다고. 아니에요, 아니라고요. 전 AI 복제…."

갑자기 AI지현의 말을 끊으며 아이삭이 엉뚱한 말을 했다.

"이 사람은 내 친구 현태라는 사람의 전 애인으로 당신과는 아무런 연관이 없어요. 더구나 딸이 될 수는 더 더욱 없고요."

지현의 의심을 피하기 위한 말이었지만 노파가 지현이라 생각하는 아이삭이기에 일부러 현태를 들먹이며 노파의 표정을 살폈다.

"현태씨의 애인이라니 얼토당토 않는 말은 하지 말아요. 애는 진주라는 내가 28년 전에 낳은 내 딸이라고요."
"아니, 이 무슨 마른하늘에 날벼락 같은 얘기에요? 정히 우기신다면 당장에라도 유전자 검사를 해 보든지요."

순간적인 머리를 굴려 끝내 자신이 원하는 바의 목적을 완수하려는 아이삭, 하지만 지현 또한 그에 못지않다.

"이 늙은이야 이제 언제 죽을지 모를 시한부를 살고 있으니 이렇게 딸을 만난 것만도 더없는 기쁨인데 제안은 무척 고맙소만 구태여 피를 뽑으면서까지 친자확인을 할 필요는 없는 일이고, 당신이 현태씨를 아는 것 같고 그는 이 아이가 태어난 걸 모르니 그 사람과 얘나 유전자 확인을 받아서 우리 진주가 그의 딸인 것이나 알게 해주시지요."

혹을 떼려다가 혹을 하나 더 붙인다더니 불현 듯 그런 꼴이 되어버린 아이삭, 하지만 당연히 AI지현이 노파의 딸이 아닌 것이니 그저 속이 좀 더 상할 뿐인데 아무 것도 모르는 것인지 AI지현이, '그러면 되겠네'하며 울화를 돋웠다. 심드렁하게 그러겠노라 의미 없는 말을 내뱉고 가려는데 노파가 AI지현을 다시 꼭 껴안으면 말했다.

"조금만 참아라. 네가 부모가 있고 또 얼마나 귀중한 자식인지 아빠가 곧 밝혀줄 테니."

자기가 과학의 힘을 빌어 만들어진 AI인간으로 알고 있는 AI지현은 출생까지 얘기해 주며 그녀를 자기의 딸이라 우기는 노파를 보면서 전과는 달리 헷갈리기 시작했다.

"혹시 내가 정말 저 노파의 말대로 인간이고 그녀의 딸이 맞는 것인가? 그러고 보면 과학 기술로 복제되었다지만 한 번도 정확한 개발과정이나 연구자료, 그에 대한 발표논문 등을 접하거나 본 적이 없어."

　돌아오는 길에 아이삭은 현태에게는 아무 말을 말라고 다짐을 두는 것이었지만 AI지현은 왠지 그에게 꼭 알려야 하겠다는 생각이 들었다. 아이삭의 여자이기에 모든 것을 그와 상의하고 그를 우선 생각해야 하겠지만 이미 그에게서 마음이 떠난 그녀는 자기 갈무리가 우선이었고 또 그것을 당연하게 생각한 지가 벌써 오래 전부터의 일이었다.

밝혀지는 관계

"현태씨, 아이삭에게 내게 당장 전화하라고 좀 전해 줄래요."

이게 몇 번째인지 모를 만큼 에레나는 현태에게 국제전화를 해서는 아이삭더러 자기에게 전화를 하게 해달라고 부탁을 했다. 현태는 그것이 거의 삼사 개월마다 한 번은 되었지 싶었다. 왜 그러는지 물었지만 에레나나 아이삭 누구도 정확한 답을 피하며 그저 사적인 일이라고만 했다. 너무 자주 그런 부탁 전화를 받노라고 귀찮아진 현태가 직접 하면 되는 것을 두고 왜 그러냐고 짜증을 내자 에레나는 몇 번을 해도 받지를 않는다고 화를 내어 그 불똥을 오히려 현태가 받기도 했다. 그러고 보니 아이삭이 언제부턴가 자주 파리를 다녀오곤 한다는 것을 인지할 수 있었다.

"다시 사랑을 하는 것인가? 너무 멀리 떨어져 있어서 자주 만날 수 없어서 짜증이 나는 것인가?"

전화를 받을 땐 두 사람에 관한 이런저런 생각을 떠올리지만 이내 잊어버리는데 요즘 들어 부쩍 그 횟수가 잦아져서 현태는 전화가 아닌 언젠가 만나게 되면 물어 보리라고 단단히 벼르고 있었다.

AI 여인의 사랑   155

현태 작가에게 두 사람이 부녀라는 사실을 알리는 모든 건 자기가 다 알아서 할 테니 자기만 믿으라고 진주에게 큰 소리를 친 최PD였지만 막상 어떻게 현태 작가에게 얘기를 시작할까를 생각하니 만나기도 전에 오금이 저려왔다. 큰 소리 친 것도 있고 그래도 사내라는 자부심에 머뭇거리는 진주를 밀며 당기며 현태 작가 방까지는 왔지만 쉬이 들어 서지 못하고 문 앞에서 실랑이를 벌이고 있는데 현태 작가 가 외출을 했던 것이었는지 바깥에서 들어왔다.

"어, 진주. 최PD! 어쩐 일로? 아, 로케헌팅 갔었지. 그래, 기다리고 있었는데 들어가자고."

반갑게 맞아주는 그를 따라 주춤주춤 들어서다가 미처 자리에 앉기도 전에 최PD가 말문을 열었다.

"작가님, 진주가 작가님을 많이 닮지 않았어요? 저는 볼 때마다 그런 생각이 드는데…."

최PD를 만날 때마다 진주의 귀에 자기와의 관계에 대한 말이 와전되지 않도록 입조심을 시키고 있었는데 느닷없이 일격을 당하고는 현태가 당황한 기색이 되어 그를 노려보 았지만 최PD는 모른 척하며 답을 기다리는 표정만 보낼 뿐 이었다. 어쩔 수 없이 진주를 바라보며 말을 받는 현태, 속 이 탄다.

"그러게. 많은 사람들이 진주와 내가 닮았다고들 하는데 이참에 우리 양부녀 할까? 진주 PD나 나나 가족이 없는 외 톨이 신센데."

등줄기에 식은땀이 흐르는 것을 억지로 참아 내며 말을

하는데 미처 말을 다하지 못한 그의 귀에 생소한 말이 들려왔다.
"양부녀 할 필요 없어요, 아빠."
우당탕 밀고 들어온 진주 덕분에 꼬이고 뒤틀리어 숨겨졌던 그래서 서로를 코앞에 두고도 알 수가 없었던 부녀가 험난하고 긴 둘레길 여정을 끝내고 마침내 상봉을 하게 되었다. 진주가 여인숙 주인에게서 들은 얘기를 듣는 것으로 모든 것이 확실해지고 앓던 이가 빠지는 것처럼 현태는 불안이 걷히고 속이 뻥 뚫리는 것이었다. 딸이 있을 것을 믿지도 않았지만 그런 얘기만 나와도 울컥하며 눈물이 돌던 현태였는데 딸을 부둥켜안고 있는데도 반가움의 눈물은커녕 이게 꿈인지 생신지 구분이 안 되고 정말 자기가 딸을 안고 있는 것인지 믿어지지가 않았다. 모든 게 명명백백해진 부녀상봉이었지만 나PD가 만사 불여튼튼이라며 우겨서 유전자 검사까지 마친 부녀는 그날로 호적정리를 청원했다.

부녀의 극적인 만남이 이뤄지자 둘은 이제 지현의 소식에 애가 탔다. 아빠 현태로부터 엄마 지현이 큰 나무가 있는 언덕 아랫마을에 살고 있는 것 같다는 말을 들은 진주가 당장에라도 달려가 엄마를 만나겠다는 것을 조금 시간을 두자며 현태가 말렸다.

"얼마 전에 AI지현이 만났던가 본데 엄마가 그녀를 너로 생각하는 것 같아. 우선 그렇게 숨어야 했고 너를 입양을 보낼 수밖에 없었던 게 결코 네 엄마의 잘못이 아니라는 것을 편지나 전화, 메시지 같은 어떤 방법으로든 설득하여 두려움을 걸고 세상에 나올 수 있게 하는 것이 필요해."

언제 저런 생각까지 하고 있었나 싶고 역시 내 아빠라는 자랑스러움에 눈을 반짝거리며 듣고 있던 진주가 말을 거들었다.

"나는 아직 보지 못했으니 내가 전혀 생소한 방문판매원으로 접근하는 것은 어떨까?"

현태가 손가락으로 딱 소리를 내며 좋다고 했다.

"그거 참 좋은 방법이네. 진주야, 어떤 방법이던 다 써보자고."

진주는 곧 엄마를 만나게 되리라는 기대에 흥분을 감추지 못하고 있었고 현태는 어떻게 그녀에게 충격이 없이 이런 사실을 알릴 수 있을까 마구 뛰는 심장을 붙잡으려 애를 쓰며 부녀는 정녕 더없이 행복함을 느낄 수 있는 순간이었다.

우선 AI지현을 딸 진주라고 믿는 것을 바로잡기 위해 현태의 DNA가 그녀와 일치하지 않는다는 확인서를 받아 지현의 주소로 보냈다. 그러고는 현태가 모든 일을 설명하고 둘의 딸인 진주가 함께 있다는 편지를 쓰려고 했다. 하지만 생각이 엉키고 손이 떨려서 써 내릴 수가 없었다. 썼다가 지워버리고 또 썼다가는 구겨버리며 피일차일 시간을 보내고 있는데 진주가 큰 나무 언덕에 가서 먼발치에서라도 엄마를 보고 싶다고 했다. 망원경까지 준비하여 지현의 집이 직방으로 보이는 언덕 한편에 자리를 하고 살피는데 지현의 집은 문이나 창문 전부가 다 닫혀 있었고 몇 시간을 지키고 있었지만 인적이라고는 찾아 볼 수가 없었다. 혹여 이사를 한 것은 아닐까 내려가서 집안을 살폈는데 걸려있는 빨래며 창으로 보이는 가지런히 놓인 가구들로 보아 그런 것 같지는 않았다.

유전자 불일치 확인서가 현태가 보낸 것이라고는 추호도 생각할 수 없는 지현은 그것이 날아들자 덜컥 겁이 났다. 주변을 돌며 자기를 누군가가 감시를 하고 있고 무슨 이유에서인지 피를 뽑아 가려고 하니 무슨 현대판 드라큘라도 출몰할 것 같은 두려움이 드는 것이었다. 게다가 큰 나무 주변을 파헤치며 무언가를 찾고 있는 것이 자기가 현태와 함께 묻어두었던 타임캡슐을 찾고 있는 것이 분명한 것 같아 두려움에 겹쳐 의문까지 들었다.

"그들은 누구일까? 현태씨와 나의 추억과 약속을 묻어둔 것인데 그들이 왜 그것을 찾으려는 것일까? 딸 진주가 아닌 것으로 밝혀진 그녀하며 위협적으로 내 피를 뽑으려 하던 그 작자는 무슨 까닭으로 그러는 것일까?"

풀리지 않는 의문과 두려움으로 그녀는 출입을 자제하고 마치 집에 아무도 없는 양 문을 닫아 잠그고는 남은 건강이나마 지키려고 이른 아침이나 늦은 저녁 시간에 지팡이를 의지하여 힘겹게 큰 나무 언덕을 산책하는 것 외에는 꼭 필요한 경우만 뒤로 난 쪽문으로 나다녔다. 마음 같아서는 당장에라도 현태에게 달려가 그간의 일과 근자들어 생기고 있는 이상한 일들을 다 말하고 상의를 하고 싶었지만 왠지 모를 죄의식이 들어 나설 수가 없었다.

"싫다는 현태씨 몰래 아이를 가졌고, 추하게 늙어가는

꼴을 보이기 싫어 어쩔 수 없는 잠적이었지만 현태의 마음을 아프게 했고 또 아기를 버리듯 입양 보내고, 내가 지은 죄가 한두 가지가 아니야."

집안 외진 곳의 골방에서 지현은 한숨만 내리 쉬고 있었다.

진주가 보건소 간호사로 분장하여 무의탁 노인들의 건강을 체크한다는 명목으로 방문을 해보았지만 지현의 집은 아무런 인기척이 없이 쥐 죽은 듯 조용했다. 숨어서 간호사 복장을 한 진주를 내다보는 지현, 그녀가 그렇게도 보고 싶어 하는 딸 진주라고는 알지 못한 채 간호사가 말하는 찾아온 용무라는 것이 한 마디도 귀에 들어오지 않고 두려움만 커져서 잠긴 문의 손잡이를 움켜쥐며 잘 잠겼는지 재차 확인을 할 뿐이었다. 실망하여 무거운 발걸음을 돌리는 진주를 언덕에서 지켜보던 현태, '어떡하면 지현과 진주를 만나게 할 수 있을까?' 고민이 깊어지고 마음 속 아픔이 커진다.

진주 아파트 거실, 엄마 일을 상의해 보자며 현태가 아무런 기별도 없이 왔다. 진주가 차를 내어 와서 테이블에 놓으며 예기치 않던 아빠의 방문에 기분이 좋으면서 괜한 어리광을 부렸다.

"오시려면 미리 전화하고 오시지, 다 큰 딸이 혹시 남자친구랑 함께 있으면서 뽀뽀라도 하고 있었으면 어쩌려고 이리 불쑥 쳐들어오세요?"

"어이구 제발! 뽀뽀가 아니라 침대 속에 같이 있으면 더 좋고."

현태가 징그러운 너스레를 떨었다.

"에이, 아빠. 딸한테 그 무슨 말씀을…."

진주가 부끄럽다는 듯 아빠의 팔을 감으며 붙어 앉았다.

"엇쭈, 부끄러워? 이제 좀 숙녀가 되어가고 있나보다. 멀대 같이 키만 큰 말괄량이가 부끄러운 것도 아는 거 보니."

아빠 현태의 눈에서 사랑이 뚝뚝 떨어졌다

"예, 저도 이제 어엿한 숙녀라니까요."

"숙녀면 뭐해? 빨리 결혼을 해야지."

"예, 예 짝이 나서고 엄마가 돌아오시면 즉시 하겠사오니 너무 염려 마시와요, 아버지."

팔만 감싸고 있던 것에 만족스럽지 않은 것인지 진주가 요염하게 웃으며 아빠 목을 감싸고 무릎에 앉았다. 현태가 밀쳐내는 시늉을 하며 말했다.

"얘가 왜 이래? 징그럽게. 이런 건 아꼈다가 네 신랑감한테나 해라."

진주, 현태에게 밀려나 다시 있던 자리로 옮겨 앉아 커피를 마시는데 테이블 한쪽에 놓여 있던 노트북을 들여다보던 현태가 진주를 보며 의아해 하며 물었다.

"이건 뭐냐? 너 무슨 글 쓰고 있냐?"

"차기작으로 '엽기적인 그놈'이라는 걸 찍을 건데 내가 시나리오를 만들어 보려고요. 나 잘할 거 같죠?"

"야야, 너같이 책 안 읽는 애가 글을 쓰겠다고? 전에도 몇 번 그랬지만 끝낸 것은 한편도 없었다며? 이것도 괜스레 힘만 빼지 말고 아예 시작을 않는 게 낫지 않을까 생각한다만…."
"아니야, 이번에는 달라요. 꼭 쓰고 말거에요."
"PD일 하기에도 벅차다면서 시나리오까지 쓰겠다고? 그러다 몸 상할라?"
"괜찮아요. 한번 해볼래요."
"그래도 아빠 눈에는 너는 작가는 영 아닌데…."
"작가 눈이래야 작가가 보이는 게지요, 아버님."
진주가 아빠에게 에둘러 공격을 해왔다.
"그래 책이라고는 도통 싫어하는 년데. 네 말대로 된다면 네 글은 완전한 상상력과 너의 천재적 문필력의 소산이겠구나."
"일러 뭘 하시겠습니까?!"
"그래서 시도하는 것마다 시작만 하고 모두가 용두사미가 되는 거구?"
"아직은 털갈이를 덜 끝낸 미운 오리새끼일 뿐인 거지요 뭐."
제법 티키타카가 맞아 떨어지는 부녀의 대화가 지속되는데 도어벨이 울리고 스크린에 최PD 얼굴이 떴다. 진주가 괜스레 얼굴 붉히며 구시렁거리듯 말했다.
"최PD 오빤 또 웬일이래? 오늘은 불청객들뿐이구먼."
문 쪽으로 가는 진주의 뒤통수에다 아빠가 한 방을 더한다.
"불청객이라도 남자면 땡큐해야지. 그런데 최PD가 네 집에 왜? 혹시 정말 뭐 뽀뽀라도 하러 온 거 아니냐?"

"아빠! 저 아직 노처녀 되려면 멀었어요. 왜 귀한 딸을 싸구려로 만들려고 하세요? 같이 할 작품 호흡 맞추러 왔나 봐요."

진주가 언성을 날카롭게 높이면서 앙탈을 부렸다. 하지만 현태도 물러설 것 같지 않다.

"호흡만 맞추지 말고 궁합을 맞춰 보지 그래?"

"아빠, 제발! 최PD 오빠 앞에서는 그런 말하면 안 돼요. 알았죠?"

"최PD가 기다리다가 지치겠다. 문이나 열어 줘라."

AI지현의 실체

비록 첫 애인이었던 현태에게서 과거의 여인을 잊지 못하는 것 때문에 제대로 된 사랑을 얻지 못해 떠나왔고 개발자인 아이삭에게서도, 비즈니스 파트너로 인간적인 사랑을 받지 못한 채 우울증을 앓아야 하는 AI지현은 자신이 개발된 지 10년이 가까워지면서 새로운 염려가 생기고 있었다.

"지현의 DNA로 만들어져서 혹시 그녀가 겪던 조로증이 네게도 나타날지 모르는 일이라서 예방 차원에서 미리 약을 먹는 거야."

매일 먹어야 한다는 약이 궁금하여 무슨 약이냐고 물었을 때, 아이삭은 조로증을 예방하기 위해 먹어야 하는 약이라고 했다. 하지만 그것으로 안심할 수가 없을 것 같았고 베르너증후군은 출생 후 10년 전후하여 증세가 나타나기 시작한다는 것을 들어 알고 있는 AI지현은 그 10년 차에 들어서면서 혹시나 싶은 염려로 우울증이 더욱 깊어졌다.

다행히 AI지현은 개발 되고 10년이 지나기까지 지현이 겪던 조로증은 나타나지 않았다. 당연히 AI지현은 마음이 놓였고 아이삭은 자청한 기자 인터뷰에도 한껏 멋을 내어 참석했다. AI지현에게서 지금까지 어떠한 발병도 없었던 것은 세계 최초로 DNA의 구성 인자에서 병적인 유전 입자를 들어낸 결과라고 아이삭이 자신의 연구 자랑을 부풀리며 침을 튕기고 있었다. 그때 느닷없이 경찰이 들이닥쳤다.

"아이삭 당신을 대 국민 의학 사기와 세레나 씨 납치 구금 혐의로 체포합니다."

"사기? 납치 구금? 어떤 근거로 그런 죄목을 내게 씌운다는 말이오?"

"당신과 공범인 세레나 씨의 언니 되는 에레나가 당신을 고발했소."

경찰은 쌍둥이인 동생 세레나가 사고로 머리를 다쳐서 지능이 떨어지게 되어 고치러 아이삭에게 데려왔다가 그녀를 감금하여 유전인자를 수정하고 기억단자를 타인의 것과 바꾸어 의학적으로 다른 사람을 만들고서는 AI인간을 개발했다고 지금껏 사기로 세상을 어지럽히며 속이고 있다고 했다.

에레나가 쌍둥이었다니?! 그때 알았어야 했다. 아무리 눈썰미가 없다고 해도 몇 번이나 그 좁은 병실에서 스친 인연이 있었던 사람을 공항이나 소르본 대학 앞에서 다시 만났을 때 그녀가 한국에서 보았던 그 사람이 아니라는 것을 눈치 챘어야했다. 현태는 자책에 빠져 헤어날 수가 없었다. 물론 AI인간이라 해서 썩 다르게 대했던 것 같지는 않지만 AI지현이 다른 여인들과는 다르니 그에 맞게 대하느라 애를 썼던 것은 사실이었다. 우선은 그녀가 밥 먹는 것부터 다르다고 여겨 그녀와는 외식을 별로 하지 않았다. 오히려 인간들이 뭣을 즐겨먹는 것 외에 무엇을 먹고 싶으냐고 캐묻던 그였고 식사 때가 지나가도 AI인간이라는 생각에 그녀가 허기지는 것을 개의치 않았다. 문득 AI지현이 자신이 AI가 아닌 실제 인간인 것을 알았더라면 현태가 지현을 마음에서 지웠을까? 그를 그래도 떠났을까 생각이 들다가 그나마 떠났던 게 마음고생은 덜하겠다 싶어 미안함이 덜했다.

그들은, 그러니까 아이삭과 에레나는 처음부터 세레나를 AI로 복제하고자 한 것은 아니라고 했다. 파티에서 과한 약으로 쓰러졌다가 깜깜하게 기억을 잃고 지능까지 어린애 같아진 그녀의 기억을 찾아주고 지능을 일깨우기 위해 AI DNA 복제 학자인 아이삭은 노력을 아끼지 않았다고 했다. 하지만 지능은 어느 정도 복원을 할 수 있었지만 그녀의 기억은 끝내 되찾을 수가 없었고 결국 다른 사람의 기억 단자를 대신 주입하여 AI인간으로 복제하는 수밖에 없었다고 했다. 그러니 몸만 세레나였을 뿐 언니 에레나 과거를 전혀 기억하지 못하는 다른 사람이 되어버렸던 것이 느닷없는 AI지현으로 알려지게 되었다는 것이었다.

AI지현은 얄궂은 자신의 운명에 치가 떨리고 '왜 나만 이렇게' 하며 기구한 삶을 살아야 하는 자신에게 설움이 북받쳤다. 병을 고쳐주겠다고 속여 데려와서는 전신을 뜯어 고치고 생판부지 남의 DNA를 주입하여 AI 복제인간으로 자신을 세상에 알린 아이삭을 죽이고 싶도록 화가 나고, 기억이 상실되고 지능이 떨어졌다고 해도 어찌 쌍둥이 동생을 AI인간으로 재생시켜 팽개칠 수 있었나 하는 생각으로 언니가 원망스럽고 스스로가 불쌍하여 눈물이 그치질 않았다. 그동안 어렵고 힘들 때에 신에게 기도하며 하소연을 쏟고 싶었지만 과학과 기계적인 힘으로 탄생된 자신이 무슨 염치로 신을 찾고 어떤 신이 AI인간의 기도를 들어나 주겠냐는 생각에 돌아섰던 게 억울했다.

"그때 기도할 수 있었다면 그렇게 하소연을 쏟아내고 보이지 않지만 신의 위로를 받았다면 내가 이리 우울증에 시달리고 약에 매달려 매일을 살아야 하는 환자가 되지는 않았을 텐데…."

모든 것에 후회가 들고 신을 찾지 못하던 마음까지 그들 때문이라는 생각되어 자신은 이제 아무도 믿을 수가 없고 어떤 것에도 의지할 수 없이 한 치 앞도 보이지 않는 절망에 갇혀 죽어 갈 것 같아 두려움이 들었다.

AI지현이 큰 나무 언덕을 한 번 더 가보고자 한 것은 온 생각을 다 짜내어 곰곰이 생각해 봐도 자기 곁에는 이 막막하게 외톨이가 된 자신을 토닥거려 줄 사람이 아무도 없다는 생각이 들고서였다. 물론 현태가 떠오르기는 했지만 그에게는 자기의 얘기를 털어놓기가 왠지 염치가 나지 않았다. 전에도 이런 일이 있었다. 너무 외롭고 답답한 일상을 보내고 있었는데 그곳이 끌어당기듯 자기를 그곳으로 가게 했고 예기치 않던 어떤 노파가 자기더러 딸이라고 하며 따뜻함을 느끼게 했다. 당시에는 자기에게 뭘 바라고서 그러는 줄로 알고 달아났던 것이었지만 이번에 같은 마음이 들면서는 느낌이 달랐다. 다시 그곳에서 그녀를 만나게 된다면 반갑고 행복스러울 것 같았고 그녀에게 마음을 열고 응석을 부려도 받아줄 것만 같았다.

 큰 나무 언덕에서 하는 일 없이 빈둥거리며 몇 시간을 있었지만 노파는 모습을 드러내지 않았다. 여태 없었던 인연을 지금에 새삼 새로운 인연이 생기기를 기대했던 게 욕심이었나 보다고 생각하며 터덜터덜 올라왔던 곳으로 발길을 돌렸던 것이 길을 잘못 들었던지 엉뚱한 곳을 가게 되었다. 산신령이 나옴직한 큰 연못이 내려다보이는 언덕 위에 자신이 서 있는 것이었다. AI인간인 자신이 올 곳이 아니라고 판단되어 꿈을 꾸는 것인가 싶어 볼을 꼬집어보는데 뒷산등성이에서 몇 몇 사람들이 행글라이더를 즐기면서 내려오는 게 보였다. 왠지는 알 수 없었지만 그리고 그들의 소리가 바람에 날려 윙윙거려서 아무 것도 선명하게 들리지 않았지만 그들은 자기에게 함께하자며 뛰어내리라고 손짓하는 것 같아 보였다. 하지만 여태 한 번도 타 본적이 없는 행글라이더인데다가 여기서 뛰어내린다고 한 치의 오차 없이 글라이더 위로 떨어질 것이며 설령 글라이더에 어찌어찌 안착을 한다 해도 바를 제대로 잡고 활공 루프를 조정할 수 있을까 염려가 되어 뒷걸음질을 치려는데 누군가가 자기를 물러나지 못하도록 등을 잡고 있었다. 돌아보려 했지만 고개를 채 돌리기 전에 밀쳐져버렸다. 누구였을까? AI지현의 머릿속으로 순간 그 노파였으리라는 생각이 들었다.

 "넌 내 딸이 아니라는 유전자 결과가 나왔고 나는 너와 아무런 혈적 연관이 없어, 하지만 내 딸을 해치게 놔둘 수는 없어. 나를 원망하거나 뭘 바라려고 하지 마."

그렇게 생각을 하는 탓인지 바람소리 속으로 노파의 비아냥거림이 들리는 것 같았다.

"그렇잖아도 이러고 싶었어. 고마워."

AI인간이라 계산이나 현실적 파악이 빠른 것일까? AI지현은 이내 포기하고 짧게 고맙다는 인사를 남기며 신명나게 춤을 추기 시작했다. 아무리 AI인간이라고 하지만 다른 여인들처럼 남자에게 진솔한 사랑을 받지 못할 바에는 제 몸에 오류가 발생하여 목숨이 끊어졌으면 바래오던 자신이 아니었던가 싶어 이 마지막을 애써 긍정적으로 여기고 싶어졌던 것이었다. 그런데 억울했다. 죽었다는 그 여인에게 밀려 현태에게 진정한 사랑을 받지 못한 것도 억울한데 그 여인에게 죽임을 당한다는 것이 너무 불합리하다는 생각이 들었다. 하지만 이제 이 상황을 바꿀 방도가 달리 있을 수 없다는 것을 인지하고는 AI지현은 춤을 멈추지를 않았다. 그녀의 머리에, 아주 오랜 전에 현태가 얘기했던 외계와의 소통이 생각났다. 그는 위급하여 막다른 때에나 생명 최후의 순간에는 머리가 하얗게 비어지면서 외계나 혼령의 존재들과 소통할 수 있다고 했다. AI지현은 자기는 그들과 만나서 함께 그 세상으로 갈 것이라고 그럴 수 있을 것이라는 생각을 하며 사방을 둘러보는 것이었지만 텅빈 하늘 외에는 아무것도 보이는 것이 없었고 발밑의 출렁이는 푸른 물결만이 그녀를 어서 와 안기라는 듯 키들거리고 있을 뿐이었다.

"만나서 반가워. 당신들은 가림 없이 나를 받아주고 안아 줄 것이지?"

파도가 춤추는 나비처럼 팔랑거리며 떨어지던 AI지현을 감싸 안았다.

실족사

　집안 뒷골방에서 없는 듯 지내고 있었지만 지현은 불안을 떨쳐낼 수가 없었다. 아이삭이 보낸 듯 한 무리들은 뻔질나게 와서는 문을 빠갤 듯 두드리고 돌을 던져 유리창을 깨뜨리기까지 하면서 사람이 있나 확인을 하고 '빨리 연락하지 않으면 진주가 안전하지 못할 것'이라는 메모를 문에 붙여 놓은 것만 해도 10번이 넘고 있었다. 몇 번이고 뛰쳐나가 현태에게 나 여기에 있다고 알리고 싶었지만 현태에 대한 죄의식을 넘어 이제는 여성으로서 주름지고 파삭 늙어 추한 모습을 보이기 싫은 수치심이 그녀를 머뭇거리게 했다.
　지현은 여느 때와 마찬가지로 종일을 집안에서 소리가 나지 않도록 조심하며 보내고는 석양이 붉은 기운을 품을 쯤에야 산책을 나섰다. 산책이라기보다는 지팡이에 의지하여 거의 재활보행을 하는 것 같은 어려운 걸음걸음이지만 그래도 그것이 몸에 땀을 배게 하여 지현은 그것을 건강을 지키는 것으로 여겨 매일 그리 어려운 산책을 남의 눈에 띄지 않게 하고 있었다. 큰 나무 밑을 지나 연못 쪽으로 향하려는데 멀리서 다가오는 AI지현이 보였다. 그녀의 눈에 띄면 피할 수 없는 곤경에 처하게 될 것 같은 직감에 나무 뒤

숲에 몸을 숨겼다. 주변을 두리번거리며 언덕을 올라온 AI 지현은 자기 집을 바라보며 하염없이 앉아 있었다. 언제나 갈까하고 기다리다가 지쳐서 산책을 계속하기로 하고는 자리를 떴다. 그렇게 한참을 연못 쪽으로 걷다가 쉬고 있는데 그녀가 멀리서 오고 있었다.

"시내로 가는 길이 아닌데 왜 이리 오는 것이지?"

숲에 가려져서 자기가 그녀에게는 보이지 않겠지만 해코지를 하려고 자기를 뒤따라오고 있는 것이 아닐까 덜컥 겁이 났다. 숲속으로 더 깊숙이 몸을 숨겼다. 다행히 그녀는 지현을 보지 못한 것인지 지나쳐 갔다.

꿈인지 현실이었는지 분간이 어려웠다. 갑자기 섬광이 번쩍이며 하늘로부터 UFO가 착륙해서는 외계인 몇 명이 내려 다가와서 다짜고짜 진주를 잡아끌고서는 UFO 속으로 들어갔다.

"그 애는 전에 묻어 뒀던 타임캡슐을 찾으러 온 것이야. 너희하고는 아무런 관계가 없어."

지현이 소리 지르며 진주를 붙잡고 끌려가지 않도록 버둥대어 보지만 역부족이었다.

그때 차림새가 여느 외계인들 보다 좀 더 휘황찬란한 외계인이 나타났다. 돌연 깜짝 놀라는 지현, 외계인 복장을 하고 있지만 그는 AI지현이 틀림이 없었다. 순간 어디서 그런 힘이 솟았던 것인지 지현이 그녀를 냅다 밀어버렸다.

다음 날, 지현은 여느 때나 마찬가지로 골방에서 옴짝달싹할 수 없는 신세의 얄궂은 운명을 애달파하는데 동네가 시끌벅적했다. 동네 사람이 문을 두들기며 안을 기웃거리는 것이 마냥 모른 척했다가는 박차고 들어 올 기세였다.

"뒷산 연못에 사람이 빠졌는데 너무나 당신과 닮았는데 전에 당신이 딸 같다던 여자를 만났다고 한 말이 기억나서 말이야. 숨은 거뒀지만 그래도 알려야 할 것 같아서."

연못가에 주검으로 놓여 있는 AI지현을 보는 지현은 착잡해지는 마음을 가눌 수가 없었다. 시신을 수습하던 경찰이 지현에게 관계를 물었다. 당산나무 아래서 우연히 마주쳤던 낯선 사람인데 비슷한 외양에 오래 전에 헤어졌던 딸일까 했었지만 아닌 것으로 판명났다며 유전자 검사지를 보여 주고는 돌아왔다.

DNA검사에서 진주와 부녀지간이라는 것을 확인한 뒤로 현태는 큰 나무 언덕 아래 지현의 집을 몇 번이나 찾아갔지만 지현을 만날 수가 없어서 어디 다른 곳으로 이사를 간 것은 아닐까 여간 마음을 졸이고 있었던 게 아니었는데 경찰에서 연락이 왔다. 등록한 행불자를 찾는 유전자로 지현을 파악한 경찰이 그녀에 관해 알아볼 것이 있으니 경찰서에 나오라는 얘기였다.

"AI지현을 연못으로 밀어 사망케 한 혐의를 받고 있습니다."

현태와 진주가 부리나케 도착한 경찰서에서 지현은 유치장 구석에 몸을 돌려 앉은 채 한사코 모습을 보이려 않고 울기만 했고 담당형사는 지현에게 살해 혐의를 두고 있었다.

"저 여인이 그 사람을 죽여야 할 이유가 없어요. 더구나 저렇게 늙어 제 몸 하나 건사하기에도 힘이 부칠 텐데 어떻게 건장한 사람을 밀어 떨어뜨리겠어요?"

"그것은 저도 공감합니다만 그동안 사망한 사람으로부터 위협을 받고 있었다면 경찰에 알릴 것이지 그러지 않고 동네 사람에게 도움을 청한 것이나 몸은 저렇게 늙었지만 나이는 이제 갓 오십이에요. 뭔가 숨기는 것 같다는 말이지요. 그렇다고 어떤 말도 하지 않고 저리 묵묵부답이니…."

아이삭이 저질렀던 AI 복제인간 건을 들먹이고 어쩔 수 없이 지현의 베르너증후군에 관한 것을 알리고는 세 사람의 관계를 설명했는데도 경찰에서는 의심스런 눈을 지현에게서 거두지 않고 미련을 두는 것이었다. 결국 수형 중인 아이삭에게서 AI지현이 심한 우울증에 빠져 있었다는 증언을 듣고서야 지현은 풀려났다.

부부라고 떠벌이고 다녔던 아이삭이었지만 자기는 수형 중이라 불가능하다며 AI지현의 시신 인수를 거부했다. 하는 수 없이 AI지현은 안치소에서 장시간을 보내게 되었다. 자칫 인수 거부 시신으로 처리되어 구청에서 장례를 치를 판이었는데 권이 나타났다. 그는 AI지현이 자신은 AI인간이라는 말에 그녀에게서 떠나버렸던 자신을 크게 후회했다. 권은 안치소에서 AI지현의 시신을 확인하며 거의 매달리다시피 시신을 잡고 통곡했다. 말로는 AI지현과의 만남을 일탈이었다고 했었지만 그는 그녀를 진정으로 사랑하고 있었다. AI인간이라는 그녀의 고백에 마음이 바뀌어 달아나듯 떠나버렸던 것이 너무나 마음을 아프게 했다. 매스컴을 통해 그녀가 완전한 AI는 아니었다는 소식을 접했을 때 후회와 안타까움에 마음의 갈피를 잡지 못하고 있었는데 느닷없는 그녀의 죽음까지 알려지면서 달려오지 않을 수가 없었다. 그녀가 보고 싶었던 것이 그를 오게 했겠지만 가장 큰 이유는 권은 AI지현에게 사죄를 하지 않고는 보낼 수가 없었던 것이었다. AI지현은 무언가 부족함의 욕구불만 속에 부족하고 아쉬운 생을 살다 갔지만 상주를 자처한 권과 현태가 뒤를 따라주어서 단출하지만 따뜻한 품에서 떠나갈 수 있었다.

완전체 가족

　지현이 이사하던 날, 그녀가 사는 집에서 짐을 옮기던 중 현태와 진주는 안타까움에 눈물을 흘렸다. 집안 어디에도 거울이 없는 것은 고사하더라도 어떠한 것도 반짝거리거나 비춰지는 것이라고는 하나도 찾아볼 수가 없었다. 어느 정도 안정이 되자 진주를 만나고 부녀가 지현을 찾고 있던 자초지종을 듣는 지현은 아무 말도 하지 않고 그저 울기만 했고 진주도 그런 엄마 품을 감싸 안으며 눈물을 그치지를 못했다. 묵묵히 모녀를 지켜보며 지현이 거처하게 될 방에 거울 없는 인테리어를 하는 것에만 마음을 쏟고 있었지만 현태는 이 모든 것이 제 잘못인 것 같고 하얗게 늙고 온 몸이 주름에 덮인 지현에게 드는 죄책감으로 가슴이 찢어지는 것 같았다. 하지만 마음과는 달리 팽개치고 숨어버리더니 왜 이제야 나타났느냐고 원망이 가득한 말을 날리고만 있었다.
　"지금이라도 나타나서 독수공방 홀아비를 구제해 주었으면 엎드려 감사할 일이지 웬 어깃장인가요? 아버님!"
　진주의 장난기 섞인 힐책을 받고서야 뻘쭘했는지 지현을 감싸 안는 현태였다.

진주가 엄마에게서 떨어져 살기 싫다며 이사를 들어오더니 이젠 혼자 자기 싫다고 해서 셋은 아예 잠자리까지 함께 했다. 하지만 현태, 예뻐서 눈에 넣어도 안 아플 것 같은 딸인데 이것만큼은 눈에 가시다.

"어찌 다 큰 녀석이 부모와 함께 한 침대를 쓸려고 하니? 프라이버시가 있지."

"왜요? 신부를 꼭 껴안고 싶은데 이 미련한 딸이 거추장스럽습니까, 아버님? 언제든 말씀만 하세요, 소녀 기꺼이 자릴 비켜드릴 테니."

부녀의 티키타카에 망측하다며 손사래를 치는 지현이었지만 얼굴이 붉어지고 가슴이 두근대며 뛰어서 그녀는 마치 뭣을 감추다가 들킨 것 같았다. 슬며시 자리를 뜨려는데 현태가 뒤에서 살포시 안았다.

"어딜 가시나요, 나의 왕비님? 저 철딱서니 공주가 자리를 피해 준다는데?"

꼼짝없이 잡혀서 그의 품에 안기게 된 지현, 정말 몇 십 년 만에 느껴보는 현태의 너른 어깨에 붙잡힌 새처럼 숨을 할딱거릴 뿐인데 자꾸 간밤에 들었던 생각이 다시 머리를 때렸다.

꿈속이었다고 잊어버리려 애를 쓰고 그런 생각을 지워버리겠다고 생각을 거듭해 보았지만 AI지현의 말이 맞는 것 같았다. 아직은 팔팔한 50대 초반의 현태에게 90 체력도 되지 않는 몸 상태의 자신은 맞지 않는 것 같고 그의 옆에 있는 것이 욕심인 것만 같았다. 외관만이 문제가 아니라 자신이 생각해도 여자로서의 역할이나 매력이라고는 없는 자기가 아내라는 명목을 내세워 아직 팔팔한 현태를 차지하는 것은 말이 안 되는 일이었다. 그녀는 떠나야 한다는 생각이 들었다. 떠나서 다시는 그가 찾을 수 없는 곳으로 가버리는 게 현태가 자유롭게 마음껏 날개를 펼 수 있게 하고 자신도 그런 악몽에서 벗어날 수 있을 유일한 방안이라 싶었다.

딸과 아내를 거의 한꺼번에 만나게 된 현태는 어느 것 없이 모든 게 하나같이 즐겁고 마냥 행복했다. 이렇게 영원토록 기쁨과 행복 속에 단란한 생활이 유지되기를 바랐고 그리 되리라 믿었다. 하지만 어렵사리 만난 하나뿐인 딸 진주에게 슬픔이 비켜 가지를 않았다. 스치기만 해도 크리스털이 부딪듯 딸랑거리며 웃어젖히던 진주가 왠지 말이 없어지고 기운이 없어 보였다. 어디가 아픈 것인가 싶어 묻는데도 답을 피하며 그저 컨디션이 좀 안 좋다고만 하고 귀찮을 정도로 들어붙으려고 들던 애가 혼자 있으려고만 했다. 아무래도 뭔가 잘못된 것 같다고 지현에게 걱정을 물어봤다. 지현은 한창 열정에 불타던 최PD와의 데이트가 어긋났다고 알려주며 애 앞에서는 말조심을 하라고 했다. 행여 지현과 같이 조로증을 앓기 시작한 것은 아닐까 하여 가슴이 타고 숨이 막혔었는데 다행히 그런 게 아니라는 안도가 들자 이제는 모든 원망이 최PD에게 쏠려 갔다.

"어디 감히 내 귀한 보석에 흠을 내려고 해?"

당장에 요절을 내려는데 아내는 말렸다.

"저 나이에 연인 때문에 눈물 흘리지 않거나 헤어지고

만나는 일을 겪지 않는 애가 어디 있겠어요? 다 그들대로의 성장하고 세상을 알아가는 과정을 지나고 있는 거예요. 도움을 청하기 전엔 저 혼자 이겨내도록 내버려두세요."

너무나 맞는 말이기에 더 이상의 군소리 없이 아내의 말을 따르는 현태였지만 딸이 겪고 있을 속상함과 아픔을 생각하니 지현이 종적을 감춰 생이별을 했던 당시 아픔보다 더 쓰라려 하는 아빠 현태였다.

현태가 우울하게 방에만 있는 진주에게 바람이라도 쐬게 해줄 겸 큰 나무 언덕으로 타임캡슐을 캐내러 가자고 했다. 모두가 함께 가려 했으나 몸 상태가 여느 날 같지 않아서 진주와 현태만 길을 떠나보내고 지현은 집에서 쉬고 있기로 했다. 하지만 웬일인지 반평생을 혼자 지내온 지현이었는데 그들이 나가고 혼자 남게 되자 지현은 갑자기 겁이 났다. 자꾸만 AI지현이 나타나서는 현태의 옆자리가 지현이 아니라 자기가 있어야 한다며 괴롭히는 것이었다. '내겐 진주라는 딸이 있는데 어딜 감히 넘보느냐?'고 맞서는데 AI지현이 불쑥 거울을 지현 앞으로 들이밀었다. 안 보려고 도리질을 치며 얼굴을 돌렸지만 집요하게 거울을 들이미는 AI지현이 만만치가 않았다. 결국 비춰지는 자신의 모습을 보고야 말았다.

"이렇게 추하게 늙었고 힘도 없어 비실거리면서도 그 자리에 욕심을 부릴 거야?"

비아냥거리는 그녀에 지현은 더 이상 버티지 못하고 그만 AI지현에게서 거울을 뺏어 내리쳐 부수고 말았다. 화가

난 AI지현이 몸을 던져 지현을 누르며 공격해 왔다. 깔린 몸을 빼내려 안간힘을 썼는데도 꿈쩍도 하지 않았다. 이러다 죽는 게 아닌가 하는데 잠에서 깨어났다. 온 몸이 흠뻑 땀에 젖어 있고 힘이 하나도 없었다.

집을 빠져나온 지현은 경찰서로 향했다. 경찰서에서 지현은 AI지현이 죽던 날부터 꾸는 꿈속 일을 자기가 저지른 일인 양 소상하게 들려주었다. 무혐의로 풀어 주었지만 무언가 찜찜하여 완전히 손을 떼지 못하던 경찰은 응어리가 풀린 듯 일사천리로 조서를 꾸몄다.

"변호사나 증인을 세워서 복잡하게 얽히는 게 싫어서 그러니 집에는 알리지 말아 주세요."

성인인 당사자가 피하고자 하고 연락을 해봤자 그녀의 말대로 꼬일 뿐 아무런 도움이 되지 못할 일이라 그들은 그녀의 제안에 토를 달거나 반대를 하지 않았다.

타임캡슐을 지현과 함께 묻던 날, 첫아이가 25살이 되는 해에 꺼내보자고 했던 현태는 진주가 28살이 된 지금, 함께 큰 나무 언덕을 오르며 감개가 무량하기 짝이 없었다. 아빠의 건강을 걱정하여 쉬어가자는 진주를 오히려 다독이며 쉼도 없이 언덕엘 다다랐다. 땀을 닦으며 큰 나무 주위를 돌아보던 현태가 진주에게 말했다.

"지금 엄마가 함께 있다면 얼마나 좋을까?"

"그러게요. 대신에 우리 사진을 많이 찍어서 엄마에게 보여줘요. 야, 참 좋다. 경치도 끝내 주고. 아빠, 여기가 아빠 엄마 두 분이 첨 만났던 곳이에요?"

"으응? 그렇다고 할 수도 있고 그렇지 않다 할 수도 있고."

"뭐야? 설마 아빠 다른 사람이랑 오버랩 된 곳인 거야?"

진주가 의미심장하게 묘한 웃음 지었다.

"예끼, 아빨 어떻게 보고. 아빠와 엄마가 중 1~2학년이었던 아주 어릴 때 소풍을 와서 처음 사귀자고 얘기했던 곳이니까 처음 만난 곳이다 할 수도 있고…."

"할 수도 있고? 또 뭔데요?"

진주가 호기심이 가득한 눈을 굴리며 재촉을 했다.

"네 외가가 전부 이민을 가면서 십년이 훨씬 넘도록 헤어졌다가 다시 만난 곳이라 아니라고도 해야 하고."

"뭐가 그리 복잡해요? 그냥 처음 만난 곳이라 하면 되겠구먼."

딸이 아빠의 추억을 대수롭지 않게 뭉개려 들자 현태가 단호하게 그건 안 된다고 했다. 진주가 아빠의 일갈에 놀라 목소리를 집어넣으며 물었다.

"아니 왜요? 무슨 숨겨진 사연이라도…."

"숨긴 사연은 없고. 엄마나 아빠나 각자 제 길로 갔다가 다시 재회한 곳이라 아빤 그 재회에 더 의미를 두고 싶거든."

"흐흠, 이걸 어떻게 말해야 하나? 로맨스? 아님 오매불망 그리움? 여하튼 울 아빠 정말로 멋지다."

진주, PD다운 정의를 내리다가 아빠에게 와락 안기며 볼에 키스를 퍼붓는다. 현태 싫지 않은데 괜스레 또 눈물이 돈다.

"아빠, 늙었나봐. 걸핏하면 눈물이 도는 걸 보니. 벌써 영 호르몬 조절이 안 되는 것 같은데?"

"호르몬 조절? 그런 건 난 모르겠고. 감상적이고 아직 감수성에 민감한 것은 사실인 것 같아. 하지만 눈물이 많은 사람은 악인이 없다는 말로 위안으로 삼으면서 앞으로도 죽 눈물을 흘리려고 그래."

"헤에잇, 아버님. 악어의 눈물도 있다는 것을 잊지 마시지요."

"야아, 넌 이 아빠의 순수한 낭만을 도와주지는 못할망정 왜 부수려느냐? 이 못된 공주야."

현태와 진주, 한 동안 큰 나무 주변을 돌며 잡고 잡히는 술래잡기에 정신없다가 숨을 헐떡이며 그만하자고 나무에 기대는 현태를 따라 진주도 나무에 기대어 앉았다. 물을 마시며 잠시 숨을 돌리던 현태가 나무 오른쪽에 있는 큼지막한 바위를 가리키며 말했다.

"네 엄마랑 다시 만나고서 처음 우리가 한 일은 타임캡슐을 묻는 것이었어. 저기 바위에서 나무쪽으로 열 걸음 앞에 묻었는데 지금은 그 걸음 수가 조금 줄었을라나?"

"언제 파낼지 그런 약속은 없었고요?"

"만일 마음이 변해 서로 헤어지게 되면 언제고 각자 자기 것을 찾아 가고 잘 발전하여 결혼을 하게 되면 첫애가 스물다섯 살이 지나서 꺼내 읽어 주기로 했어."

"내가 스물여덟 살이니 나이는 맞고. 외동딸이니까 내가 첫짼가? 그렇죠?"

"그래 네가 첫째이자 막내지."

"얼른 파 보아요. 어디에다 묻었는데요? 여기에요?"

흥분하여 아이처럼 조잘대며 새롭게 나무 주위를 휘둘러 보는 진주.

"그래, 네가 앉은 그 앞 어디쯤에 묻었던 것 같아."

"그럼 어서 파서 꺼내 봐요. 나 스물다섯 살 때 꺼내 보기로 했다면서요?"

"조급할 것 뭐 있니? 이젠 언제고 볼 수 있는데. 아빠가 엄마와의 약속을 지키려고 오늘 너와 함께 여길 왔는데 마음이 바뀌었어. 엄마 아빠 얘기를 좀 더 들려주고 난 후에 네가 당장 꺼내 볼 것인지 더 둘 것인지 결정하라고 할까 해. 아빠가 얘기 들려 줄 시간만큼은 기다려 줄 수 있지?"

"예, 그래요. 아빤 이십 년이 넘게 기다려 오셨는데 저는 한두 시간 못 기다리겠어요?"

현태는 진주가 조금이라도 최PD와의 결별의 아픔을 잊게 해주려고 했지만 그런 의도를 진주에게 들키지 않게 하려고 무진 애를 써야했다.

"아빠와 엄마의 연애는 매우 달콤했어. 하지만 아무런 아픔 없이 그녀, 아니. 네 엄마랑 아름답기만 했던 것은 아니었어."

"왜요? 누가 양다리라도 걸쳤던가요?"

"으응? 너 그걸 어떻게 알았니? 어디 돗자리 깔고 앉아도 되겠네, 우리 딸."

"뭘요. 남녀 연애에서 흔하게 생기는 일을 가지고….”
 진주는 자기가 겪고 있는 것을 이겨내려는 듯 애써 덤덤하게 말했다.
 "어쨌든, 네 말대로 한 번인가 위기가 있었지. 그러니까 흠흠, 이 아빠가 엄마에게 이별을 고했던 사건이었는데 아빠 그 당시 가진 것이라곤 패기와 열정 뿐 너무 가난했어. 그래서 나랑 결혼하여 네 엄마가 고생을 하게 하느니 내가 엄마를 포기하기로 했었어.”
 "에이, 그게 잘못된 생각이에요. 진심으로 사랑한다면 어떤 고난이든 둘이 힘을 합쳐서 헤쳐 나가야지요.”
 그건 현태도 진주와 같은 생각이었고 또 그렇게 했었지만 진주의 아픔을 생각하여 현태가 역으로 말했던 것이었다.
 "내가 독신주의라서 결혼은 싫다며 결혼하려면 다른 사람과 하라고. 헤어지자고 매몰차게 말했어. 그래, 아빠 참 나빴어.”
 진주에게 죄인인 듯 스스로를 나빴다고 말하는 아빠를 하얗게 눈을 흘기며 바라보던 진주가 물었다.
 "그래서? 엄만 어떻게 했는데요?”
 "한참이나 눈에 불을 켜고 기가 막혀 멍하니 아빨 바라보고만 있더니 그냥 돌아서 가버리는 거야. 그래서 끝난 줄 알았지. 그런데 그게 아니었어.”
 "여자가 한을 품으면 오뉴월에도 서리가 내린다던데….”
 "그래 바로 그거였어. 얼마 지나 친구 소개로 어떤 아가씨랑 소개팅을 하는데 엄마가 따악 나타난 거야.”

"와아! 현장범을 잡았겠네. 울 엄마, 현장범이면 꼼짝 못 하지."

"독신주의라며? 그래서 헤어지자며? 엄마가 너무나 당당한 기세로 따져 묻는 거였어. 내가 말을 못하고 우물쭈물 하는데…."

"무슨 말을 할 수 있었겠어?! 그럴 땐 그저 달아나는 게 상책인데."

"아니야, 그랬다간 뼈도 못 추릴 것 같았어. 얼마나 무서웠는데."

"아니, 그러면 무서워서 결혼을 했다고요? 아유, 이런! 불쌍한 우리 아빠."

진주가 가엽다는 듯 현태의 어깨를 토닥이는데 조금 더 들어보라며 현태가 말을 이었다.

"그런데 이 아가씨와 소개팅을 해? 하며 서슬이 시퍼래서 따지더니 결혼 빙자로 들어갈래? 나랑 결혼할래? 정하라는 거야. 어쩔 수 없이 사실대로 말했지. 내가 너무 가난해서 널 고생 안 시키려고 헤어지자 한 것인데 고생해도 좋다면 다시 시작해 보자고."

"야! 이거 뭐야? 또 다른 전개야, 클라이맥스야?"

"아이 참, 좀 잠자코 들어. 자꾸 그렇게 끊고 들어오면 내가 얘기를 못 하잖아."

현태가 진주를 제지하고 나서지만 진주, 꺾이지 않는다.

"에이, 무슨 말씀이세요? 이런 얘기엔 추임새가 들어가야 맛이 더 나는 건데, 작가라면서 그런 것도 모르고 영~

엉 엉터리 아니야."

현태, 기가 차서 진주를 보지만 제 아빠를 분석까지 하려 드는 딸에게 '호오'하며 감탄하는 기색이 역력하다.

"어쨌든, 그러는데 갑자기 다른 문제가 불거졌어. 놀라 보고 있던 그 아가씨가 갑자기 아빠 뺨을 후려치는 거야. 그럼 자기는 고생해도 괜찮다는 거였냐고 따지면서."

"그건 맞는 말이네. 그건 맞아도 싸지, 암 그렇고말고"

현태, 제발 그만하라며 진주 입을 막는데 잽싸게 피해 입을 문지르듯 닦아내는 진주, 다음을 재촉한다.

"핸드백을 들어 올려 나를 때리려 하는데 엄마가 막아서 서 눈에서 불을 뿜는 거야. 머쓱해서 나만 꼬나보며 그 아 가씬 나가버리고. 얘, 이때 박수를 치는 거야. 엉뚱한 데서 불쑥불쑥 끼어들지 말고."

"앓느니 죽지. 여깄소, 박수. 와 짝짝짝."

싱겁게 웃으며 진주를 바라보던 현태, 딸의 기분이 좀 좋 아지는 것 같아 보이자 얘기를 계속한다.

"정말 달콤하던 엄마 아빠 사이를 신이 질투라도 했는지 청천벽력 같은 일이 생겼어. 네 엄마한테 몹쓸 병이 발견된 거였지."

"병이라니? 무슨 병이었는데? 이제까지 좋은 멜러였는 데 새드 스토리로 바뀌는 거야?"

진주가 아빠 다리를 베고 누웠던 몸을 돌려 엎드리며 아 빠를 쳐다봤다.

"엄마가 미국에 있었던 열 몇 살 때 병에 걸린 걸 알게 되었다는데 아빤 네 외할아버지가 나중에 알려 주셔서 알게 되었어. 베르너증후군이라는 조로증이었는데 다른 사람보다 3~4배 빨리 늙는 병이었어."

"어떻게 해. 그런 병에 걸렸는데도 나를 낳았어? 그런 거야?"

울먹이며 마구 질문을 쏟는 진주, 조금 전까지 이야기의 재미에 빠져 있던 마음은 까맣게 잊고 엄마에 대한 불쌍하고 죄송스런 마음에 가슴이 아린다.

"아빠랑 엄만 결혼을 못했어. 네 외할아버지가 아픈 딸을 시집보낼 수 없다고 생각하셔서 네 친할아버지께 다 말을 하고 결혼을 시킬 수 없다고 하셨던 거야."

"그럼 난? 난 어떻게 태어났는데?"

"두 분을 설득하다 안 되어서 내가 엄마를 데리고 도망을 쳤지. 그 뒤로는 네가 아는 것이고."

연기

 고령은 아니었지만 자수를 해 온데다가 조로증을 앓고 있는 까닭에 지현은 불구속으로 재판을 받게 되었다. 현태와 진주에게 폐가 안 되게 영영 숨어 버릴 요량으로 분명하지도 않은 것을 자기가 했노라 자수를 한 것이었다. 불구속이라서 당황이 되는 것이었지만 그 뒤로는 AI지현으로 가위에 눌리지도 않고 꿈이 어지럽지 않아 지현은 마음고생이 덜어졌다. 하지만 자신이 현태와 진주에게 아무 쓸모없이 짐만 되고 있다는 생각에서는 벗어나지 못하고 있어 우울증은 떠나지를 않았다. 그런 지현의 마음을 헤아리는 현태는 그녀를 편하게 하고 진주와 함께 단란한 가정을 이끌려고 애를 쓰지만 마냥 우울해 하는 그녀가 너무 안타까웠다. 억지로 데려간 병원에서 의사는 우울증이 심해 정신 요양원에서 집중 치료를 해야 할 것 같다는 진단을 내렸다. 지현은 자신이 그렇게나 심하지는 않다고 여기는 것이었지만 잠자코 의사 지시를 따르겠다고 했다. 그녀는 오로지 그들에게 짐이 되지 않는 것이면 그것으로 다행일 수 있다고 생각했다.
 진주와 헤어지고 최PD는 방송사를 옮겨갔고 그녀는 연기를 하게 되었다. 진주는 그를 다시는 안 만날 줄 알았고 솔직히 그리 나쁘게 헤어진 것도 아니었는데 무슨 마음에 서였는지 표현하기는 혼란스러웠지만 그를 피하고 싶었다. 최PD이라고 다를 바 없어 그녀가 배우가 되었다는 게 너무 신경이 쓰였다. 하지만 그들 편을 들어주고 싶지 않았던지 신은 맞닥뜨리고 싶지 않은 그를 그들이 죽자고 덤비고 있는 드라마 판에서 진주와 부딪힐 수밖에 없게 하였고 둘의 만남은 줄곧 최PD의 신경을 곤두세우게 했다. 함께 해야 할 작품이 진주가 맡은 첫 주연이어서 그는 정말 생에 처음 맞는 큰 부담이었다. 진주가 최PD와 이 드라마에서 함께 하게 되었다는 것을 들었을 때 처음에는 그를 다시 만나야 하는 것에 거부감이 드는 것이었지만 사람 사는 것이 다 만나고 헤어지고 그러는 것이라는 생각에 오히려 담담히 그와의 작업을 기다리게 되었다. 최PD는 어이없게도 한편으로 설레는 마음이 드는 것이 짜증스러웠지만 그녀를 떠올릴 때마다 대부분 돌을 씹는 듯 어석거리는 마음을 떨칠 수가 없었다.

 최PD는 처음 대본을 접했을 때 그것이 죽음, 혼절, 접신, 코마, 영혼 등을 통해 여러 차원의 세상을 겪었다는 사람들의 얘기를 소재로 하여 신과 인간의 바람, 꿈 그리고 그것의 서로 다른 점에 관한 판타지라는 것을 알게 되었다. 최PD는 그런 소재는 알던 것들과 달리 생소함이 있어 그에 따른 전개 또한 역발상적인 것이 되어야 하는 것이라는 생각이 들었다. 그는 자칫 어쭙잖은 극이 될 수도 있을 거라는 생각에 그만 두고 싶었다. 실제로 일어날 수도 있는 것이라고는 하지만 딱히 그렇다고 뒷받침될 근거가 있는 것도 아니고 얼핏 보아 흔히들 들먹이는 신과 종교를 소재로 한 진부함이 보이기도 하고, 판타지 극에서 으레 등장하는 외계니 다른 생명체니 하는 것들이 예외 없이 나타나 보이기 때문이었다. 그런 미진함을 불구한 채 최PD가 연출을 맡은 것은, 이런 판타지 극 연출 경험이 그의 이력에 도움이 될 것이라는 기대와 맞물려 첫 주연을 맡는 진주를 돕고자 하는 마음이 들었던 때문이었다. 흥미 면에서는 시청자들의 공감대를 조금 더 얻어낼 수 있을 것이라는 기대가 들기도 해서 최PD는 허구적이고 공상적인 것이라고 해서 다 같은 부류로 취급되는 것에 대한 일종의 반발 같은 나름의 고집을 보여주리라 다짐까지 하고 있었다.

　최PD는 처음 진주가 이 극의 주연으로 캐스팅되었다고 했을 때, 총감독을 만나 사정을 말하고 그 역을 다른 인물로 바꿀 수 없느냐 물어 보고 싶었다. 하지만 펜더믹으로 유발된 불경기로 1년여 이상을 마땅한 작품 없이 쉬어 오는 판에 자칫 자신이 잘릴 수도 있어 어떻게 해보려는 엄두를 내지 못했다. 그는 얼마 전에 진주가 다른 녀석과 고만고만한 사이를 유지하고 있다고 들었을 때, 짜증이 났지만 그런 당혹함이 그와 진주 사이에 어떤 미련 같은 애착이 남아 있어 그러는 것은 아니라고 단정했던 것이 생각났다.

　대본은, 인간이 몸과 영혼을 가지고 있다가 죽으면 몸은 원소로 돌아가기 위해 산화되어 흩어지고 영혼은 어디론가 사라지게 되는데 그것은 어디에서 왔다가 어디로 가는지,

그리고 왜? 누가 보냈다가 다시 모으는 것인가를 천상계와 인간계를 타임 슬립을 하며 보여주는 것이었다.

대본 리딩 모임에서 진주와 만났을 때 최PD는 반갑다는 인사와 더불어 일이니 연기에만 전념하자며, 진주가 언젠가 언급했던 혼령과 사랑에 관한 것이라서 좋은 연기를 보여줄 것이라 믿는다고 말했다. 진주는 그녀 특유의 깔깔거리는 웃음을 웃으며 배우의 역할을 현실에서의 일상에 가져다 붙이지는 않을 테니 걱정 말라고 했다. 듣고 보니 당연한 말이라 최PD는 연기에 전념하자고 했던 자신이 무안했지만 그렇게 말하는 진주가 왠지 그를 생각해 주려는 것이라고 생각하고 싶었다.

최PD는 촬영이 시작되면서부터 극 속 감정에 머물러 있으려고 애를 썼다. 모든 만물은 진화론에 따라 자연 발생적으로 생겨난 것일까? 아니면 어떤 절대적인 힘을 가진 것(?!)에 의해 창조된 것일까? 아무 것도 없는 것에서 어떤 절대자에 의해 만들어 졌다는 것과 우주에 있는 어떤 기초적인 것이 근간이 되어 만물 태생이 이루어졌다는 양립은 과연 깨쳐질 수 있는 것일까? 창조와 진화가 함께 있었던 것은 아닐까? 그렇다고 하더라도 꼭 시간적으로 선후를 가리라고 한다면 닭과 달걀의 논쟁이 될 수밖에 없으니 어느 것이 더 맞는 것일지에 대해서는 스스로 판단해야 할 일이 아닌가? 극에 젖는 감정을 가지려 하면 할수록 하나하나 모두가 의문으로 다가와 자신을 괴롭힐 뿐 어느 것도 이해가 되지가 않고 빠져들 수가 없었다. 불과 물, 선과 악 등

움직이거나 부동으로 혹은 보이고 안 보이는 세상에 존재하는 모든 것의 가치가 새롭고 다르게 다가왔다. 음양이 너무나 정교하게 배분, 조화되게 짜여 있다고 생각되는 것을 부정할 수가 없고 우주가 인간이 감지할 수 없는 어떤 힘 또는 원리에 의해 이루어지고 운영되고 있다는 것 또한 인정할 수밖에 없을 것 같았다. 창조론이든 진화론이든 이해와 맞물린 인간들이 왈가왈부하는 것이지 우주의 생성은 어떤 힘(power)이나 기(energy)에 의해 이루어지고 진화 변천되고 있는 것은 분명하다 싶었다.

문득 살아간다는 게 사실 얼마나 조심스럽고 불안한 것인가 하는 생각이 났다. 그러다 이런 사고와 의문투성이인 감정을 안은 채 연출에 임했다가는 극이 실패할 것 같은 불안이 최PD를 감싸기 시작했다. 고민 끝에 일을 그만 두어야 하겠다고 진주와 상의를 했다. 진주는 그러지 않아도 될 것 같다며 걱정거리가 아니라 좋은 징조라고 했다. 신, 혼령, 생명, 운명 등이 다뤄지고 있는 극이라서 불확실하고 투명할 수가 없는 게 정상이라고 말하는 것이었다. 매스컴 일을 하자면 사생활은 까발려지기 일쑤이고, 극중의 역할이 일상에서 요구되어지거나 거부되어 끼어 맞추듯 지내야 하지 않느냐? 심지어는 얼토당토 않는 찌라시로 하루아침에 곤두박질치고 퇴락의 길을 가는 경우가 허다하다. 이러다 보니 어떤 것이나 확실하고 뚜렷이 보이게 하려는 것이 버릇이 되어 그런 걱정을 하는 것이 당연하지만 이번 일은 오히려 불분명한 가운데 진행시키는 것이 더 맞는 것 같다고 그녀는 열성으로 그를 이해시키려 했다. 유명인이나 연예인도 사람이고 다 같은 세상에 사는 것이라 실수도 할 수 있고 잘못을 저지를 수도 있는데 겨누는 잣대가 그들에게만 유독 가혹하다 싶으면서 최PD는 진주의 말에 빨려들었다.

정신 요양원에서 치료를 받고 있는 지현, 처음 얼마간은 갇힌 신세가 되었지만 현태와 진주에게 부담주지 않게 된 것으로, 보고 싶고 안기고 싶은 마음을 달래며 치료를 받고 있었다. 그런데 시간이 갈수록 자기가 내쳐진 게 아닌가 하는 생각에 사로잡혀 갔다. 요양원 규칙상 면회 횟수가 제한되고 그 시간도 정해져 있는 것인데 지현은 자기를 보지 않으려 한다고 현태와 진주를 원망했다. 덧붙여 사건이 불거져 버렸다. 집으로 법정결정문이 배달되었던 것이었다. 당사자가 자수를 하고 정황을 진술하여 사건을 재조사하였으나 직접 증거가 될 수 있는 게 없고 심하게 조로증을 앓고 있는 피의자의 건강 상태를 감안할 때 키 173cm에 60Kg 중반의 몸무게의 여인을 밀어 떨어뜨릴 수가 없다는 법의학적 의견에 따라 피의자의 진술에 진정성을 둘 수가 없어 무죄라는 내용이었다. 아닌 밤중의 홍두깨 격의 서신이라 놀란 현태와 진주가 지현을 득달하고 법원에 문의를 하여 그것이 모두 우울증으로 강박 관념에 빠져있는 지현이 임의적으로 꾸민 일이라는 것이 알려지고 말았다. 생각할수록 기가 막힌 일이었지만 진주와 현태는 지현을 이해할 수 있었고 우울증이 얼마나 무서운 병인지를 알게 되었다. 보다 더 알뜰한 보살핌을 위해 병원에 특별히 청을 넣어 지현의 면회를 두 배로 늘리고 함께하는 시간을 최대한 늘렸다. 틈만 나면 함께 큰 나무 언덕을 올라 지현을 예전과 같이 밝게 하기 위한 노력과 사랑을 아끼지 않게 되었지만 우울증이라는 병이 언제 또 심해질지 몰라서 애를 태워야 했다.

지현이, 현태와 진주가 찾아올 때마다 더 밝아지는 것 같고 평온해 지는 것 같아 병세가 호전되고 있는 것이냐고 물었다. 의사는 현태나 진주가 방문했을 때와 혼자 있을 때의 병세가 확연하리만큼 다르다고 했다. 결국 현태는 자기나 진주가 지현 곁을 떠나지 않고 함께 지내는 게 유일한 치료일 것이라 믿게 되었다. 재택 치료를 하고 싶다는 현태의 의견에 의사는 병원에서처럼 약 시간, 산책, 대화 등을 철저하게 지키며 돌보는 것이 쉽지 않을 거라고 주저했지만 현태와 진주의 지현에 대한 사랑과 정성을 믿는다며 그렇게 해보자고 했다. 하지만 지현은 그녀에게 집으로 가자고 하는 현태의 말을 완강히 거부하는 것이었다. 의사, 간호사, 진주와 현태가 모두 나서서 설득을 하려했지만 지현은 요지부동 말을 들으려 하지 않았다. 함께 하며 간호를 해야 나을 수 있을 거라는 마음이 확고한 탓인지 현태는 그것만이 그녀를 우울증에서 벗어나게 하고 조로증으로 쇠약해져 가는 그녀와 더 늦기 전에 함께하며 대화를 하고 살 수 있는 유일한 방안이라는 생각에 굳어갔다. 하지만 지현이 싫다고 하니, 머리를 감쌌다가 머리카락을 움켜쥐고 마구 헝클어 보지만 어떤 방도가 떠오르지 않아 애를 태우는 아빠가 진주는 너무 불쌍했다. 엄마라면 만사의 최우선인 그를 보며 솔직히 자기는 딸이지만, 걱정만 크지 실제 보살핌은 그러지 못하고 있어 죄송했다. 이제 방송 작가에서 은퇴도 하셨으니 매일, 매 시간 원고에 쫓기지 않고 취미로만 글을 쓰면서 느긋하게 지내셔도 될 텐데 하는 생각에 딸로서 진주는 울컥 목에 물덩이 같은 게 차오르고 눈에 눈물이 고였다.

"가짜 같은 이런 눈물만 찔끔거리지 말고 아빠처럼 찐 몸으로 엄마를 사랑해야 할 텐데…."

진주가 흐르는 눈물을 훔치지만 어수선한 마음을 어쩌지 못하는데, 그러다가 생각이 났다.

"아빠, 나하고 연극 하나 해요. 엄마 치료 조작단! 아빠가 가짜 환자가 되는 거야."

진주가 말하는 연극이란 것은 현태가 어떤 병으로든지 이 요양원에 입원하면 지현과 함께 지낼 수 있지 않느냐는 것이었다.

"엄마가 집에 오지 않겠다는 게 아빠에게 폐가 될까봐 그런 것이잖아?! 그런데 아빠가 병에, 그래, 우선 치매에 걸렸다고 하고 그래서 부득이 입원을 할 수밖에 없고 함께 있어야 한다. 멀쩡한 아빠는 엄마를 간호하시고."

자기 생각에 빠져 신이 나서 떠드는 진주이었지만 현태는 고개를 흔들고 있었다.

"저렇게 정신없이 떠들거나 온전치 못한 행동을 하는 환자들 속에 내가 같이 있으라고? 그럴 수는 없어. 아니 싫어."

진주의 말을 듣자말자 현태는 진심으로 그들이 저를 둘

러싸고는 윽박지르고 말도 안 되는 소리를 질러댈 것이 생각나서 겁이 났다.

"아빠, 그건 전 이해가 어려워요. 같은 환자들인데 엄마하고는 어떻게든 같이 있으려 하면서 다른 사람들은 안 된다니요? 그건 차별이잖아요?"

진주는 마치 법정의 판사처럼 준엄하고 냉정하게 말했다.

"그래도 겁이 나는 걸 어쩌라고? 아니, 그것보다도 우선 그건 병원을 속이는 것이잖아? 멀쩡한 내가 병자인 것처럼 하는?"

"그건 죄가 되지 않게 제가 의사 선생님하고 잘 말해 볼게요."

"의사가 허락하지 않을 거야."

"내가 배운데 뭔 걱정이야? 내가 진짜 요리는 못하지만 그런 건 잘 요리할 수 있으니 걱정 마셔요."

"그리 되면 아빠가 엄마를 보살피기 보다는 엄마가 아빨 더 신경 쓸 텐데?"

현태가 안간힘을 쓰며 요리조리 피해보려 하지만 진주, 사방을 다 막고 서서 아빠를 몰아갔다. 결국 멀쩡한 정신의 치매환자가 되어 현태는 그 요양원 역사상 유래가 없던 부부가 쌍으로 입원하게 되는 해프닝을 벌이게 되었다.

의외로 환자들은 모두가 각자 제 할 것에만, 제 생각에만 빠져 있었고 중증 환자들은 격리되어 있어서 현태가 염려하던 그를 에워싸는 일은 생기지 않았다. 그래도 현태가 생각하던 것들 중 한 가지는 들어맞아서 현태는 난감해졌다. 지현이 현태를 너무 걱정하는 것이었다.

"아이고, 이이가 그동안 얼마나 마음고생이 심했으면 이 나이에 치매가 와?"

현태는 다르게 걱정이 왔다. 자기가 치매환자로 가장하는 것이 가까이서 매일 같이 접하며 그녀를 돌보려는 의도가 자칫 빗나갈까 싶었다. 현태가 아내를 돌보는 것 보다는 지현이 그를 염려하고 돌보려는 게 훨씬 더 많고 컸기 때문이었다.

"이러다가 지현의 병이 나아지는 것은 고사하고 오히려 더 나빠지는 것은 아닐까?"

그런 현태의 걱정을 알지 못하는 지현은 자기의 병은 아예 젖혀버린 채 그의 기억이나 사고력을 일깨우려고 갖은 방법을 다 쓰고 있었다. 매일 화장을 짙게 하여 조금이나마 예쁘게 보이고 이런저런 얘기들을 들려주며 그를 자극시키려 했다.

"그런 것들은 다 옛날 얘기들이잖아? 나 옛 기억들은 생생해. 그리고 내가 아프긴 해도 당신이 더 걱정이라서 당신이 우울해 하지 않고 속히 건강해 지면 나도 금방 나을 것 같아."

또렷또렷 명료하게 제 의견을 말하고 있는 현태를 보며 치매환자치고는 사고나 기억이 많이 흐릿하지는 않다고 생각하는 지현이 신명이 났다.

지현은 진주가 처음 현태에게 치매 증상이 보이고 자기

를 알아보지도 못한다며 입원을 시켜야겠다고 현태를 데리고 왔을 때가 떠올랐다.

"안녕하세요. 저는 현태라고 하는데 지현이를 좋아합니다. 지현이랑 사귀고 싶어요."

몇십 년 전, 둘이 PC방엘 가는 길에서 아빠와 맞닥뜨렸을 때 눈꼬리가 치켜지는 아빠를 향해 현태가 더듬거리며 했던 말을 50대 중반을 훨씬 넘어 막바지로 향하고 있는 그가 아이처럼 계속하여 되뇌는 것을 보았을 때는 정말 억장이 무너지는 것 같았다. 그러던 그가 이제 제 의견을, 제 생각을 또렷이 얘기까지 하고 있지 않는가?!

"이것이, 다행스럽게도 그이가 같은 요양원에 나와 함께 있을 수 있고 내가 그이를 돌볼 수 있었던 은혜가 아니고 뭣이겠어?!"

그렇게 자신이나 현태에게 긍정적인 생각을 하게 되는 지현이 그런 것이 그녀의 병세에도 호전이 될 수 있다는 것을 아는지 모르는지 그녀는 현태에게 쓸 또 다른 방도를 떠올리고 있었다.

지현이 진주에게 자신의 대역이 되어 아빠에게 자신인 척해 달라고 했다. 아빠는 작가이고 자신은 배우이니 엄마의 치료를 위해 연기를 하고 있는 것이지만 엄마가 웬 일로 자기에게 엄마 대역을 시키려 하는지 궁금해 하는 진주에게 지현은 황당한 제안을 했다.

"엄마가 아무리 아빠의 기억을 위해 예쁘게 치장을 한다고 해도 파파 할머니의 외형을 벗어나지 못해서 아빠를 현실로 끌어들이기가 쉽지가 않아서 그래. 네가 이 엄마를 대신해서 아빠를 포옹하고 사랑을 속삭여 주면 맑은 정신으로 돌아와 치매를 이겨낼 수가 있지 않겠니?"

어린 자기를 보며 현실을 떠올리게 되더라도 더 먼 과거 기억이나 떠올리게 될 거라며 진주는 거절했다. 하지만 지현은, 엄마가 아빠랑 생이별을 했던 때는 진주보다 훨씬 더 젊고 예뻤다고 진주를 약올리며 고집을 부렸다. 어떤 것이든 엄마가 아무 생각 없이 우울하게 지나게 하는 것보다는 황당한 것이라도 다른 잡념 없이 흥분하여 지켜볼 수 있는 것이 있다면 치료에 도움이 되지 않겠냐며 현태는 해보자고 했다. 어쩔 수 없이 고개를 끄덕이긴 했지만 왠지 진주는 아빠와 멜로를 연기한다는 것이 영 내키지가 않고 거슬리는 게 사실이었다. 그것도 엄마가 보고 있는 데에서. 엄마 아빠 앞에서의 재롱이거나 두 분의 소원을 이뤄드리는 것이라 여겨 맡은 바 임무를 성실하게 수행하고 있는데 문제가 생겼다.

진주를 보며 고개를 돌리거나 피하는 간호사들과 환자들이 생겨났다. 처음엔 드라마를 찍고 있는 중이라서 자기를 알아보는 것이구나, 달갑게 생각하던 것이었는데 엄마 담당 간호사의 얘기에 그만 기겁을 해야 했다.

"병실을 지나다니던 다른 병실 간호사와 환자들이 진주와 아빠를 이상하게 보나 봐요. 엄마 면회를 오는 게 아니라 엄마 남자를 탐한다고."

병원이라고 소문이 없고 수군거리는 뒷담화가 없을 수가 없겠지만 너무 터무니없는 말에 진주는 피식 싱겁게 웃었지만 입안의 쓰디쓴 맛을 헹궈낼 수가 없었다. 깔깔거리며 웃음을 터뜨리는 엄마는 오히려 뭐가 문제 될 게 있냐고 했다.

"멋진 남자 의사가 그리 보는 것도 아니고, 너하고 데이트를 하고 싶은 사람들이 아닌 환자들과 간호사 언니들인데 그딴 소문에 뭘 신경을 써."

"이러다가 소문이 동네방네 퍼져 나가서 말도 안 되는 스캔들로 번지면?"

엄마를 위해 벌이고 있는 연극이었지만 진주가 몸을 사리며 볼멘소리를 웅얼거리는데 지현은 그냥 두면 제풀에 스러져갈 것이라며 별 반응을 보이지 않았다. 그래도 딸이 걱정이 되었던지 지현은 진주가 면회를 오면 세 사람이 정원으로 나가 볕을 쪼이며 산책을 하거나 벤치에서 스낵을 나누던 지난날들과는 달리 주로 병실에서 문을 꼭꼭 닫은 채 세 사람이 함께했다. 그러고는 그 좁은 병실에서 진주에게 아빠를 어떻게 해보라며 눈짓을 그치질 않는 것이었다. 진주는 이러다가는 자기가 먼저 죽을 것 같았지만 아빠는 영 눈치를 채지 못하는 것 같아서 앙탈조차 부리지 못했다.

아픈 엄마가 원하는 처방이라고, 엄마의 남자인 것은 맞지만 자신이 딸이라고 일부러 찾아다니며 말을 할 수도 없는 진주, 오로지 엄마의 병세가 호전되기를 바라며 시키는 대로 이제는 따라다니는 시선은 아랑곳하지 않고 대담하게 정원 여기저기로 아빠의 팔짱을 끼고 다니는데 엄마가 병실 창에서 내어다보며 소리를 쳤다.

"그렇게 느슨하게 안지 말고 꽉 끌어안으라고요."

재회

 진주의 첫 촬영은 대학 교정에서였는데 전생의 연인이었던 두 사람이 이승에서 해후하는 장면이었다. 해서는 안 될 사랑을 하다가 이승으로 추방된 연인을 찾아 생의 차원을 넘어 온 만남이었다. 하지만 아쉽게도 그들은 서로 안거나 스킨십을 할 수가 없다. 인간과 혼령이라서 차원이 다른 것을 극복하지 못하는 것이었다. 그들은 사랑의 다른 면을 대하고 있었다. 육체적이고 감각적인 것이 아닌 내면적이고 정신적인 사랑을 하려하고 있었다. 컷을 외치는 감독은 진주에게 카메라에의 어필 방향을 지적했다.
 "진주가 좀 더 뒤에 머물렀어야지. 저러면 네 그림자 때문에 화면에 상대의 각이 많이 잡히지가 않잖아?"
 모니터 속 진주의 그림자를 가리키며 말하는 감독에게 진주가 고개를 숙여 시정하겠다고 말하고 돌아섰다. 진주를 보던 최PD가 겸연쩍게 얼굴을 문지르며 감독에게 한 마디를 했다.
 "어차피 혼령으로 등장하는 것인데 각보다는 그림자로 처리한 조금 전 것이 더 낫지 않을까요. 감독님?"
 "그래? 그렇기도 하겠네. 그럼 그냥 가 보자고. OK, 이건 그냥 가고 잠깐 쉬었다가 다음 씬 가자고."
"아녜요, 감독님. 저 다시 할 수 있어요. 한 번만 더 찍게 해 주세요."
어느새 왔는지 진주가 잔뜩 긴장한 얼굴로 감독에게 사정을 했다. 감독이 웃으며 '최PD가 괜찮다고 하니 그렇게 해봅시다.'며 진주의 어깨를 툭 치고는 가버렸다.
"아니 최PD님이 왜 제 연기를 두고 감독님께 이러쿵저러쿵 하는 거예요? 감독님이 다시 하자면 하면 되는 건데?"
발끈하는 진주에게 그런 게 아니라고 최PD가 설명을 하려는데 진주에게는 그의 말이 들리지 않고 눈물부터 나온다. 놀란 최PD가 얼른 들고 있던 대본으로 그녀를 가려 주려지만 진주, 뿌리쳐 버린다.
"뭐가 그리 잘나서 오지랖이에요? 남의 일에 간섭할 생각 말고 자기 것이나 잘 챙기세요. 예나 지금이나 어째 변하는 게 없어."
최PD, 날벼락 같이 진주의 일갈을 얻어맞고는 어안이 벙벙해지다가 생각이 났다. 그땐 별 것 아닌 일로 진주가 자기를 몰아세운다고 생각했었는데 지금에야 깨달았다.
"맞아, 남의 일이었어. 그때 내가 그 일에 나서지 않았어도 될 일이었는데…."
최PD는 매사 지나치는 일이 없이 불의든 정의든 간섭을 하고 판정을 해주는 게 버릇인 사람이었다. 데이트를 하다가도 누가 어려움에 처한 것을 보면 돕지 않고는 지나치지를 못했다. 소매치기를 잡아 주려다가 칼침까지 맞았지만 그의 참견은 그칠 줄을 몰랐다. 처음엔 정의롭게 보여서 좋더니 그런 것들이 하나 둘 쌓이다가 그의 참견이 유독 젊은 여성의 어려움이면 더 신명난 듯한다는 생각이 들며 진주는 그러는 그가 피곤해지기 시작했다.

결국 최PD는 그의 오지랖이 두 사람이 결별하는 빌미가 되어 버린 일을 벌이고 말았다. 점심을 함께하자고 해서 약속 장소로 가는 길에 진주는 그의 전화를 받았다. 어떤 사람이 자기 앞에서 쓰러져서 병원에 데려다 주고 갈 테니 조금만 기다리라는 것이었다. 어떻게 아픈 사람들이 죄다 최PD 앞에서만 쓰러지는 것일까 의문이 들고 짜증이 났지만 기다렸다. 하지만 2시간이 넘어서도 그는 나타나지 않았고 나중에 안 것이었지만 그는 중절수술을 받고 오다가 쓰러진 여성을 병원에 데려다 주었는데 보호자가 없어서 대신 옆에 있어 주느라 오지 못했다고 했다. 그 여성에게 아무런 사심이 없었을 거라고 생각하려 애를 쓰는 것이었지만 도저히 이해를 할 수가 없어 진주가 이별을 통보했던 것이다.

"오늘 일은 진주를 생각해서 해준 말이라 그리 화를 낼 일이 아니었는데, 왜 저리 뾰족하지? 전의 일이 여태 가슴에 남아 있는 건가?"

구시렁거리는 최PD야 억울한 감이 없잖아 있겠지만 진주는 아직도 방금 전의 일이 가슴을 벌렁거리게 하면서 안정이 되지 않았다.

"우리 둘이 과거에 연인 관계였던 것은 다 아는 일이라,

주연이라고 맡더니 옛 애인을 내세워 방어벽을 치려한다고 감독님께 얼마나 크게 미운털이 박혔을까? 어쩜 좋아. 아이참, 속상하네."

그들에 대해 세세하게 알지 못하는 사람들이야 남녀관계는 어떤 레시피가 없고 부딪히고 싸우다가도 사랑으로 맛있게 익을 수 있다고 한다. 하지만 낼 모레면 삼십이 되고 사십을 바라보게 되는 늦 청춘들이 이렇게 합이 안 맞고 다투기나 하니 뭔가 낌새가 이상해도 한참 이상한 것 같다. 이게 그린인지 붉은 것인지 아직은 구별을 할 수 없는 빛이라 참으로 답답한 일이 아닐 수 없었다. 누구도 해코지나 미움이 조금도 없는 것이었지만 그날 일은 눈에서 멀어지면 마음에서도 멀어진다는 말을 실감시키는 두 사람의 사건이 되고 말았다.

세 달이 지나면서부터 지현의 우울증이 눈에 띄게 좋아졌다. 현태와 진주가 서로 저가 잘한 덕이라고 엄마에게 생색을 내려다가 엄마에게 한 방을 먹었다.

"그만들 둬. 이 가누기도 힘들 만큼 쇠약한 몸을 지탱하며 두 사람의 정성을 받아내느라 죽을 애를 쓴 내 덕분인 것을 누가 제 것이라고 하는 거야?"

오랜만에 정말 오랜만에 세 사람은 누구도 가슴에 아무런 가려둔 것 없이 환하고 크게 웃을 수 있었다.

달포가 더 지나 의사는 그만 집에서 지내며 통원치료를 하라고 지현에게 퇴원하여 집으로 가라고 했다. 현태와 진주는 그녀의 대꾸가 어떨까 조바심을 치며 기다리는데 지현이 별 다른 말없이 짐을 싸는 걸 도와달라고 했다. 너무 기쁜 나머지 현태가 병실 문이 열려있는 것도 모르고 지현을 끌어안고 키스를 퍼붓는데 건너편 병실에서 외치는 소리가 들렸다.

"여보슈, 그 여자가 엄마야, 애인이야? 어떨 땐 딸 같은 여자와 놀아나고 또 지금은 그 늙은이와 얼쑤 좋아하니 영구별이 안 돼."

현태가 발끈하여 나서려는데 지현이 말리면서 담담하게 말했다.

"양수겸장이라우. 남정네는 하나뿐이고, 어쩌겠소? 둘이 한꺼번에 좋아할 수밖에는. 나는 신체 나이로 한참 연상의 여인이고 쟤는 까마득히 어린 연하의 애인이지만 아주 사이좋게 잘 지내니 축복받은 가족이지요."

집으로 돌아오고 나서 지현은 집안 청소, 빨래 등을 하며 조로증으로 쇠약해진 몸만 아니면 여느 오십대 후반 주부와 다름없이 밝고 건강해 보였다. 현태가 며칠마다 자작시를 들려주어 그것을 듣는 것이 지현에게는 낙이었고 또 기다림이 되었다. 사실 시라고 해야 그저 생활 시로 일기같이 쓴 것이지만 지현은 그런 시에서 노년을 알아가고 그렇게 살고 싶었다. 그 중에서도 지현은 '달맞이 꽃'이라는 시가 자신의 사랑을 노래하는 것 같아서 가장 좋았다.

- 해거름 멀다지만 채근하는 석양인데
 차마 마중하지 못하고 고개 숙인 민낯
 길목서 입술 옴실대어 머뭇대는 임 맞이.

밤이슬 혼령으로만 만나 애틋하여도
임의 사랑 지레 돌려세우지 말려무나.
노을에 데운 가슴 여태 뜨거우리니
짧은 밤 자락이 걷히고 여명 힐끔거려도 숨기려 않기를.
채비하는 마음이야 시리지만
아직은 이슬 맺힌 거미줄로 햇살 가려지리니. -

  2년 후, 교도소 문을 나서는 아이삭은 여태 끓어오르는 화를 견딜 수가 없었다. 감방에서 연구했던 것을 되짚으며 모범적으로 생활하여 그리 오래 감옥에 갇혀 있었던 것은 아니었다. 그는 자신이 인간 생명을 빌미로 세상을 속이고 인권을 유린한 범죄자로 낙인 찍힌 것이 너무나 자존심이 상했고 억울했다. 그는 모든 기억을 잃고 거의 코마 상태로 지내던 여성을 다른 사람의 DNA를 복제 이입하여 새로운 기억을 얻게 했다. 그는 또 바이오 시스템을 조절 개선하여 활발하게 활동하도록 하여 새롭게 휴머노이드 로봇으로 거듭나게 했다. 게다가 그는 수치적이고 기계적이어서 감정적 내면이나 사고를 기대하지 못하던 AI기술에 세계 최초로 제한적이나마 감성을 주입시키는데 성공하지 않았던가?! 그는 그런 성과를 고려할 때 자신은 벌을 받는 게 아니었고 오히려 상을 받아야 마땅하다고 믿는 것이었다.
  아이삭이 에레나를 찾은 것은 그가 출소한지 3개월이 지나서였다. 그는 짧은 시간 동안이었지만 수형생활 동안 생각했던 것을 실험을 하고 실제 연구로 옮겼다. 이제 그를 믿고 응원하며 후원해 줄 사람을 찾아야 했다. 비록 자기를 범죄자로 몰며 고소를 한 당사자이지만 에레나 만큼 자신을 이해해 줄 사람이 없다는 생각이 들었고 또 지난 번 고소한 일로 그에게 빚진 마음이 있을 거라는 생각이 들어 그녀를 찾아가게 된 것이었다. 솔직히 세레나가 죽은 것이 조금 마음에 걸리긴 하지만 그녀의 죽음이 자기나 에레나로 하여금 새로운 일을 시작하려는데 걸림이 되지는 않을 거라 생각했다. 자기는 인류 생명과학을 발전시키려 하고 있는 것이니까, 그는 자신의 생각에 빠져 마치 약을 빤 것처럼 자기 환상에 취해 있었다.

　아이삭은 에레나를 만나더라도 얼마간은 서먹서먹하여 대화를 꺼내기가 힘들게라 여겼는데 그렇지가 않았다. 미리 연락을 하고 찾아간 것이긴 하지만 조금의 거리낌도 없이 에레나는 환대를 하며 그를 맞아주었다. 만나면 동생 일부터 유감이라고 말해야지 생각했었는데 꺼내지를 않았다. 그녀가 애써 피하는 것으로 생각되어 구태여 긁을 필요가 없다고 느꼈기 때문이었다. 그의 연구가 잘못되었다거나 그가 돈에 욕심이 생겨 그녀에게 돈만 부친 게 아니라고 변명 아닌 해명을 짧게 했다. 에레나가 고개를 끄덕이며 연구 관련한 것은 잘 모르겠지만 금전적인 것은 나중에야 그런 상황이었구나, 알게 되었다며 동의를 했다. 아이삭이 말을 꺼내기가 거북하다면서 에레나에게 한 제안은 에레나가 제2의 AI지현이 되어달라고 했다.

　"바이오 관련 AI데이터를 모두 모아 두었고 감성 진작을 위한 시냅스 합치 시스템도 거의 완성 단계에 들고 있어서 한층 진전된 AI기술의 휴머노이드 로봇돌로 재탄생할 수 있어. 완전한 홍익인간으로 가장 아름답고 스마트한 여인이 되어 세상의 스포트라이트를 혼자 받게 될 것이야. 전번 세레나의 AI지현에서 이 삼백프로 발전했다고 할 수 있는 것이야."

그는 덧붙여 그렇게 되면 에레나가 돈방석에 올라앉게 될 것이라는 말도 했다. 묵묵히 듣고만 있는 것 같았지만 에레나의 눈은 반짝 빛이 났고 쿵쾅대는 가슴을 누를 수가 없었다. 그런데 그녀의 마음은 조금 달랐다.

"좋아. 나를 AI로 개발해 줘. 예쁘고 부자가 되는 것도 좋지만 나는 지현이 되고 싶어. AI라는 것을 눈치 채지 못할 만큼 완벽한 지현이 되어서 그래도 현태가 진짜 지현에게서 마음을 내게로 옮겨오지 않는지 보고 싶어."

"또 그 지현과 현태 타령이야? 아직도 현태를 잊지 못하는 거야? 도대체 그 친구 어디가 그리 좋은 거야?"

아이삭은 질투심이 생겨 울컥하며 소리를 질렀다.

"잊지 못하는 게 아니고 그가 좋아서 이러는 게 아니라 알고 싶은 거야. 그녀보다 앳되고 미색, 교양 어느 것도 그녀보다 못하지 않는데 섹시미로 밀고 몸으로 들이댔지만 물고기가 미끼만 따먹고 바늘은 물지 않듯 어쩌면 그토록 마음을 열지 않고 철저히 지현만을 오매불망할 수 있는 것인지 알아보고 싶다는 말이야."

"안 돼. 그러다 또 거부당하면 그땐 도로 바꿀 수도 없고, 그 후회를 어떻게 하려고? 지현보다 훨씬 더 아름답게 만들어 줄 테니 걔가 되겠다는 생각은 그만 둬."

하지만 에레나는 단호했다. 끝내 고집을 꺾지 않고 지현을 만들어 달라고만 했다. 아이삭은 동생인 AI지현이 그의 사랑을 담으려고 무진 애를 썼지만 결국 밀려나지 않았냐며 옛일까지 들추며 말렸지만 그녀는, '그건 그녀에게 감성이 부족해서 그런 것이야'라며 막무가내 자기는 지현이 되고 싶으니 그리 하려면 하고 그렇지 않으면 관두자고까지 했다.

아직 프리뷰 컷도 만들어지지 않았고 이제 막 초반부 촬영이 끝났을 뿐인데 뜬금없이 광고 제안이 들어왔다. 기획실의 발 빠른 마케팅 전략이 먹혀들었다는 것이었지만 진주가 주연을 처음 하는 것이라 그런지 출연료가 턱없이 적었다. 최PD는 한 마디로 거절하라고 했다.

"예술을 숫자로만 가늠하려고 하지 마."

"광고가 어떻게 예술이야, 돈을 벌려는 수단이지?"

진주의 나무람 같은 지적에 최PD는 발끈하며 그녀의 말을 받아쳐 버렸다.

"그들은 수단일지 모르지만 그리고 우리도 주머니에 돈이 들어와야 하는 것이지만 필름을 찍는 자체는 예술감을 가지고 대해야지."

"꿈을 깨. 현실적으로 예술을 한다는 사람치고, 기회가 닿지 않아서 못하는 것이지 어느 한 사람이라도 돈에 관심 없다고 하는 이 있으면 나와 보라고 그래!"

"모두가 그렇다는 증거도 없어. 그리고 향수를 판다고 다 돈만 벌려고 하는 게 아니라 아름다움에 향을 더해 미를 더 빛나게 하려는 순수한 의도도 깔려 있다는 것을 알아야지."

따박따박 조리 있게 대꾸하는 진주를 삐딱하게 바라보며 능글스러운 웃음을 날리던 최PD가 뭘 알려면 제대로 알라며 한마디를 했다.

"향수는 좋은 향을 내기 위한 게 아니라 몸에서 나는 암내를 감추려고 처음 만든 것이야."

도저히 마주할 가치가 없다며 진주는 두들기듯 최PD를 밀어내어 버렸다. 돌아서 내딛는 자신의 발걸음이 가볍게 느껴지는 게 어째서인지 최PD는 갸웃거리는 고개를 바로 세울 수가 없었고 히죽거려지는 미소가 멈춰지지를 않다가 생각이 들었다.

"어릴 때 좋아하는 애가 있으면 머리카락을 당기거나 괜히 못 살게 군다던데 나는 다 커서까지 왜 진주를 놀려먹고 싶은 게지? 아니, 그보다도 다시 그녀를 사랑하고 싶은 건가?"

현태의 가정에 크나큰 걱정으로 드리워졌던 지현의 우울증이 걷히고 밝은 기운에 감싸여 하하호호 웃음이 끊이질 않고 알콩달콩 깨를 볶는 날들이 이어지고 있었지만 현태는 매일 기도를 거르지 않았다. 다들 닥쳐올 때가 그리 멀지 않을 것으로 아는 것이지만, 그래도 설마 아직은 하며 애써 지현의 조로증을 모르는 척 하며 지내는 나날이지만 그런 생활이더라도 조금 더 이어가게 해달라는 기도였다. 하지만 기도가 닿지 않은 것인지 아니면 하늘이 모른 척 하는 것인지 그녀의 조로증 병세는 이제 막바지에 이르러 어려워지고 있었다. 지현의 잠이 많아지고 길어지고 있었다. 그런 가운데도 지현은 남 몰래 현태와 진주에게 줄 선물을 준비하는 것 같았고 자기 주변을 정리하고 있었다. 지현은 자주 차를 준비하여 함께 대화를 나누고자 했다. 이웃 아파트가 가리고 있어 시야가 그리 트이지 않는 창가에 앉아 하늘을 올려 보거나 먼 산을 바라보기도 했지만 대부분 오고 가며 지나는 이웃들을 보다가 눈이라도 마주치면 까딱 목례와 함께 미소를 짓곤 했다. 차 마시는 동안을 함께하는 것이지만 그녀는 그렇게 둘이서 지나는 이웃에게 인사할 수 있어 좋고 손안으로 느껴지는 찻잔의 온기가 좋다고 했다. 그녀는 말을 많이 하지 않고 바깥을 내다보다가 누군가가 지나가거나 인사를 하면 한 명 한 명을 현태에게 누구라고 알려 주고 모르는 사람은 아느냐고 물었다. 오랜 시간동안 칩거하여 은둔생활을 하여 지인이라고 몇이 되지 않아서 지금이라도 가능한 많은 이들과 인사를 나누고 한 명 한 명을 다 눈에 담으려 하는 것으로 생각되어 현태는 그녀의 물음과 나누는 인사에 일일이 다 대꾸하여 그녀가 기억하도록 하려했다.

  지현은 이따금 진주나 현태의 앞날이 보인다고 했다. 하지만 거의 다 '나이 들어 힘이 들고 눈이 침침해 질지도 몰라.', '주변에 사내가 많은데 까다롭게 굴면 다 떠날 거야.'

AI여인의 사랑 211

등의 당연한 것들이어서 듣고 웃어넘기는 것들이었다. 어떤 때 흔들의자 깊숙이 몸을 누인 채 그런 말을 하면 하얗게 긴 흰머리와 온통 주름에 덮였지만 턱선이 고운 얼굴이 맑은 눈빛과 어우러져 마치 여성 예언자 같이 보인다고 진주는 머리를 조아리며 '믿습니다.'라고 너스레를 떨기도 했다. 지현은 그렇게 두 사람의 앞날을 예언(?!)하는 것이 아니면 살아오면서 그녀가 느끼고 알게 된 얘기를 했다.

인간 삶이 어렵고 힘이 드는 것이 인간의 기대 때문인 것 같다는 지현은 그 기대가 어찌 될지 알 수 없는 내일과 맞물려 어떠하기를 바라지만 제대로 되지 않아서 신음하게 되는 게 아닌가 싶다고 했다.

"그런 어려움이 이어지다보니 새롭거나 다른 것을 찾고 마음이 변해 등을 돌리게 되는 거라고 싶어. 물론 당신은 안 그랬겠지만 불안한 기대 속에 사는 불완전한 인간이라서 평생을 처음 같은 마음을 유지하기가 어렵고 3년 사랑이 쉽지 않다고 하나봐. 그런 의미에서 나는 감사해 하고 역설같이 들리겠지만 다른 사람들 보다 행복한 것 같아. 헤어지고 숨었던 시간이 애타고 시렸지만 막연하게나마 기다림이 되고 때론 오히려 혼자만의 기쁨이었으니까. 외로움이 나에게 꺾이지 않는 기대로 새롭게 해주었으니까."

진주는 훗날 최PD에게 왜 그러고 싶었는지 잘 모르겠다고 했다. 당시엔 헤어졌던 둘이 2년여가 지나서 드라마 일로 어쩔 수 없이 부딪히고 있었지만 매일같이 투덕거리고 있던 참이었는데 불현듯 엄마에게 그에 관한 일상을 얘기했었다. 둘의 관계라든지 그에 대한 마음이 어떠하다는 것이 아니었다. 그저, '최 아무개라는 사람이 있는데'로 시작하는 극히 객관적인 관점에서 보이는 것들을 엄마에게 들려주었다. 진주는 당시에도 자기가 왜 그에 관해 엄마에게 얘기를 하는지 의아스럽기는 했지만 그것이 엄마의 무료한 시간을 달래기 위한 자신의 처방이라고 생각했었다. 엄마는 느닷없이 어떤 남자에 관해 얘기를 들려주는 딸이 낯설지도 않은지 또는 그것이 진주의 생각대로 자신의 무료함을 잊게 해서 그러는 것인지 놀라거나 어떤 물음도 없이 듣고 있다가 간간이 미소나 띄워 주었는데 그것이 자기가 최PD에 관한 얘기를 계속하게 했던 게 아닐까 진주는 믿고 싶어했다. 들을 땐 아무 말도 않고 끼어들지 않는 지현이었지만 진주가 말을 마치면 꼭, '재미있다.' '다음엔 어떨까?' '너는 어땠는데?' 등 짧게나마 자신의 의견을 표하거나 관심을 나타냈는데 왜 그랬는지는 잘 모르지만 진주는 그런 엄마의 관심이나 의견들에 뭔가를 들킨 것 같다는 생각이 들기도 했다.

  본시 심성이 착해서 남의 곤경을 지나치지 못하는 최PD지만 나서거나 잘 끼어들어서, 게다가 사귀다가 헤어져 진주의 눈에 눈물이 나게 한 전력이 있는 관계로 꼭 필요한 것 외에는 가급적 말을 섞거나 부딪치지 않고 지내는 최PD가 근래 들어 유독 살갑게 다가들고 있어 현태는 드러내지는 않지만 왜? 하는 의문이 생기고 있었는데 어느 날, 최PD가 진주와 다시 사귀고 싶다며 의견을 구했다. 전번 둘이 사귀고 있을 때도 기센 진주와 함께하기엔 최PD가 너무 착하고 여리지 않을까, 걱정을 했는데 다시 잘해 보고자 한다니 현태는 고민이 깊어졌다. 앞으로도 진주는 자기 기를 꺾으려 않을 것이고 최PD가 그런 진주에 지는 듯이 지낼 수 있으면 좋을 것도 같은데 그건 같은 남자로서 최PD가 너무 불쌍하다는 생각이 들었다. 그렇다고 딸인 진주의 기를 꺾어 버릴 수도 없는 노릇이지 않은가 말이었다.

"지는 게 이기는 것이라 생각하면 만사가 편해져. 초장에 기를 꺾어야 평생이 해피할 수 있어."

결국 이현령비현령의 말을 던지며 어물쩍 넘겨 버렸다.

제2 AI지현

 바쁜 일이 있어 만날 수가 없다고 했는데 계속 되는 요청에 만나고 싶지 않다고 직언을 했는데도 끝내 집까지 찾아온 아이삭을 그냥 돌려보내지를 못하고 안으로 들였지만 현태는 속이 편하지 않았다. 흔들의자에 앉아 있는 지현에게 목례를 하고는 아이삭이 따로 얘기를 했으면 했다. 현태가 머뭇거리며 지현을 보았다.
 "저 혼자 있어도 괜찮으니 두 분, 서재에서 따로 말씀 나누세요."
 "아니, 그냥 여기서 하지요. 아내 곁을 비우기가…."
 지현이 서재를 권하는데도 괜찮다며 현태는 아이삭을 그녀가 있는 자리를 비우지 않고 옆 테이블에 앉혔다.
 "안타깝게 한 생명을 불귀의 객이 되게 한 죄책감을 씻고자 다시 AI인간을 만들려고 합니다. 여러 가지로 문제가 되었던 AI지현에 지능, 감성, 체력 등을 보완하여 이번에는 정말 인간답게 만들 것입니다."
 "당신이 그 일을 다시 하려는 것은 내 알 바 아니지만 그걸 왜 제게 말하는지 궁금하군요."
 "전번의 AI지현이 지현 씨를 복제한 것이고 이제 그 AI

지현의 기반에 연구를 더하고 보완하여 제2의 AI지현을 만들려고 합니다. AI지현이 AI복제 로봇이었다면 제2 AI지현은 지능이 매우 높은 고품격 휴머노이드 doll이라 말할 수 있지요. 아무튼 지현씨의 외관을 닮을 것이라 미리 허락을 구하려고요."

 현태는 고귀한 생명을 AI인간으로 만들어 세상을 시끄럽게 하고 죽음에 이르게까지 했는데 또 무슨 수작을 부리려고 허락을 구하려 드는 거냐고 펄쩍뛰며 안 된다고 했다. 그런 잘못들을 속죄하려고 다시 연구하려는 것이니 제발 허락해 달라고 매달리는 아이삭에게서 현태가 고개까지 돌린 채 말을 받지 않는데 지현이 끼어들었다.

 "전번 AI지현이 나를 복제시키려 한 것이었고 이번에도 더 연구를 하여 그것을 나와 매우 흡사하게 만드는 것이라면 나는 찬성하고 싶어요. 진주 아빠, 동의해 주세요. 당신도 나 가고 나면 적적하지 않고 나 본 듯이 그녀와 지낼 수 있을 수 있을 것 아녜요?"

지현의 긍정적인 반응에 아이삭은 '그렇잖아도 에레나가 현태의 마음을 얻기 위해 제 몸을 제공하여 만드는 겁니다.'라는 말이 목구멍까지 밀어 나오는 것을 꿀꺽 눌러 참았다.

 지현의 간곡한 청에 너무 갑작스럽고 당황스런 말이라 생각해 보겠노라며 아이삭을 돌려보내고 현태가 지현에게 짜증을 내며 물었다.

 "그건 당신의 허상이나 그림자를 당신이라고 착각하게

하려는 수작에 불과한 짓이야. 왜 그런 야바위 같은 짓을 허락하자는 거야?"

지현은 흔들의자 손잡이를 문지르며 말이 없었다. 현태는 한참을 그러다가 지현 얼굴을 보다가를 반복하지만 그녀가 아무 말을 않는 것에 무슨 생각이 있을 것 같아 답을 재촉치 않고 그녀가 입을 열기를 기다렸다.

"그러고 싶은 이유는 아까 이미 다 말했어요. 나랑 만나 베르너증후군, 증발, 노파의 출현 등 수없이 많은 아픔만 겪은 당신이잖아? 나는 이제 곧 가겠지만 난 당신이 이제부터라도 행복한 삶을 살 수 있으면 싶어."

"지현아, 언젠가 네가 말했잖아, 그리움, 기다림이 나쁜 것만은 아니라고? 오히려 바람 속에 꿈을 꿀 수 있고 애태움에 더욱 짙어가는 사랑을 느낄 수 있다고 했잖아. 나는 설령 네가 떠나도 지금처럼 가슴에 붙박고 자리하는 너를 그리며 사는 게 제일 행복할 것 같아. 그런 헛것은 내게 아무 가치가 없어."

"그래도 눈에 없이 마음에만 있는 나를 그리며 사랑하는 것보다는 나와 같은 사람을 볼 수 있고 손잡을 수 있으면 더 좋을 것 아니야. 다른 세상에 있는 내 마음도 덜 아플 거고."

'눈에 보이는 것이나 스킨십이 안 중요하다는 게 아니야. 이제 나이 들어 그런 것 보다는 마음의 사랑이 더 애절해, 난.'

말이 목구멍을 간질였지만 다른 세상에서 지현의 마음이 덜 아플 것이라는 말에 현태는 더 고집을 부릴 수가 없었다. 풀이 꺾여 그러마고 하는 현태를 지현은 토닥여주는 것을 잊지 않았다.

"당신, 아직 팔팔하잖아! 마음도 중요하지만 육체적 욕구도 풀 수 있어야지. 그런다고 너무 잦은 스킨십은 무리가 올 수 있으니 조심해야 해."

누가 누구를 걱정하고 있냐며 현태가 꽥 소리를 질렀지만 끝까지 고운 마음을 지키려는 지현의 애씀에 마음이 뜨거워졌다.

제2의 AI지현이 거의 완성이 되어 가고 있다는 얘기를 들으면서부터 지현이 현태를 밀어내기 시작했다. 이제 그만 자기를 잊고 새 삶을 살아갈 준비를 하게 하려는 것이었지만 그와 진주에게서 떠나야 하는 시간이 다가오고 있는 것을 느끼면서, 실상은 자기와 같게 만들어진 그녀에게 현태를 보내어 실제 자기는 아니더라도 그렇게나마 현태의 마음에 자기가 지워지지 않고 계속 남아 있으면 싶은 바람이었다.

"당신을 애태웠던 시간이었고 나 또한 한이 많이 서린 날들이었지만 아름다웠고 곁에 없었기에 정말 순수하게 사랑할 수 있었어. 그래서 행복했던 삶이었어."

마지막으로 지현은 자신의 병에 감사한다고 말했다. 그녀는 비록 불치의 병으로 짧게 삶을 마감해야 하고 이제 떠나야 할 시간이 가까워지고 있지만 그 병으로 자기나 현태의 사랑이 여느 사람들처럼 감정 없이 덤덤해지거나 식지 않고 오히려 더 애틋하게 사랑할 수 있었고 그리움에 애를 태웠지만 그 그리움으로 두 사람의 진실된 사랑을 알 수가 있었다 싶어 오히려 그 병으로 행복할 수 있었다고 생각했다. 하지만 현태를 두고 가는 것과 남겨지는 딸을 떠나기가 마음이 아프고 슬펐다. 지현이 그녀의 생이 끝나가는 것을 인지하면서부터 길을 걸어도 그 끝을 알고가면 훨씬 수월하듯이 마음이 편안해지더니 그녀는 담담히 편안하게 갈 수 있을 것 같다고 했다.

"행복하기를 바라는 것은 욕심이야. 조금 덜 불행하기를 바라는 게 맞아."

지현은 두 손을 현태와 진주에게 맡긴 채 마지막 말을 남겼다.

그녀가 떠나고 옷가지를 챙기는데 흔들의자 방석 밑에 메모가 있었다. 메모에서 소원이라며 그녀는 현태에게 제2지현에게 가기를 권했고, 함께 차를 나누다가 스르륵 가고 싶다고 했고 자기가 죽으면 너무 소란스럽게 슬퍼하지 않기를 바란다고도 쓰고 있었다. 지현은 진주에게 최PD를 잡으려면 그를 귀하게 존경해야 한다며 아빠 같기를 바라서는 안 된다고 메모를 마무리했다.

지현의 부탁대로 현태는 제2지현에게 성심을 다했다. 하지만 지현의 청으로 그녀와 잘 지내려는 것이지 결코 감정은 생기지 않을 것으로 생각했다. 그런데 시간이 지나며 그런 현태의 마음을 제2지현이 파고들며 그를 괴롭히기 시작했다. 지현과의 약속을 지키느라 그녀와 잘 지내는 것이고 마음은 오로지 지현만을 가슴에 품고 둘의 사랑을 이어가 겠다고 생각했었다. 자신이 실상은 그러지 못하고 그녀와의 스킨십에 점차 목말라 하는 자신의 실체를 느끼게 되었다. 현태는 자신의 표리부동함을 견딜 수가 없어 술에 젖게 되었고 괜히 데이트하는 쌍을 보면 시비를 걸고 싸움을 했다. 그런 그를 더 이상 감당을 못하겠다고 제2지현이 아이삭에게로 가버렸다.

불이 꺼진 세트장 좀 후미진 곳으로 최PD가 진주를 데리고 들어왔다.
"아무리 생각해도 진주가 그 자식이랑 베드신을 하는 것은 안 될 것 같아."
계속하여 투덜거리는 것이 질투를 하는구나 생각하며 은근히 즐기던 진주는 못 이기는 척 끌려와서는 생글거리며 최PD의 말을 듣다가 주변을 살펴보고는 그의 목을 감싸며 키스를 했다.
"왜, 질투가 나세요? 그래도 어떡해요, 일이고 연긴데 우리 마음 넓은 오빠가 참아야지요. 나도 연기로라도 개하고 키스하는 거 싫다고요."
갑작스런 키스 세례에 놀라던 최PD, 진주의 허리를 감싸며 목소리를 낮췄다.
"이렇게 키스가 감미롭고 짜릿할 줄 알았으면 진작 말을 잘 들을 걸."
"아휴, 난 하루하루가 살얼음을 딛듯 조바심을 치는 생활인 걸요."
진주가 최PD를 밀어내며 투정을 부렸다.

"그래, 조심 또 조심하자고. 걸리면 우린 죽어. 끝장난다고."
"무슨 말이에요? 청춘 남녀가 키스 몇 번 한 거 가지고 끝장이라니? 우리가 무슨 불륜을 저지르는 것도 아니고."
 진주가 언성을 높이자 최PD, 내심 기분이 좋아졌다. 하지만 너무 좋다고 했다가는 또 진주의 입에서 어떤 말로 저 잘났다 할지 모를 일이어서 꾹 누를 수밖에 없었다. 조심스러운 것은 진주도 마찬가지였다. 엄마가 생전에 남자의 본심을 보려면 남자가 다가설 때 무언가 흐릿한 반응이 있는지, 어떻게 대처하고 얼마나 변함없이 만남을 이어가고 마음을 주는지를 보아야 한다고, 또 자신을 너무 내세우는지 봐야 한다는 말이 기억된 때문이었다.

질투의 끝

 현태는 생각이나 일과가 뒤죽박죽 엉켜버린 채 술을 친구하며 스스로를 달래려고 했다. 하지만 위로가 되지는 않고 오히려 매사에 삐뚠 생각이 들고 화가 끓기만 했다. 어느 날도 술을 잔뜩 마시고는 지나는 행인에게 괜한 트집을 잡아 싸움을 걸었다. 술 냄새를 풀풀 풍기면서 주사를 부리는 그를 몇 번이나 뿌리치던 행인은 그래도 자꾸 엉겨 붙자 그만 그를 밀쳐 버렸다. 밀쳐져 몸을 가누지 못하던 그가 벌렁 넘어지면서 무엇에 머리를 부딪쳤던지 현태는 의식을 잃고 깨어나질 못했다. 병원으로 실려가 며칠 만에 깨어나는 났지만 현태, 눈이 보이지 않고 말투까지 어눌하다. 얼마 동안 흐릿하게 빛은 보였지만 점차 그 빛마저 보이지 않게 되는 회복 불가능한 시신경 손상이라고 의사는 진단했다.
 갑자기 어느 것 하나 보이지 않고 모든 것이 가려진 어둠에 공포가 밀려오고 걸음조차 내딛기가 어려워진 현태는 하늘이 무너지고 모든 게 끝난 듯 싶었다. 막막해지던 앞날이 점차 화가 되고 공포가 되더니 어느 때부턴가 세상이 증오와 복수심으로 다가왔다. 아무에게나 앙갚음을 하고 싶어지고 매사에 삐뚤어지는 마음뿐이었다. 아무 것도 제대로 볼 수가 없지만 보이지 않는 그것들을 더듬어서라도 닥치는 대로 다 파괴해 버리고 싶었다. 남의 기물을 파손하는 사고를 치는 바람에 몇 번이나 경찰에 잡혀 갔지만 정상이 참작되어 아직은 철창신세는 지지 않고 있지만 현태는 이 모든 것의 원인을 제2지현에게 두고 있었다. 지현이 유언처럼 그녀에게 가라고 해서 그리 하려고 했는데 그녀가 자기를 버리고 개발자인 아이삭에게로 가 버렸고 그 충격으로 자기가 이렇게 되었다고 현태는 생각되는 것이었다.

좀처럼 남을 비난하거나 핑계되지 않던 현태 작가가 갑자기 남을 비난하는 것을 옆에서 지켜보는 진주와 친구들은 여간 안쓰러운 게 아니었다. 현태도 자신이 제2지현을 비난하고 자기가 일으키는 일련의 폭력들이 결코 당연시될 수 없다는 것을 알고 있었지만 끓어오르는 화를 주체치 못해 저도 모르게 나오는 변명, 비난, 폭력에 자신도 한심해 하고 있었다. 딸의 말이라면 뭐든 다 듣던 현태였지만, 진주의 하소연을 들을 때는 다시는 그러지 않아야겠다고 다짐을 하면서도 부화가 끓으면 앞뒤 생각 없이 마구잡이 난동을 부리고 마는 것이었다. 50여 년을 보아오던 세상을 하루아침에 어둠으로 맞게 되었으니 그럴 수밖에 더 있겠느냐고 아빠인 현태를 변호하던 진주가 지나는 말처럼 기도를 권했다.

"종교 개념을 떠나서 그저 마음을, 울분으로 가득한 속을 누그러뜨리고 수양한다고 생각하며 기도해 보세요. 마음이 평안해지고 울화가 나더라도 셀프 콘트롤이 될 거예요."

현태가 다음 날로 기도를 시작했다. 직효라는 말이 더 필요하지 않을 만큼 기도의 효과는 아주 컸고 효과적이었다. 심신이 안정되고 속의 화가 조금씩 누그러졌다. 하지만 현태는 언제 다시 그런 화가 끓어오르고 폭력적 행동을 휘두르게 되지나 않을까 조바심이 났다. 마음 같아서는 어디 외딴 곳으로 가서 혼자 회개하며 심신안정 기도나 하며 살고 싶어졌다.

진주가 혹시나 하는 마음에 심신을 안정시키려는 기도도 좋지만 병원치료를 병행하면 아버지가 좀 더 빨리 치유되지 않겠냐며 의사에게 상담을 했다. 하지만 의사는 특별한 처방이 없다고 했다. 아프고 아팠고 가버린 지현으로 또 아프고 있는데 눈까지 보이지 않게 되어 상실감과 우울증으로 이어지면 자칫 기억까지 잃어버릴 수 있으니 마음이 요동치지 않게 잘 간호하라고만 의사는 말했다. 진주와 최PD가 지극정성을 다했지만 현태는 의사가 말한 대로 자기 구렁에 빠져 몸도 마음도 쭈그려 들어 피폐되고 있었다. 최PD가 어디서 알아냈는지 경기도 어느 절의 템플스테이를 권했다. 마을 뒤로 난 입산 길 초입에 위치하여 햇빛 밝은 낮 동안은 조금씩 산책도 할 수 있는 곳이라는 말에 현태는 거기로 갔다.

매일 108배를 하고 기도를 하지만 자꾸만 제2지현이 나타나서는 머릿속을 어지럽혔다. 그럴 때마다 큼큼거리는 헛기침이 끊어지지가 않았지만 왜 그러는지 실상 무엇을 구하고자 하는지조차 알 수 없이 혼돈만이 마음속과 헤아림을 헤치며 돌아다니는 것이었다. 얼치게 숨기려는 투정만 늘고 혼자만의 설렘이나 슬픔, 화가 속을 비집고 들어 모든 다른 기억과 사고를 더욱 엉키게 하고 있었다.

현태가 산사에 들어가 심신 정화 생활을 시작하고서 그의 행방이 궁금해지는 것은 제2지현도 마찬가지였나 보였다. 그로부터 벗어나서 그를 잊고 자유롭게 훨훨 날아보려던 그녀가 돌연히 현태를 찾아 나섰다. 어떤 연유가 그녀의 심경에 변화를 일으켰는지는 누구에게도 말을 않으니 알 수가 없는 것이었지만 아이삭은 아마도 현태가 술에 찌들려 살다가 잘못되어 눈이 보이지 않게 되었다는 것에 그녀의 비정함도 한몫을 한 것으로 여기는 것 같고 비록 AI인간이라서 감성이나 감정이 없는 것이지만 여교수의 DNA와 뇌리를 리셋하여 개발된 그녀라 여성만이 갖는 어떤 모정 같은 것이 있지 않나 생각된다고 했다. 그는 또 제2지현이 그런 모성이 발동하였거나 있었는지 없었는지 인지가 되지 않는 것이지만 눌어붙어 떼어낼 수 없는 오래된 정이 그녀의 감성을 흔들어 현태를 다시 생각하게 된 것이 아닐까 싶다고도 했다.

그녀가 현태가 경기도 한 산사에서 수행하고 있다는 것을 알고서 암자를 찾았을 때 그는 출타 중이라고 했다. 이틀을 머무르며 기다렸지만 그는 돌아오지 않았다. 제2지현은 왜 현태가 이 먼 곳까지 와서 은둔생활을 하는지 궁금해 하다가 또 그 보이지도 않는 눈으로 어디를 갔기에 이틀씩이나 돌아오지 않는 것인가 의아해 하면서 걱정이 되었다.

"그것 봐. 나도 현태를 걱정하는 마음이 드는 여인이라고."

구시렁거리며 스스로를 여자라고 고집을 하고 있는데 인기척이 났다. 스님이 간밤엔 좋은 꿈꾸었느냐고 인사를 하며 다가왔다. 스님이 가져온 강정을 먹으며 그녀가 어떻게 사는 것이 가치 있는 삶이냐고 물었다.

"잘 살면 되겠지요."

무미건조하게 짧은 답을 던지고는 숲 사이로 난 길로 어물쩍 시선을 돌려 버리는 스님에 AI인간인 제2지현마저 참성의 없는 답이다 싶어졌다.

"잘 살려면 어떻게 해야 하는데요?"

답답한 속을 누르며 차분하게 다시 물었다.

"너무 폼 잡지 말고 격에 매이지 않고 쉽게 살면 잘 살아지지요."

사오정도 이런 사오정이 없을 것 같은 대답을 하고는 스님은 스님답지 않게 으스대듯 그녀를 바라봤다. 이걸 어떻게 받아들여야 하나 의아한 표정을 감추지 못하는 제2지현에게 스님이 말을 이었다.

"중노릇이 참 어려워요. 신부나 목사님들은 신자들의 고해 성사나 회개 기도를 듣고 그들을 위해 기도하잖아요? 그러니까 신자들이 용서나 구원을 받으려고 쉬운 말로 자신들의 속을 내보이는 것이지요. 중도 그러면 좋을 텐데, 우리 신도들은 아니 불교는 스스로 수련하고 회개, 깨우치는 종교라서 그런 것은 없고 이따금 묻고 답하는 가르침의 시간이 있는데 이게 참 어렵다는 말이죠. 중이 뭐 그리 대단한 석학도 아닌데 질문 자체가 너무 광범위한데다가 말이 어렵고 이중삼중으로 행간을 가져요. 게다가 질문하는 신도님들도 쉬운 말로 물으면 체면이 깎인다고 여기는 것인지 어떻게든 어려운 단어나 말을 쓰려하니 저 같은 중이 알아듣기도 설사 알아들었어도 답을 짜내기가 여간 어려운게 아니니 중노릇을 제대로 해내기가 어렵지 않겠냐구요?"

한바탕 넋두리 같이 말을 쏟아내고는 스님이 히죽이 미소를 띠우며 제2지현은 바라보자 잠시 어정쩡해 하던 제2지현이 웃음을 터뜨렸다.

"아이쿠, 스님. 제가 질문을 잘못 드렸네요. 죄송합니다. 다시 물을게요. 어찌하면 아프지 않고 사람 같이 살 수 있을까요?"

스님이 무슨 일로 그리 아파하냐고 물었다. 제2지현이 사랑을 받지 못하고 바람(願)을 잃어 빈 마음이 되어 버렸다고 하는 것이었지만 얼굴을 돌려 젖는 손등을 문질렀다. 그녀는 또 AI인간인 저로 말미암아 세상이 더 슬퍼질까 마음 쓰인다고도 했다. 스님이 마음을 비운다는 것이 실지로 비워 내는 게 아니라 무심해 지는 게라고 말했다. 스님은 또 AI인간이라서 인간이 될 수 없다는 생각을 버리라고 했다.

"세상에 종족, 색깔, 잘난 놈, 못난 놈, 여자, 남자 등 많은 부류의 인간들이 있듯이 AI인간이라는 당신도 어엿한 그 중 한 부류에 속하는 것 아니겠오?! 남과 다르다고 해서

AI여인의 사랑 227

틀린 게 아니라는 말이지요. 백인종이 애를 쓴다고 해서 유색 인종이 될 수 없듯 되지 못할 것을 바라 괴로워하는 것은 헛된 욕심일 뿐이에요."

스님이 비워진 강정 쟁반을 들고 일어서며 사랑을 외면당했다고 아파하기 보다는 미움까지 끌어안으면 정(情)으로 더불어 주관적이고 능동적으로 살 수 있을 것이라고 덧붙였다.

"정? 능동과 주관적? AI인간에게 그런 것을 말하다니! AI의 구조 자체가 정이니 주관이니 하는 것은 연산해 낼 수 없도록 짜여 있다는 것을 스님이라 모르고 하시는 말씀인가?!"

제2지현은 어쩔 수 없는 자괴감이 들며 자신도 모르게 쓴 웃음이 새어 나왔다.

산사에 와서 심신을 정화하려고 일부러 고행을 자청하며 수행을 하고 있는 현태는 하루하루를 자기 혼자만의 세상으로 끌어들이고 있었다. 모든 지난 일을 비워내어 잊어버리고 싶은데 머릿속을 떠다니는 기억이 추억을 고집하라 하고 일상을 가리려 들었다. 마음은 디딜 곳을 잃었으니 당연히 허전한 것이라 하는데 오히려 아픔을 더듬거리며 만지려 하고 왔던 걸음을 돌려 저만의 꿈속으로 끌어당기고 있었다. 거기서는 쉴 수 있으리라는 최면에 허우적거리며 빠져 들고 있었다.

그때 다른 객사의 손님들이 하는 얘기가 들렸다. 마을에 있는 술집 얘기였다. 그 술집에서는 손님들이 누구든 제 속내를 털어낼 시간을 가질 수 있다고 했다. 고달픔이나 변명, 아픔, 자랑, 추억 등에 대해 얘기하고 떨쳐져 간 것에 대한 미련을 끊어내려 하는 것이 주로지만 노래, 춤, 코미디 등 각자의 하루를 마감하여 보여줘도 된다고 했다. 그리고 그렇게 보여주는 속을 고개 끄덕여 주고 들어주는 다른 손님들에게 술 한 잔씩을 돌려야 한다는 그런 술집이라고 했고 그러니 속에 쌓인 것이나 보여주거나 보내고 싶은 것들이 있는 이들이 찾아와서 나름의 상실을 풀어 놓는 곳이라서 그 술집 안에는 갖가지의 한이 가득 차게 모여 있다고도 했다. 현태는 그 술집을 찾아 나섰다. 술집 이름도 모른 채 지팡이 하나를 의지하여 무작정 길을 나서서 물어물어 그 술집에 닿을 수 있었다.

"빈 채로 놓인 너를 누구라 위로하여 가슴을 열어 볼까, 내려와 내 손에 자리하렸더니. 낯설기에 외려 권하고 붙여주길 반기는 정으로 채워지는 잔이지만 위하여, 부딪는 외침이 섞여 넘치진 않아도 좋았다. 몇 순 배나 돌렸을까 싶은데 어느새 땅거미 잦아들고 행객은 게슴츠레 그 동네 사람이 되어 가고 있었어."

한 주객은 노래하고 있었고 제대로 자신을 소개하는 것은 아니었지만 시인이라는 이가 자기 변을 토로하고 있었다.

"간혹 한 방울 이슬에 목 축일 수 있다면 더 바랄 게 없겠다던 지난 일을 돌아보기야 하지요만 초심을 잊고 하늘이 끝없이 멀고 겨울 줄 모르는 욕심에 허하기만 한 속으로 아파하고 애를 태웠지요. 아리던 처음이 까닭 되어 지금이

가려지지 않기를, 다르다 편 가르지 않고 밀쳐 내지 않기를 바랐습니다. 어디선가 만났던 혹은 다가오리라는 바람이 내게도 일기를 바랐습니다."

노래를 하는 이나 목청을 높여 부르짖는 사람이나 애써 속을 들키지 않으려 애를 쓰는 것이었지만 헛헛함을 감추지 못한다고 생각이 드는 현태는 빛이 없는 실내여서 긴장을 늦추고 오랜만에 푸근함까지 느끼고 있었다.

스님이 알려 주는 그 술집에 제2지현이 도착했을 때 현태는 어둑한 곳에서 외줄기 스폿 조명을 받으며 춤을 추고 있었다. 고깔은 쓰지 않았지만 텁수룩한 머리를 날리며 승무를 춤추고 있었다. 날리듯 내려앉고 휘감는가 펼쳐 젖히고 내닫는가 잦아져 돌아들고 잔잔하다가 우레를 치고 소산한 춤사위가 허공을 흩어 구천에서 속연(俗緣)으로 떠도는 원혼들의 숨을 가누려 하고 있었다. 빠른 장단에 아우르다가 타령에 맞추어 흐느적대다가 북채를 어르며 치기 시작했다. 구경꾼들을 몰아지경으로 이끌던 북소리가 잦아지면서 현태는 소매 자락을 허공에 던지고는 온 몸을 추슬러 젖히고 돌았다. 주객들 속에서 그는 보이지 않는 앞에 아랑곳하지 않은 채 내두르던 소매 자락을 손님들에게 스치게 하며 춤을 추는 것이 마치 그들을 달래듯 애무하듯 위로를 하는 것 같아 보였다. 제2지현은 그의 퍼포먼스에 홀리듯 반했다며 합석을 청했다. 바쁘게 숨을 가누던 현태가 눈이 보이지 않아 누군지 모르지만 기다렸다고 했다. 제2지현이 왜냐고 묻자 아무런 조건 없이 자리를 청하는 게 좋았고 춤으로 던진 미끼를 물었으니 낚고 싶었다고 하여 그녀가 부스스 웃음을 피워냈다. 제2지현은 현태가 참 대담하다는 생각이 드는 것이었지만 춤을 추던 현태의 땀에 애간장이 끓듯 진솔하게 자기를 끌었다고 말을 둘러했다. 속을 털고 제 가진 것을 보이는 술집이라는 전제가 있는 터라 그런지 두 사람은 각자의 얘기를 들려주고 알고 싶은 시시콜콜한 것까지 주고받으며 이슥하도록 마셨다.

 술집을 나서며 물어보거나 청함이 없이 제2지현이 현태의 팔짱을 꼈다. 그녀 쪽으로 고개를 돌리며 잠시 어정쩡해 하던 현태가 잰 숨을 들이키며 팔짱 낀 제2지현의 손을 쥐었다. 두 사람의 발걸음이 자연스레 여관을 향하고 있었지만 둘은 아무런 입을 열지 않고 있었다. 그날 밤 성급한 현태를 달래며 서서히 데워가던 제2지현이 문을 열자 둘은 거센 불길로 타올랐다.

 어떤 약속을 주고받은 것은 아니었지만 그 하루의 만남이 비워진 가슴에 밀물을 끌어들었던 것이었을까? 그는 앓고 있었다. 시간의 길이로 가늠되는 것은 아니겠지만 현태에게는 그녀와의 밤이 짧은 시간에 더 할 수 없을 깊이로 다가왔던 순수한 애틋함이었다. 하지만 그는 이별을, 잊는 것이 지울 무게를 두려워하고 있었다. 닥치지도 않았고 그리 될 징후가 아무 것도 없는데 그는 온몸으로 그날의 만남을 지레 떨치려 애를 쓰고 있었다. 다시는 나타나지 않기를 주점으로 가도 만날 수 없기를 바랐다. 다시 만나면 자신의 사랑을 오염시킬 것 같은 두려움이 들었다. 중후년의 사랑이 젊은 혈기 때의 그것만큼 그리 애틋하고 열정이 있을 수 있을까 미심쩍어 하던 현태였지만 고집을 버려야 할 만큼 그는 얼굴도 모르는 사랑에 너무 아파하고 있었다. 하지만 그 아픔을 소리 질러서는 안 된다고 싶었고 신열이 나는데도 신음을 삼켜버리고 마치 아무 일도 없는 양 지내야 할 것 같았다. 가슴이 삭고 속앓이로 문드러지더라도 억지로 머리를 비우고 정신을 놓아 버려야 한다고 싶었다. 잊지도 못하고 앓다가, 끓다가 지쳐서 창밖으로 멍을 때리다가 일상을 어떻게 보내냐는 그의 질문에 이따금씩 절에 들러 마음을 다스린다고 했던 그녀의 말이 생각났다. 속죄를 하러 가지만 마음만 어지러워질 뿐이라 해서 현태를 뭉클하게 했던 그녀였다. 본체도 않고 말도 섞지 않던 산그늘이 불현듯 돌아오라 손짓을 하고 있었다. 숲을 흔들고 구름 드리운 하늘 끝으로 새들을 날리며 어서 오라 품을 열고 있었다. 현태는 다시 산길을 더듬어 암자로 향하는 길을 더듬어 올라갔다.

　내내 벼려낼 것만 같던 기억이 어둑해지며 들썩이는 속을 토닥이는데 빛을 어리며 달이 뜨고 있었다. 오늘 내려가 볼까 내일 그럴까 자신을 다독이다가 제2지현은 탑을 돌기 시작했다. 무엇을 빌어보려기 보다는 들썩이는 마음을 가누려 했다. 계속되는 탑돌이에 어지럼증이 나고 눈이 자꾸 흐릿해지는 것 같았다. 밤눈이 많이 어두워진 탓이라 여기는데 희끄무레한 현태의 모습이 다가오고 있었다. 환영까지 보인다싶어 고개를 돌리다가 아직 꿈을 떨치지 못하는 욕심이라고 자탄이 들었다. 여태 구르려고 하면서 또한 어지럽다고 중얼거리고 있었다. 괜스레 시간이 얼마나 되었나 주절대는데 어기적거리며 다가드는 그림자가 점점 커졌다. 눈을 부비고 다시 보지만 분명 현태였다.

그곳에 머무르고 있다는 것을 감추고서 이따금 불공을 드리러 온다고 말하는 현태의 입에서 엉뚱하게도 그날의 일을 잊자는 말이 새어 나왔다.

"그래도 그날은 내가 찬찬히 보면 끌리는 타입이고 생각하고 느끼는 게 너무 좋아서 오랫동안 함께 친구했으면 좋겠다고 했잖아요?"

제2지현이 기억을 헤집으며 불평스레 현태에게 중얼거렸다.

"그 순간의 감정이었겠지요, 술도 한 잔 했었고. 척 봐도 끌리는 타입이 많은데 보이지도 않는 것을 보아 내려 시간을 낭비할 까닭은 없지 않겠어요?"

여물지 못했던 사랑을 한 적이 있었는데 그땐 너무 몰랐었다. 마음만 애태웠지 소홀하고 부족했던 사랑이었다. 이제야 깨닫는 가슴이 생긴 것 같다. 단순히 사랑만을 탐해서가 아니라 그 애잔함을 잊고 당신에게 제대로 사랑을 드리고 싶다고 제2지현이 현태에게 애걸을 했다. 과거의 아픔에 갇혀서 여태 미련을 떨쳐내지 못하면서 미진한 손을 내밀려 하고 싶지 않다고 현태가 고개를 돌렸다. 제2지현의 눈길이 방향을 잃고 하늘을 향하는데 뜨거운 마음이 하늘 끝을 헤매고 있었다.

"다시 뜨겁던 그 사랑에 다가가고 싶어서가 아니라 지워지지 않는 미련에 당신을 바라는 게 아니라 미처 보이지도 못한 마음이 아쉽고 당신이기에 함께 제대로 된 사랑을 할 수 있을 것 같아섭니다. 제발."

"아쉬웠더라도 멈춰 서 보세요. 벗어나려 들어봐야 메아리처럼 돌아들 뿐이려니, 속절없는 저림에 애태워야 늪처럼 더욱 빠져들 뿐이고 비명질러 봐야 빈속으로 욕지기만 토할 뿐일 거예요. 저 만큼 흐릿하게 멀어지면 아프기만 했던 신음들이 하지만 즐거웠다 들려주고 아쉬움이 또한 까닭을 깨우쳐 줄 거예요. 상실은 아픔의 전유물이 결코 아니에요."

자신도 자신을 이해할 수가 없었다. 돌부리에 채이며 산길을 더듬어 오르는 내내 그녀를 만나리라는 기대로 뛰는 가슴으로 벅차했었지 않았던가?! 그러던 것이 정작 그녀를 만나자 갑자기 겁이 났다. 정확히 뭣 때문이었는지 가늠이 되지 않는 것이었지만 그는 보이지 않는 자신에게 다가올 캄캄한 그녀와의 앞날이 두려워졌다. 애끓는 속과는 다른 말을 뱉고 있는 자신이 안타까웠지만 현태는 그것이 옳고 그래야만 한다고 자신을 타이르고 윽박지르고 있었다.

비로소 싹트는 사랑

제2지현은 집요했다. 감성에 젖어 두려워하고 있는 현태를 AI의 속성을 최대한 발휘하여 이성적인 방안을 들이대며 요모조모 어르고 달랬다. 보지 못하는 자신과 그로 인해 앞날이 암울할 것이라고 걱정하는 것은 당장은 아무런 근거나 증명을 할 수 없는 단순한 짐작하는 걱정뿐이라고 했고 자신이 현태의 눈이 될 것인데 뭐가 걱정이냐며 오히려 그를 나무라는 것이었다. 결국 현태가 조금씩 마음을 보였다. 그녀를 바라는 속이 살랑대어 다가와서 가슴을 흔들었다. 욕심이 되고 있었다. 불현 듯 기도가 든다고 했다. 어둠을 밀며 빛이 더듬거리듯 다가오는데 밀어내기에 너무 벅차다고 했다. 행여나 또 그 빛을 등지지나 않을까 두려운데 비우고 마음 다스릴까 꿇어 보고 싶다고 했다. 이윽고 마음 평온해지는데 가슴은 붉어지고 있다고 했고 아쉬움을 들어내고 새 바람을 맞으려던 것이었는데 욕심이 들고 기대가 미적거리고 있다고 했다.

"아픈 기억 때문에 다가섬이 두려운 게라 하고 하늘의 뜻 바란다면서 당신에 대한 가슴을 식히려만 드는 나를, 또 다른 설렘으로 맞아야 하기에 아파하는 게 아니라 깊어질

수록 망실되어야 하는 나 자신에 대한 아쉬움이 걱정되는 것인가 봐요."

현태를 설득하고 위로하던 제2지현이 자기의 속을 끄집어 내었다. 그녀는 길이 나고 꿈이 보일 거라 하고 두근대어 들어와 보라지만 무엇을 보아야 하는 것인지 갈피를 잡을 수가 없고 무엇을 속삭여야 한다는 것인지 알 수가 없다고도 했다. 가야 한다는데 어디로 가자는 것인지? 문을 두드리고 찾자고 하는데, 어둠을 새워 경을 쳐봐야 혼란한 구복에 낭패하기만 하고 흔들리는 추상이 속을 헤집을 뿐이라며 제2지현은 끝내 눈물을 보이며 현태의 가슴을 파고들었다. 참회하고 청결케 한 후에야 바람을 기원할 수 있는 게라지만 한시도 피할 수 없는 작죄이고 가슴 가득 채워지기 바라지만 때마다 비워내라 독려 받는 속과 채웠어도 더 바라는 인간 본연의 욕심이 앞설 뿐인 게 삶이라며 현태가 도닥였다.

둘은 많은 걸 바라지 말자고 했다. 다시 사랑을 해보려는 마음만으로도 다행한 것이라 여기자고 했다. 아름답다면 좋겠지만 모나지 않고 둥글다면 싶고 훌륭하여 멋들어지고 싶겠지만 너무 욕심내지 말자고 했다. 행여 감싸 어우르는 정이 식고 또 다른 눈길이 생길지도 모를 일이지만 알록달록 사는 세상에서 제 몫이나 제대로 하며 살아보자고 했다. 너무 거세게 타올라서 이내 꺼진 불씨가 되고 마는 것은 아닐까? 풍향을 가늠하기 어려운 태풍 속에 휘말리다가 금세 바람이 지나고 황량한 회상이나 추억에 빠져버리는 것은 아닌지…. 바람을 안다가 그림자가 되어버리더라도 함께 춤을 추고 싶은 마음인데, 동녘이 트여 올 때까지 그를 기쁘게 하고 그로 인하여 저일 수 있었으면 꿈을 깨고 싶지 않은데, 숨이 가쁘고 어지럽더라도 둘의 열정에 감격해 보고픈 바람에 갑자기 두려움이 들고 있었다. 얼싸 안겨 오리라던 기대가 걸음을 늦추고 나이 따라 다가드는 상실처럼 허전함이 배기 시작했다. 가슴 저리던 관계에 숨이 어려워지고 다시 갈라놓을까 조바심이 치고 불안이 감싸서 놓아 주지를 않았다. 오직 자신들만을 위해 춤을 추려는 행복에 그림자 세계가 빼앗으려 들지나 않을까 조리는 마음이었지만 두 사람은 행복했다.

현태가 지난 과거야 아파한들 어쩔 것이며 뉘우친다고 돌려질 것이냐, 치솟아도 더 높이 올라라 등 떠미는 세상이지만 더 이상 헤매지 말고 이제부터라도 피차 외롭게 나이 들고 있는 사람끼리 함께 살아보자고 했다.

"바람에 겨워 꿈에 쫓겨 세월 다 잃었다지만 그런 말 마소, 그리 말하지들 마소. 채웠어도 넘치라는 세상이라 허둥지둥 쫓겼던 것을 탓하면 뭣 하리오, 후회한들 무슨 소용이겠소. 이제라도 새긴 초심 돌이켜 보자구려. 소원하던 그 마음을 돌아 보자구려. 세파 따라 요동치 않는다면 꿈꾸어도 좋을 테니."

현태의 노래가 벅차게 퍼져 나가고 있었다.

넘어도, 넘어도 또 고개가 나섰다. 잊었다 싶으면 다가들고 지워졌다 했는데 또 삐쭉이 고개를 내미는 것이었다. 스스로도 끝이 없을 것 같은 이 반복의 연속을 왜 자꾸 넘으려는 건지 의문이 들고 자신이 밉지만 구성진 음률이라도 깔리면 장단을 실어 돌아 되돌아 펼쳐 내며 던지듯 소리하는 속을 알 수가 없었다. 새겨 오던 고임을 비춰 내는 것에다 잃어버린 임에 쏟아 내는 속풀이니 그 너머 고개까지라도 넘고 또 넘겨도 누가 뭐라 하겠냐며 친구들이 위로를 했다.

AI인간에게 배신이나 버림이 있는 것일까? 현태가 속마음을 채 열어 주지 못했던 AI지현이었지만 그녀를 만나던 시간 내내 생각하던 것이었다.

수치적 계산이나 입력된 데이터를 조합, 연산하고 먼저 무엇을 원하거나 제안하지 않고 오로지 상대적인 반응만 출력하는 AI인간이라는 전제에서 벗어날 수가 없었던 그였었다. 현태가 그녀에 대해 의아심과 미안함을 느끼기 시작한 것은 그가 그녀를 만나고서 몇 달이 지나서부터였다. 그녀가 그에게 쏟는 정성과 사랑이 어떠한 변함이나 덜해지는 것 없이 커가기만 하는 것에 그의 그녀에 대한 사랑도 커갔고 그녀에의 믿음이 깊어 갔다. 그런데 왜였을까? 현태 속 한쪽에서 스멀스멀 AI지현과 제2지현이 찾아들며 그녀에의 의아심과 미안함이 들고 있었다.

그녀는 말이나 행동 그리고 그를 돌보는 손길과 마음 씀씀이 하나하나가 모두 완벽했지만 그런 것들이 오히려 현태를 어지럽게 하고 있었다. 그녀는 현태에게 제2지현을, AI지현을 회상하게 했다.

"AI인간이기에, 지현을 잊을 수 없어서 마음을 열지 못하고 밀어내기만 했던 그들이었는데 보이지 않는 눈길을 잡아 주고 사람의 향기를 느낄 수 있다고 이 여인은 사랑한다고? 너무 이기적이고 계산적인 것 같아."

그렇다고 그녀를 덜 사랑하려 한다거나 후회가 들어 떠나야겠다는 마음이 드는 것은 추호도 아니었다. 현태는 AI 지현과 제2지현에 소홀했던 자신에의 후회와 현태로의 지순한 사랑에 빠져 있는 그녀에의 죄책감에 허우적거리고 있었다.

"나 사실은 말이야, 당신만큼은 아니었어도 나에게 진심으로 다가왔지만 내가 마음을 열지 않아 떠난 여인이 있었는데 당신을 만나고서부터 그녀를 자꾸 생각하게 돼, 아니 그 사람이 그립다거나 다시 어떻게 해보려는 건 절대 아니고 끝내 마음을 열지 못했던 나 자신이 미안하고 당신의 지극한 사랑으로 그런 과거의 기억 속에서 번민하는 것이 당신에게 너무 죄송해서 용서를 바란다는 것이야."

현태는 최대한 그녀의 마음을 상하지 않게 에둘러 늘어뜨리며 자신의 죄책감을 조금이나마 덜어내려 애를 썼다. 현태는 자신의 죄책감에서 조금이나마 벗어나려고 한 말이었지만 제2지현은 가슴이 뛰었다. 자기에게 전적으로 의지하고 현태가 진심으로 사랑을 비치는 것을 느끼고는 있었지만 그의 마음 한구석에 지현이 자리하여 그의 마음을 어지럽게 하지는 않을까 문득문득 드는 걱정에 불안했는데, 제2지현의 갈등이 깊어져 갔다. 정체를 밝힐까? 말을 안 한 것일 뿐 의도한 속임은 아니라고 자위하는 것이었지만 저렇게까지 말하는 현태에게 감추어서는 아니 될 것 같았고 자신을 들어내야 오히려 더 여무는 사랑이 될 것 같은 기대가 그녀를 흔들어 대었다.
"당신인줄 알았다면 처음부터 결단코 이 사랑을 피했을 거요."
제2지현이 어렵게 자신의 정체를 현태에게 말했을 때 현태는 그가 고뇌스럽게 말하던 후회니 번민은 깡그리 잊어버린 듯 불같이 화를 냈다. 앞뒤가 상반되는 그의 반응에 제2지현은 놀라움에 어쩔 줄 몰랐다. 하지만 이내 그가 화를 내는 것이 남정네의 알량한 자존심이라는 것을 눈치 챌 수 있었다.
"꼴에 남자라고 자존심을 상하셨어요?"
속으로 비아냥거리며 지난날 자신에게 냉정했던 현태를 골려주어 되갚아 주고 싶은 마음이 들었다. 한참을 그를 지켜보며 머리를 짜내던 제2지현이 입을 열어 한 말에 현태는 당혹스러웠다.
"과거에는 지현이 행불 상태라서 가슴에서 놓지를 못해 언저리 사랑을 하다가 끝내 헤어져야 했지만 이제 그녀는 떠났고 자기랑 잘 해보라고 당부까지 했는데 왜 안 된다는 것이에요?"
아예 맞장 뜨며 일전이라도 불사겠다는 듯 다그치는 제2지현에 현태는 그녀가 같은 여인인가 의심마저 들었다. 그녀는 이 기회에 현태를 휘어잡으려 들고 있었다. 그녀는 또 뜨겁게 타오르고 있는 우리의 사랑은 아무 것도 아닌 것이었냐며 절규를 했지만 현태는 돌린 고개를 다시 되돌리지를 않았다. 그는 제2지현이 좋고 사랑하고 있다고 하면서도 두렵다고 했다. 그녀와의 사랑이 더욱 깊어졌다가 혹여 언젠가 자신의 마음속으로 지현이 다시 들어와 그 사랑을 흔들면 제2지현에게 너무 큰 죄를 짓게 될까봐 두렵다고 했다.

"이 얼마간 우리가 아무런 다른 방해 요인 없이 서로 아끼고 사랑한 것은 저 AI여인과 남자 사람 현태씨 아니었어요? 당신의 마음에서 AI라는 선입관을 들어내세요, 제발."

"AI를 AI 그대로 보고 사랑해야 하겠다는 것으로 마음을 다진 것은 이미 오래되었어요. 그게 아니라…."

AI여인이라서 막으려는 게 아니라는 예상 밖의 현태의 말에 제2지현은 온기처럼 밀려드는 반가움이 들다가 이내 한숨을 내쉴 수밖에 없었다. 그녀는 아직도 이해가 되지 않는 '죽은 자에 대한 미련'에서 벗어나지 못하고 있는 현태를 어찌해야 할지 골머리가 아팠다.

복잡해 하는 제2지현의 심경을 조금도 이해를 못하는 것인지 현태는 그의 말을 계속했다.

"AI의 한계에 갇히고 과거의 기억에 잡혀 살지 말고 있는 그대로의 나를 인지하고 오늘을 살아야 하겠다는 것은 이제는 나도 알아요. 하지만 옛 추억에서 완전하게 벗어나지 못하면 어쩌나 하는 불안을 떨쳐낼 수가 없어요."

제2지현이 현태의 번뇌하는 모습을 지켜보며 안쓰러워하다가 문득 깨달음 같은 생각이 들었다.

"그가 보이지도 존재하지도 않는 망자의 혼령을 잊지 못할까 불안해하며 나에게 거리를 두려 하지만 사랑은 사랑으로 잊는다고 하니 내가 그에게 더 잘하면 언젠가는 떠난 사람은 잊게 될 거야. 실상 그와 얘기하고 사랑을 하며 그 곁에 함께 있고 지키는 여자는 나 제2지현이잖아?! 문제될 게 뭐야?"

제2지현은 시간이 지나면 그의 마음과 사랑을 얻어내리라는 확신을 새기며 조급해 않기로 했다. 아파하고 있지만 둘의 사랑이 진솔한 까닭으로 사람과 AI가 텔레파시로 통한 것일까? 현태 또한 그의 번민의 속이 바뀌는 듯했다.
"그녀와의 시간이 신나고 즐겁지 않은가?! 그런데 왜? 마음을 닫고 거부의 몸부림을? 이 무슨 앞뒤가 엇갈리는 마음인가?"

두렵고 걱정이 앞서는 것이었지만 현태는 그녀와 앞으로 나아가려 용기를 내어 보아야 하겠다고 자신을 다독이고 있었다.

"사랑은 뜨겁다 못해 타오르는 거래요. 품으려 하기에 싸우는 것이고 다툼은 같아지고 싶은 몸부림이래요."
제2지현이 기다리리라 다짐을 하며 현태의 마음을 이해하려 애를 쓰는데도 현태의 마음이 열리지 않으면 어쩌나 싶은 여인의 애태움이 그녀를 그리 느긋하게 가만두지를 않았다. 결국 그녀가 원망을 실어 내었다.
"누리는 행복을 모르거든 행운을 두리번거리지 마세요. 깔고 앉은 행복을 모르는데 행운이 안겨 온들 알겠어요? 그늘의 시림을 모른다면 볕 바른 곳을 찾지 마세요. 온몸이 햇살 아래 있어도 온기를 느끼기나 할까요?"

자기 딴은 몸부림을 치듯 최선을 다하고 있는데 제2지현이 그걸 깡그리 무시하고 현태의 일상을 싸잡아 비아냥거리자 현태가 섭섭함이 들며 터지고 말았다. 지켜주겠노라 했을 땐 뭐가 미덥지 못해 달아났느냐고 옛일을 들추며 힐책을 했다. 이제는 서로 간에 믿으려 믿어 달라 계속해서 손 내밀고 확인하려 들 것 아니냐며 그런 것이 싫다고 마음에도 없는 말까지 해버렸다. 제2지현이 다시는 그러지 않으마고 그를 달랬다. 현태는 그런 제2지현을 믿는 속이었지만 자신에게 자신이 서지 않았고 두려웠다. 끝내 돌아서는 현태의 발걸음이 다시 암자를 향하고 말았다.

어깨를 늘어뜨린 채 터덜거리며 걸어가고 있는 현태의 뒷모습을 보며 제2지현은 의문과 아쉬움이 들었다. 왜 자기와 현태는 다른 일반인들처럼 사랑하다가 헤어졌다가도 또 다시 사랑을 하지 못할까 싶고 왜 다른 이들처럼 공유되는 가슴을 갖기가 이리도 어려울까 아쉬웠다. 한때 제2지현은 어릴 적 기억을 전혀 가지지 못한 성인으로 태어난 까닭에, 거기에다 AI인간이라 제한되는 감성이라서 제대로 된 사랑을 주거나 받지 못한다고 생각했었다. 하지만 아닌 것 같았다. 사랑은 열정이고 이해하는 마음이 우선되어야 하는 것 같았다. 아무리 현태가 죽은 지현의 유언을 따르겠다고 자신에게 오려한다지만 그의 속에 열정이 없고 어떤 실수라도 포용하려는 이해심이 없고서는 둘의 사랑은 맺어지기가 어렵다는 생각이 들었다. 제2지현은 변덕스러운 여자의 마음을 한 치도 이해하려 들지 않는 현태가 원망스러웠지만 그래도 그에게 무조건적인 사랑을 바치기로 마음먹었다.

현태는 모든 것을 다 잊어버리고 싶었다. 지나보면 그저 그런 오늘들에 신나하거나 아파하다가 어제라 밀쳐내고는 추억이라 하고 바람 잔뜩 든 숨을 들이키며 내일을 맞게 되리라 싶었다. 어떻든 시간 따라 흘러가고 아무리 붙잡아 두고자 해도 막아지지 않을 것들이라 생각되었다. 추억은 세월에 실어 보내고 비록 기억력마저 가물거리지만 망실되어 버리거나 치매에 갇히더라도 바람을 꿈꾸고 싶었다. 그만 정에 휘둘리지 말고 돌아보고 바랄 수 있는 추억을 안고 오늘에 충실히 살고 싶다고 기도가 들고 있었다.

AI인간이라고 정이 없을까? 과학자들은 태초에 누군가가 인간이 만들어졌다는 것을 부정하고 필요 원소들이 우주의 어떤 기와 흐름이 맞닥뜨린 때에 에너지로 형성되면서 생명체가 탄생하게 되었다고 한다. 또한 그런 생명체 중의 하나인 인간이라서 혼이 있고 정이 있어 그것으로 희로애락의 삶을 살게 된다고도 하고 있다. 그렇다면 AI기술과 바이오 정보를 규합하여 만들어졌다지만 인간들에 둘러 싸여서 그들의 기와 에너지를 받고 있고 인간 몸을 베이스로 하여 제작된 인간인 제2지현에게 모정이든 인정이든 정이 없을 리 없지 않을까 싶고, 아무리 부처님 가운데 토막같이 욕구가 없다지만 둘러 싼 세속 천지가 욕망이고 욕구 덩어린데 현태라고 어찌 그런 욕구를 뒤로한 채 독야청청할 수 있을까 싶었다. AI인간이기에 계산하고 사리에 맞추려 들고 정리보다는 이치에 맞아야 한다고 스스로를 내세우는 것이었지만 결국 제2지현도 정에 목말라 하는 여인이고 싶은 바람을 감추거나 억누를 수가 없을 것 같았다. 현태 역시 크고 작은 그런 정들에 데여 사랑을 외면하려 했지만 다시 그 정으로 돌아들 수밖에 없는 평범한 인간이었던 것 같았다.

시사회가 끝나고 극장을 나서다가 죽음 앞에서도 아이를 포기하지 못하던 여자 주인공의 대목과 아이가 놓친 풍선이 하늘로 날아가는 장면이 오버랩 되어 지워지지가 않는다고 말하던 진주가 눈물을 흘렸다. 최PD가 슬며시 손수건을 넘기며 손을 꼬옥 잡아 주었다.

"영화를 영화로만 감상해. 저건 현실이 아냐. 있을 수도 있는 가능성을 가정하여 보여 주는 것이지."

"그래, 있을 수 있는 것이잖아? 우리도 저리 될 수 있고 병마라는 게 현실에서도 얼마든지 일어날 수 있는 일이야."

"그리 생각하려면 밑도 끝도 없는 거지. 그저 세상 돌아가는 대로 남들처럼 그들이 복닥거리면 그렇게, 희로애락 좌충우돌하면서 또 그렇게 비슷하게 사는 게 삶이 아닐까?"

자기를 달래느라고 최PD가 삶이라는 단어까지 주워대는 것을 보며 든든함을 느끼는 진주는 자신이 점차 그의 사람이 되어가고 있다는 생각이 들었다.

"흔히들 겉과 속이 같아야 한다지만 나는 그리 생각 안 해. 이중인격이라고 하더라도 겉과 속이 다른 게 나는 좋다. 겉이 바삭하고 속도 바삭하면 치킨이 맛이 없듯이 내 낭군은 겉바속촉으로 겉으로는 좀 벙해도 속은 촉촉하면 좋겠는데. 최PD이가 그럴 것 같지 않니?"

거울 앞에서 최PD와 만날 외출 준비를 하며 진주는 혼잣말이 중얼거려졌다.

얼마 전부터 빛까지 구분치 못하는 완전 깜깜이가 되어 버린 아빠와 함께 큰 나무 언덕엘 가기로 했다. 엄마의 바람으로 화장을 하여 수목장으로 그 나무 아래에 안치했던 게 벌써 이태가 되었다. 한 해에도 몇 번을 가고 얼마 전에도 다녀왔는데 아빠가 또 가자고 원해 가는 것이었다.

"아, 아빠가 엄마의 꼼수에 당한 게 맞네. 우리 이렇게 멋진 아빠를 그렇게 쉽게 포기할 여자가 없을 테니까."

"그렇지? 그렇지? 내 추측이 맞는 거지 응?"

최PD가 현태를 부축하고 제2지현과 진주, 팔짱을 끼고 큰 나무 언덕을 오르며 현태가 지현과의 연애담을 들려주고 있었다. 현태가 눈총을 주든 말든 제2지현은 아랑곳하지 않고 어디든 따라다니며 그를 보필하려 애를 쓰는 것이었지만 현태는 도무지 마음을 열어주지 않았다. 하지만 이렇게 지현의 묘소를 올 때면 현태의 제2지현에 대한 마음 씀이 많이 고분해지고 다정스럽기까지 했다. 처음엔 어리둥절하여 이해가 되지 않았지만 이제는 현태가 지현의 당부를 지키려고 애를 쓰는 것이 보여 제2지현은 여기를 올 때마다 현태와 잘 되게 도와달라고 지현에게 기도를 하고 있었다.

"맞아요. 틀림없어요, 엄마의 덫. 하지만 그랬기에 이렇게 예쁜 딸이 태어났잖아?"

"아니야 니가 예쁜 게 아니라 엄마가 예뻤기에 니가 예쁘게 태어 날 수 있었던 거지."

"아이쿠, 저 콩깍지 언제나 벗으시려나? 제 눈엔 진주가 훨씬 더 예쁜 걸요."

제2지현이 끼어들자 진주가 얼른 입을 막는데 현태가 단정하듯 말을 이었다.

"그대 평생에는 보기 힘들게요."

나무 아래에 도착하자 현태가 마치 눈이 보이는 듯 성큼성큼 지현의 비석 쪽으로 향해 가자 제2지현이 따라갔다. 비석을 쓰다듬고 큰 나무를 쓸어 보더니 휴우 숨을 내쉬며 현태가 그 자리에 주저앉자 제2지현이 땀을 닦아 줬다. 잠시 뒤 안주머니에서 지갑을 꺼내는 현태, 더듬거려 지갑에서 사진을 빼내어 진주에게 보라며 내밀었다.

"잘 봐, 엄마야. 너랑 너무나 똑 같지?"

"그러네. 근데 이게 엄마 몇 살 때였어?"

"엄마 17살 때, 병이 발견되기 전 찍은 것이래. 미국 있을 때였어. 이것을 마지막으로 엄만 사진이 없어. 아빤 사진을 남겨 두자고 했는데 한사코 엄마가 싫다고 해서 말이야. 어때? 엄마 너만큼 예쁘지?"

현태가 진주를 향해 물었다.

"뭔, 무슨 겸손의 말씀을 ? 소녀가 졌나이다. 거울에게 물으면 당연히 어머님이라 할 것이옵니다."

함께 사진 들여다보려는 제2지현. 진주가 보고는 자리를 내어 주었다.

AI 여인의 사랑 247

"그래? 네 엄마가 아빨 너무 그립게 하지 않으려고 너를 이렇게 판박이로 예쁘게 낳아 주신 거지. 아빤 평생 엄마에게 빚을 지고 산단다."

"아빠, 너무 그리 자책하지 마세요. 엄마도 우리 부녀가 새엄마랑 행복하게 사는 것을 보며 하늘나라에서 행복해하실 거예요."

진주가 제2지현의 손을 아빠에게 옮겨 잡게 하고는 밝게 그녀를 바라보았다.

"아니야, 네 엄만 죽지 않았어. 하늘나라에 살고 계셔. 나는 느낌으로 네 엄마가 항상 우리와 함께하고 있다는 것을 안단다."

진주가 제2지현을 보고 있는 것을 모르는 현태가 제2지현이 잡은 손을 겹쳐 잡으며 진주의 말을 막았다. 처음 하는 현태의 살가운 행동에 제2지현의 가슴이 방망이질을 해 댔지만 손아귀에 잡힌 새처럼 할딱거릴 뿐 아무 것도 할 수가 없었다.

"아유, 죄송해요. 제가 또 착각을 했어요. 맞아요. 엄만 살아 계세요. 이렇게 새엄마로 환생하셔서."

"그래, 그 말은 아빠도 공감해 주지."

진주가 최PD의 무릎을 당겨 베고 눕자 제2지현이 현태에게 따라했다. 멍하니 하늘을 보고 있던 진주가 물었다.

"아빠, 전에 두 분이 묻었던 타임캡슐을 꺼낼 것인지 그냥 둘 것인지 내가 정하라고 말씀 하셨죠?"

"그러긴 했지. 하지만 아빠 얘기 아직 다 끝나지 않았는데…."

"예 알아요. 하지만 얘길 다 안 들었지만 캡슐은 꺼내선 안 될 것 같아요. 꺼냈다가는 뭔가 영영 잃어버리는 느낌이 들고 서운할 것 같아요. 그냥 두기로 해요. 그래도 되지요 아빠?"

"그건 안 되겠는데."

금방 실망하는 낯빛이 되는 진주, 제2지현을 보며 응원을 구하는 눈빛을 날리는데 제2지현이 미소 지으며 가방에서 작은 상자를 꺼냈다.

"이것도 함께 묻어 두자면 아빠한테 잘 말해 줄게."

이때 솜사탕 같은 구름 하나 현태 옆으로 다가 와서는 펑 지현이 되었다. 진주, 아주 자연스레 엄마 무릎 베고 눕고 현태, 지현의 머리 들어 제 무릎으로 받쳐 베게하려 했다. 제2지현이 지현의 머리를 자기가 누웠던 현태 다리로 옮겨 베게 하자 지현이 빙긋이 그녀를 바라보고는 다시 구름이 되어 사라지고 진주와 최PD가 지현이 사라진 곳을 향해 자리를 뜨자 제2지현이 현태 귀에다 속삭이듯 말했다.

"이 좋은 분위기를 깨뜨리는 것 같아 미안한데 내가 너무 손해를 본 것은 아닌가 하는 생각이 문득 든다는 말이야."

"뭔 손해? 누구에게서?"

현태가 무슨 엉뚱한 얘기냐는 듯 그녀를 바라보며 물었다.

"아이삭에게서 그리고 현태 당신에게서…."

"뭔 말이야? 언제 내가 당신에게 손해를 끼쳤다는 거야? 이렇게 아름답고 조신한 당신을 몰라보고 마음을 아프게 하기는 했지만"

"마음의 상처! 그것으로 겪은 고통이 내게 얼마나 큰 손해를 끼친 줄 알아?"

"아니? 제2지현, 마음의 상처를 느껴? AI인간인 당신이 마음으로 겪는 고통을 느끼고 안다는 말이야?"

현태가 놀라 보이지 않는 눈을 희번덕거리며 다급하게 묻자 제2지현이 의기양양하게 답을 했다.

"왜? AI인간은 감성이나 심적 변화를 겪으면 안 되는 것이야? 나도 인간인데?"

뭔가 잘못되었구나 하는 생각과 함께 현태가 아차 싶은 마음이 언뜻 들었다. AI인간은 융통성이나 이해를 하는 심성을 창출하지 못하고 입력된 수치와 데이터의 계산과 조합으로 출력을 해낼 뿐인데 마음의 고통을 얘기한다는 것에 강한 의구심과 함께 두려움이 든 탓이었다.

"윤허나 용서를 모르는 AI인간이 제가 생각하기에 오류가 발생했고 그것이 자신과 다르거나 남의 탓이라 추정된다면 그 후폭풍이 엄청날 것인데."

"염려 마. 이제 당신이 날 진심으로 받아들이겠다고 하니 산술적으로 내가 손해라고 느끼는 과거의 것보다 앞으로 현태 당신이 내게 베풀어 줄 사랑이 훨씬 더 클 것이라는 계산이라 배상청구는 없을 테니."

그리 생각한다니 다행이라는 마음에 절로 숨을 크게 내뱉는데 제2지현의 말이 이어졌다.

"그렇다고 마음 허투루 가지지는 말아. 잘 알다시피 내가 AI인간이라 융통성이나 이해력이 부족해서 어떤 꼬투리라도 보이면 언제 돌변할지 나 자신도 모르는 일이니까."

이 무슨 적과의 동침의 예약이라는 말인가?! 현태는 오싹해지는 마음을 가누지를 못하고 보이지도 않는 눈을 껌벅거리는데 제2지현의 서늘한 엄포를 듣던 진주가 최PD 귀에다 속삭였다.

"우리 아빠 완전히 넋이 빠졌지? 그렇게 여자가 앙심을 품으면 오뉴월에도 서리가 내린다잖아!"

"작가님이 뭘 잘못했다고 그래? 떠났던 것은 제2지현이었는데?"

"뭐야? 최PD님도 남자라고 아빠 편을 드는 거예요? 여자가 떠나게 만든 것도 어쨌든 남자의 잘못이야."

"그래도 이건 너무 심한 공포가 될 수도 있는 것 같아서 말이야."

예상 외로 아빠에게 잘못을 귀착시키는 진주의 푸른 서슬에 풀이 꺾여 최PD가 웅얼거리듯 말을 뱉는데 진주가 그의 어깨를 감쌌다.

"너무 걱정하지 않아도 돼요. 제2지현님이 AI인간이지만 감성과 심성을 두루 갖춘 업그레이드된 여인으로 개발되었는데 아이삭이 그걸 말 안하고 있을 뿐이야."

"아니 왜? 그걸 안 알려준단 말이야? 작가님이 얼마나 많은 마음의 고통을 겪게 될 텐데…."

"뭐 그리 정의 사도같은 표정 짓지 않아도 돼요. 아이삭은 아빠가 제2지현을 AI인간 그 자체로 이해하고 사랑하기를 바랐던 것이니까요."
"그래도 조금의 의견 충돌도 피하려 들 작가님이 너무 불쌍해."
"우리 아빠 걱정 말고 PD님의 안위부터 챙기시죠."
'내가 뭘?' 하는 제스처를 취하지만 최PD 금세 꼬리를 내렸다.
"그런데 진주씨, 그거 알아? 일반적인 AI인간이라면 걱정 안 해도 될 위험성이 제2지현님에게 있을 수 있다는 것을?"
입을 다문 채 묵묵히 진주 곁을 따르던 최PD가 질문하는 사람답지 않게 호기심이 가득한 표정을 지으며 물었다.
"뭔데요? 임신을 할 수 있을까, 육아는 잘 해낼까 하는 그런 문제 말하는 거라면 걱정 말아요. 부부가 알아서 할 거예요"
"그런 것도 사실 문제라면 문제일 수 있는데 내가 알고자 하는 것은 위험이 도사리고 있을 것 같다는 말이지."
"에이, 자꾸 빙빙 겉돌지 말고 빨리 말해요. 어떤 위험이 있다는 거예요?"
"감성이나 포용이 없이 단순한 입력 데이터를 연산, 출력하는 타 AI는 그 입력한 데이터와 시스템을 잘 지켜보고 관리만 하면 되는데 제2지현님은 감정이 있어 감성적 이해를 할 수 있게 데이터 수준을 높여 놓았다고 했잖아?"
"그래서요?"
"그러니까 타 AI는 출력 오류가 생기지 않게 관리만 하면 아무런 문제를 일으키지 않을 것인데 제2지현님은 감정의 기복이 있을 수 있어 아버님을 힐책하거나 이견을 고집할 수도 있어 아버님이 끌려다니거나 휘둘릴 수 있다는 말이지."

"최PD님, 그게 뭐가 문제에요? 어느 부부나 다 이견으로 다투고 부인에게 잡혀 살게 마련인데? 그건 섭리에요, 섭리. 아무런 문젯거리가 될 수가 없는 것이라고요."

'뭐야? 섭리라니? 지금의 휘둘림을 평생을 떠안고 살아야 한다는 거야?!'

최PD가 목구멍까지 차오르는 불만을 차마 내뱉지 못하고 혼잣말처럼 낮게 구시렁대는데 어느새 바싹 다가서서 귀를 기울이던 진주가 그것을 놓치지 않고 최PD 목을 감싸며 암록을 걸었다.

"아서요. 이젠 후회나 걱정하기에는 늦었어요. 섭리 속으로 이미 발을 들이밀었는데 뭔 구시렁이에요? 그저 사랑하는 마누라 말이 천명이겠거니 여기면 만사가 형통일 걸요."

"아냐, 구시렁댄 거. 당신 사랑한다고…."

-끝-

부록 |단편 소설|

여인의 거울

　사람들은 거의 매일 한두 번 거울을 본다. 예쁘게 보이려고 화장을 하고 옷매무새를 고치거나 얼굴이나 몸에 뭔가 이상한 것이 묻어 있지나 않나 살필 때에 우리는 너나없이 거울을 보게 된다. 거울 속에 비쳐진 그 상이 나라는 데는 추호의 의심을 가진다거나 아니면 절대 믿는다거나 하는 말이 필요하다 안하다는 생각조차도 없이 거울 속에 비쳐진 상의 모습에 따른 기분이나 분위기에 휩쓸려 기뻐하거나 눈물에 젖기도 한다.
　기연도 예외 없이 거울을 보아 오고 있었다. 언제부터 거울을 보기 시작했는지는 그리 선명하게 기억이 나지 않지만, 아마도 예쁘다는 말에 제 감정이 실리면서 거울을 보는 버릇이 시작되었던 게 아니었을까 짐작할 뿐이었다. 그러니까 처음이 아마도 대여섯 살 정도쯤이지 않았을까 기연은 생각했다.
　방학을 이용하여 미국으로 아이들을 어학연수를 보냈는데 어학연수가 끝나갈 무렵에 기연의 시아버지가 느닷없이 아이들을 시애틀에 있는 제 고모에게 보내어 그곳에서 유학을 시키는 게 어떻겠냐고 물었다. 너무 갑작스런 말이라 생각해 보겠다는 기연의 대답에도 그는 남편이 입버릇처럼 말해 오던 아이들의 조기유학이라며 그의 말을 거두지를 않으려 했다. 겉으로는 어미인 기연의 의견을 묻고 있었지만 그는 이미 모든 것을 결정하고는 통보하는 것이었다. 애들의 고모가 애들 관리나 비용에 많은 힘을 보탤 수 있을 것이라고도 했다.

제 속을 비쳐 내는 거울이 없었기에 그가 그리 맹랑할 수 있었던 것이었을까? 거울이 없었지만 그가 기연에게 한 그 내용은 참으로 그의 속이 적나라하게 기연에게 보이게 하는 짓이었다.

아이들이나 기연이나 서로 떨어지는 게 싫었지만 한창 나이에 요절한 것만도 가슴 터질 일인데 먼저 간 자식의 바람조차 무시할 수 없다며 고집하는 그의 말에는 동의를 할 수 밖에 없었다. 그는 기연을 아이들이란 굴레로부터 풀려나게 해 주려는 의도도 있다고 덧붙였는데 기연은 그 말에 고마움이 드는 것과 동시에 이제 곧 그와 둘만이 남게 될 것이라는 사실을 인지하고는 왠지 몸이 달아오르는 것 같았다. 아니, 조기유학이나 기연을 자유롭게 해주려는 것 보다 둘만이 남고 싶은 게 정작 그의 저의가 아닐까 하는 기연 자신의 생각을 털어 낼 수가 없었다.

명명백백한 일을 두고 거울을 보듯 뻔하다 한다더니 정말 그가 하는 짓이나 기연이 반응하는 것이나 누군가가 둘을 지켜보고 있었다면 뻔한 거울 놀음이라는 생각을 하지 않을 수가 없을 것 같았다. 명분을 내세우며 말을 돌려서 하고 있었지만 거울 속을 들여다보면 그는 마음을 감추어 제 속이 들어나지 않으려 헛기침을 해대고 있었고 기연의 배배 꼬며 요염을 떠는 몸짓이 드러나고 있었다. 고양이에게 눈을 가리고는 '야옹'하려 들려는 것인지…. 그 짓을 누가 먼저 하자고 유혹을 하게 될는지 궁금증을 자아내고 있었다.

안기연은 두 아이의 엄마이자 현숙한 아내로 아무 부족함 없이 서울 근교에 사는 중산층 가정의 주부였다.

그녀는 대학교수인 남편과 아이들과 함께 시부모를 모시고 살았었다. 시아버지는 워낙 손이 귀한 집안의 4대 독자여서 성년이 되는 18살에 혼인하여 바로 이듬해인 19살에 기연의 남편을 낳았다고 했다. 집안 내림이었든지 아님 연상 여인과 결혼하는 것이 풍조로 유행하는 때의 시류에 영합한 것이었든지 혹 이도저도 아닌, 남편 말대로 남편이 기연에게 눈이 멀어서였든지 남편은 20살 때 연상녀인 28살의 기연과 결혼했다. 그러다 보니 기연은 자신과 워낙이 나이 차이가 없는 시부모라 두 분을 모신다는 게 사실 그리 어려운 것은 아니었다. 하지만 어떻든 고부지간의 어려움은 피치 못할 일이라 아이들 키우며 시부모와 같이 살았던 게 기연이 효부이거나 그녀가 진솔하게 원해서 했던 것은 아니었다. 단지 넉넉한 시가에서 함께 살면 이름만 번드레한 교수 봉급으로 쪼들리며 살지 않아도 되는 이점이 주어지기 때문이었다. 기연은 후일, 이때의 일은 들춰 보이고 싶지 않아서 집안의 모든 거울을 다 창고 등의 보이지 않는 곳으로 치워버렸다고 했지만 사실은 남편보다 나이가 많아

늙게 보이는 게 싫어서 거울을 다 치워버렸다는 게 더 설득력이 있을 것이다. 그도 그럴 것이 이웃 여인네에게서 누나 같아 보인다는 말을 들었을 때, 기연은 집안의 모든 거울을 깨어버리려고 했다. 하지만 그렇게 너무 자신의 심정을 노골적으로 표현했다가는 자칫 남편이 정말 자기를 누나 같다고 하지나 않을까 생각되어 거울을 자신과는 잘 만나지 않는 곳으로 치워버렸다. 그러나 다른 가족들에게는 깨버린 것이나 치워버린 것이나 거울이 아쉬운 것은 마찬가지여서 기연의 속셈을 가족들이 알아차리는 데는 시간이 그리 오래 걸리지 않았다. 다행스럽게도 가족들은 누구도 그런 눈치를 알아차렸다는 것을 기연 앞에서는 티를 내지 않았다.

 기연의 시가는 제약 사업을 하고 있었다. 전에 비해 사업이 많이 줄었다지만 부족한 것 없이 모든 게 풍족했다. 5대째나 독자로 이어지던 집안에 시집오기가 무섭게 떡두꺼비 같은 아들을 두 명이나 연년생으로 낳은 기연을 남편이나 시부모님은 여간 예뻐하는 것이 아니었다. 어지간한 것은 말만 꺼내면 당일로 처리되었고 길어야 삼사일 내에 기연 앞에 놓이곤 했다. 어떠한 것은 기연이 채 말을 꺼내기도 전에 알아서 해 주기까지 하여 조금도 기연이 불편함을 느끼게 하지 않았다.
 "거울아, 우리 집안에서 누가 가장 소중하냐?"
 아마도 누군가가 거울에게 묻는다면 거울은 단연코 '기

연 아씨'라고 대답을 할 것이라고 기연의 시가 가족이면 하나 같이 믿어 의심치 않았다. 단 하나, 기연이 불만이 있었다면 가끔은 너무 척척 순조로워서 그리 생각이 드는지는 또는 복에 겨워서 그리 말하는지는 몰라도, 그런 매끄러움이 가식적이거나 계산적이지 않나 하는 의심이 든다는 것이었다. 욕심 탓이 아니라, 그 모든 사랑이나 기연을 둘러싸고 일어나거나 이뤄지는 일들이 어떤 일정 수준이 정해져 있어 한계가 지어진 것 같은 느낌을 기연은 벗을 수가 없었다. 이런 생각이 드는 때마다 기연은 거울을 들여다보았다.

"복에 겨우니 온갖 생각을 다 하는군."

그녀는 거울 속의 자신에게 욕심이 과하면 결국 재앙을 불러 오게 된다며 꾸짖기도 하고 불만을 갖는 스스로를 자책하며 거울 속의 그녀를 질책하기도 했다. 그래도 이따금씩 마음이 말끔히 다스려지지 않고 찌꺼기 같은 것이 혈관을 세차게 돌아 뒷목이 뻐근해 지는 때가 있었다. 그럴 때 그녀는 거울을 마주하고 앉아 잔을 권커니 잣거니 하여 그런 생각을 곧 잊어 버렸다.

그런 그녀에게 무언가 허전하고 부족한 것이 생겨나기 시작한 것은 아이가 12살이 되던 해부터였다. 큰애가 제 혼자 샤워를 하겠노라고 목욕탕 문을 닫아 잠그던 날 이후로 기연은 갑자기 할일이 아무것도 없는 무료함에 빠져든 듯했다. 학교 가는 것, 제 필요한 것을 사는 일, 제 방 정리, 씻고 닦는 일 등을 모두 자신이 알아서 하겠노라 선포를 들던 날엔 다 자랐구나, 여기며 여간 대견해 하지 않았는데 어느 날부턴가 손이 심심해 졌고 품이 허전해 지기 시작했다. 몇 번 엄마가 해주겠노라 말을 붙이거나 먼저 정리를 해 주었다가 머쓱하니 면박을 당한 적이 있고 나서 그마저도 눈치가 보여 그만 두게 되었다. 바쁘던 손이 놀려지니 무료해지기 시작했다.

'놀면 뭐 해?' 거울 닦는 횟수가 늘어나기 시작했다. 자연히 거울을 들여다보는 횟수도 늘어났다. 그래도 무료함을 달래기엔 역부족이었다. 얼굴 표정을 바꿔 보았다. 웃어도 보고 화를 내 보기도 하고 심지어 눈물을 흘려 보기도 했다. 처음 얼마간은 재미도 있었지만, 워낙 연기와는 거리가 먼 자질인지 금방 싫증이 나고 시들해 졌다.

아이들 키울 때는 그네들 속에 파묻혀 하루 시간이 어떻게 가는지 심지어 남편조차 어떤 때는 귀찮을 때가 있었다. 그런데 이것들이 컸다고 어미를 우습게 보는 것 같고 그에 덩달아 남편까지 합세하여 자기를 우습게 보는 것이었다.

게다가 거울까지 자기를 무료하게 만들고 있었으니, 무언가 새로운 일이나 기연이 할 수 있어 몰입이 되고 소일을 할 만큼 흥미가 생기게 될 일을 찾아보려 했다. 그런데 16년을 아이들과 남편 뒷바라지 하느라 살림에만 매달려 온 그녀가 새삼스레 혼자서 할 수 있는 게 가사일 외에는 아는 게 없었다, 찾을 수가 없었다. 현대인의 필수품이라는 컴퓨터를 만질 줄 모르는 것은 고사하고라도 흔해 빠져서 여기 저기에 구르고 있는 게임기 하나도 할 줄을 몰랐다.

"뭘, 새삼스레 컴을 배우겠다는 거야? 그거 아무나 하는 게 아니야. 그리고 컴 알 필요 없어, 주부는 채팅이니 뭐니 해서 시끄럽기만 할 뿐이지. 아이들이랑 내가 다 알아서 해 줄 테니 필요한 것을 얘기해. 집에만 있는 여자가 무슨 인터넷을 하겠다는 거야?"

'야, 이 인간아. 집안에만 있다 보니 당신이나 아이들에게까지 멍충이 취급을 받을 만큼 세상과 동 떨어지게 됐잖아?'

화통 같은 열기를 내뿜으며 대들고 싶은 생각이 기연을 조여들다가도 이내 시들어 버리는 것이었다. 이미 그녀는 그렇게 길들여져 있었다.

거울 속의 그녀가 기연을 조롱하기 시작한 것은 그때부터였다.

"뭐 중뿔나게 좋은 며느리, 조신한 아내, 훌륭한 어머니의 현모양처가 되겠다고 안달을 부리느냐? 좀 멋도 내고, 친구도 만나고 바깥바람도 쐬면서 즐겁게 살지. 자신의 행복은 가족의 행복에서 온다며 고집을 부리더니 그 꼴이 뭐냐?"

거울은 갑자기 기연의 거울 속 영상을 둘로 나누어 기연에게 똑똑히 보라고 요구했다. 하지만 얼핏 본 기연의 눈에는 둘이 별반 다를 바가 없는 기연 자신의 모습들이었다.

"뭐? 별 다른 점이 없는 둘 다 내 모습인데?"

기연이 볼멘소리를 뱉었다. 거울 속의 영상들이 아무 말을 않고 묵묵히 그녀를 바라보고만 있자 기연은 애써 둘의 서로 다른 점을 찾아보려고 했다. 그러자 우선 얼굴 색깔이 다른 게 보였다. 하나는 백설공주의 얼굴색이었고 다른 하나는 부엌데기의 그것이었다. 그러고는 다른 점이 하나하나 눈에 들어오기 시작했다. 머리 모양, 입은 옷, 몸매, 자태 등 이제 기연은 그 두 영상의 같은 점을 찾아 볼 수가 없었다.

그녀가 처음 부족함을 느끼기 시작한 것은 돈이었다. 아니, 돈이라기보다는 남편이었다는 게 더 솔직한 얘기일 듯싶다. 아이들에게 매달려 있을 때는 남편이 이모저모 살갑게 굴지 않아도 아이들을 위안 삼아 그리 섭섭하지 않았는데 아이들이 제멋대로 독자 노선을 가겠다고 선포하고 난 뒤로는 남편의 살가움이 그렇게 아쉬웠다. 하지만 남편에게서 살가움을 기대하는 것은 해가 서쪽에서 뜬데도 있을까 말까 하는 것이었다. 마음이 허전해 지면서 이런 마음을 터놓고 얘기할 수 있는 친구가 보고 싶어졌다. 친구들과 연락을 취해 본지가 얼마나 전이었는지 기억이 가물가물했다. 어렵사리 어떻게 연락이 닿은 대학 동창은 마침 몇 명이 모여서 점심을 하기로 했다며 당장 나오라고 했다.

제법 여러 벌의, 그도 꽤나 비싸게 주고 샀다고 기억되는 옷이 있었지만 하나같이 유행이 지난 것이고 철에 맞지 않는 것뿐이었다. 유행이 지난 것쯤이야 무시하고 입을 수는 있겠지만 사이즈도 문제였다. 별반 몸매는 망가지지 않았고 불어나지도 않았는데 간직된 옷에는 들어가지가 않았다. 그러고 보니 그동안 기연이 필요로 해 왔던 것들은 기연 자신을 위한 것은 아무 것도 없었다는 생각이 들었다. 사실 무언가 내 것도 있어야 하는데… 옷이라도 있어야 했다. 그러니 돈이 필요했던 것이었다.
　거울은 그녀를 친구들의 모임에 나가지 말아야 한다고 윽박질렀다.
　"꼬락서니 하고는? 그런 꼴로 어딜 가겠다는 것이야? 친구들에게 망신 살 일이 있어? 아니, 너 자신이 창피를 당하는 것은 네가 자청한 것이니 그렇다고 쳐. 하지만 왜 남편과 시집 얼굴에 먹칠을 하려고 그래? 나가지 마. 정 나가려면 너를 몽땅 나처럼 바꿔."
　그러면서 거울 속의 잘난 그녀는 다른 그녀와 함께 옷을 모두 훌라당 벗어버리는 것이었다. 깜짝 놀라서 눈을 어디에다 두어야 할 지 몰라 하는 기연에게 그녀는 소리를 쳤다.
　"잘 봐. 둘 다 너의 모습이지만 완전히 달라. 하나는 세상을 마음대로 날아다닐 수 있는 날개가 있고 다른 하나는 날개는커녕 겨드랑이에 잔털조차 나지 않은 숙맥이야. 왜, 이렇게 살아? 네게도 꿈이 있었잖아? 네 꿈을 찾아 펼쳐 봐. 훨훨 저 바깥세상을 마음껏 날아보란 말이야."
　그러고 보니 다른 그녀의 어깨에는 크고 화려한 날개가 펄럭이고 있었고 자신의 그녀는 깃털 하나 없는 채 왜소한 어깨가 전부였다.
　갑자기 아이들도, 남편도 중요한 게 아니라는 생각이 들었다. 뭔가 스스로 마음대로 할 수 있으려면 돈이 있어야 하겠다는 생각이 들었고 그건 남편, 아이들 보다 매우 더 중요한 것만 같았다.
　"아니, 이 여자가 무슨 딴 살림 차릴 일이 있나? 통장은 무슨 통장을 만들어 달라는 거야? 필요하면 말해. 다 사다 줄 테니."

'나 혼자서, 나도 당신이나 아이들처럼 나 스스로 선택하고 사고 그리고 싶단 말이야.'

속에서부터 확성기를 통한 소리만큼이나 크게 외침이 터져 나왔지만 끝내 말하고 싶은 제 속을 드러내지 못하는 기연이었다. 벽에 붙어 서서 거울이 키득거리며 그녀를 비웃고 있었다.

"그렇게나 가르치고 외게 하고 연습을 시켰는데, 그걸 그래 남편의 면상에 대고 확 내뱉지를 못해? 너는 얼간이처럼 살 팔자를 이제 그만 면하고 싶지 않아?"

기연은 그동안 혼자 사는 친구를 그렇게나 불쌍하게 느꼈었다 그런데 근자에 그 생각이 바뀌고 있었다. 졸업하고 한 남자와 그저 그렇게 만나다 결혼하고, 애 낳고, 키우고, 뒤치다꺼리하고, 그렇게 16년을 우물 속에서 보호라는 미명하에 갇혀 지내면서 우물에서 보이는 하늘이 전부인양 알고 살아 왔던 기연이었다. 그런 그녀가 지금 혼자 달랑 남겨진 채로 아무 것도 할 줄 모르는 중년의 여인이 되어 허전하다, 무상하다 주절대고 있었다.

그녀는 혼자서 아무 구속 없이 제 하고 싶은 대로 살며 잘은 모르겠지만 이 남자 저 남자 만나 재미도 보는 것 같은 친구 현정을 떠올리며 한 때는 자신이 훨씬 행복하다고 느꼈을지 몰라도 지금은 아니다 싶었다. 현정이가 부러워 견딜 수가 없었다. 거울 속의 다른 그녀가 마치 친구 현정의 삶일 것 같은 생각이 들고 부러워졌다. 기연은 계속 거울을 보고 싶은 마음과 자꾸만 혼란을 겪게 하는 거울을 그만 보지 말아야 하겠다는 두 마음 사이에서 실랑이를 벌이고 있었다. 자신의 삶에 애착이 들고 지난 시간에 아쉬움을 느낄 때는 거울 속 다른 그녀를 보고 싶은 마음에 거울을 보고 싶다가도 가정과 가족이 기연을 둘러싸노라면 다른 삶의 가치를 보여주며 저를 혼란하게 하는 것이기에 거울을 보아서는 안 되겠다는 마음이 드는 것이었다.

종잡을 수 없이 흔들리는 마음이나 달래보려고 기연은 친구와 함께 산행을 나섰다. 산행은 근교에 있는 그리 가파르지 않은 야산을 오르는 것이라 오르는 데에 그리 힘은 들지 않았지만 산 속으로 들어선지 채 20분이 지나지 않았는데 숨이 턱밑까지 차올랐다.

"언제부터인지는 확실치 않은데 내가 뭘 어떻게 해 보겠다는 의지는 점차 줄어들고 어떻게 되겠지 하는 기대나 행운 같은 것을 바라는 마음이 들고 있어 꿈에 본 어떤 일들이 현실화되기를 바라고 복권이 당첨되기를 바라고, 벌써 패기를 잃어 가고 있는 것인지…."

친구 혜란이 겉옷을 벗어 허리에 둘러 묶으며 말을 했다. 그녀 역시 벌써 숨을 헐떡이고 있어서 기연은 '말을 많이 하면 더 힘들 텐데' 생각하며 친구를 걱정했다. 하지만 그런 염려는 속으로 했을 뿐 입 밖에 내지는 않았다.

"그러니? 나와는 반대네. 나는 요즘 들어 부쩍 나 자신이 텅 비어져 허전해 지고 너무 나태해지는 것 같아 무언가를 찾고 싶고 하고 싶은데…. 소멸되어 없어지기 전에 한번쯤 활활 타 오르고 싶어."

친구의 심정에는 아랑곳없이 기연은 제 처지를 말했다. 친구가 신기한 듯 기연을 바라보았다.

"넌 아직 꿈을 가지고 있나 보구나. 무언가를 추구하려는, 무언가 이루려는 그런 꿈이 여태 있나 보구나. 부럽다, 얘."

"그게 아니야, 탈출하고 싶은 거지. 학교 졸업하고 잠간 사회생활하고, 한 것은 맞지만 미처 연애란 맛도 느끼지 못한 채 한 남자 만나서 결혼하여 아이 낳고 그 속에 파묻혀 사노라고 사회와는 동떨어져 다람쥐 쳇바퀴 도는 듯 가정이라는 울안에 갇힌 채 보내 버린 자신과 시간들이 너무 허무한 것 같아. 이제라도 훌훌 털어내고 그런 것들로부터 벗어나 자유롭고 싶은 거야. 도망치려는 거지."

혜란이 무슨 큰 잘못을 말한 것처럼 기연은 손을 내젓는 것도 모자라 고개까지 절레절레 저었다.

"저기 좀 앉았다 가자. 커피나 한잔 마시고 가자. 헤이즐넛이야."

혜란이 기연의 마음을 식히기라도 하려는 듯 길가 바위에 털썩 주저앉으며 쉬어 가기를 권했다.

"시간과 거울이란 게 없으면 좋겠어. 특별한 까닭이 있는 것은 아니고 시간이 없어지면 구속받지 않아도 될 것 같고 거울이 없어지면 매이지 않아도 되겠다는 생각이 들어. 나, 이상하지? 내가 뭘 그리 매여 산다고 자꾸 내 입으로 구속, 구속하는지, 내가 요즘 좀 그래.

"아니야, 나는 네가 부러워. 나는 벌써 오래전에 내 환경에 적응되어 안주해 버린 일상인데 넌 네 말대로 탈출을 시도 하려고 하잖아? 그러니 구속이라는 말을 하는 건 자연스런 거지."

혜란이 커피를 담아 왔던 보온병과 종이컵을 챙겨 넣으며 말을 받았다.

"무섭고 두려운 감정 혹은 그 반대적인 가슴 뛰게 흥분시키는 감정들을 피하거나 감추고 싶지가 않아. 받아 들여 끌어안고 그래서 마음에 들지 않으면 마구 싸우고 싶어. 한번이라도 열이 펄펄 끓는 가슴앓이를 해 보고 싶어. 그렇게 안 하면 계속 그것에 끌려다니면서 아파해야 하고 그 아픔은 점차 곪아 가서 나 자신을 걷잡을 수 없게 되어 버릴 것 같아."

산행에서 돌아온 후 기연은 거울을 보지 않았다. 또 무슨 속을 보여 주며 자기를 유혹하거나 괴롭힐까 걱정이 되어 그런 것이 주된 이유였지만 한편으로 거울을 무시하여 자신을 그런 유혹이나 걱정에서 꺼내어 구출하고 싶은 탓도 있었다.

이런저런 생각이 머리를 어지럽힐 때마다 기연에게 떠오르는 게 있었다.

"이런 허전하거나 외롭다는 마음이 드는 것이 나만이 갖는 아픔이 아닐 거야. 누구나 다 그렇고 그렇게 살아가는 것일 텐데 뭘, 이만하면 나도 꽤 괜찮다 얘기할 수 있는 게야, 잡념을 가져서는 안 돼. 아이들이 자라고 나이가 드니 잠시 허전한 마음이 드는 탓일 게야. 잊어야 해."
 다짐을 하고 머리를 내저으며 잡념을 떨쳐 내려 안간힘을 썼지만 허전한 마음은 떠나지 않고 오히려 더욱 기승을 부리며 기연의 가슴을 파고들어 그녀를 괴롭혔다.
 이럴 때 어김없이 자신을 유혹하던 거울이 또 기연을 찾아 왔다.
 "뭘 그리 망설여? 조금만 마음을 달리 먹으면 온 세상이 즐거움 천진데…."
 거울은 이제 아예 노골적으로 일탈을 하라며 기연을 꼬드기고 있었다.
 "이게 뭔가? 이런 게 삶이란 말인가? 이게 전부라는 얘긴가?"
 무척이나 긴 시간 동안을 자신의 삶과 가족 구성원으로서의 삶의 두 자신 속에 끼여 혼돈되는 가운데서도 자신을 절제하고 억누르려고 애를 써오고 있었지만 스스로를 억제하며 나를 잊고 살았던 시간들이 아쉬워 견딜 수가 없었다.
 "나를 아껴야 해, 자식이나 남편이 잘 되는 게 결코 나쁜 것은 아니지만 그들이 거두는 추수가 곧 나의 행복일 수 있지만, 결국 나는 희생되는 결과뿐이었어. 이제부터라도 나를 찾아내고 나를 가꿀 거야, 이왕에 자식이나 남편에게 희생하여 껍질로만 찬란해 질 거라면 설사 잘못되더라도 나를 위해 애쓰면서 나의 정체성을 찾고 싶어. 그렇게 나를 아끼는 가운데 가족에 대한 사랑도 더 바르고 짙어 갈 거야."
 끝내 기연은 자기합리화의 빌미를 찾기 시작했다. 거울

이 그녀를 크게 칭송하며 박수를 쳐댔다. 기연은 무척 기분이 좋아졌다. 설사 그것이 악마로부터 온 것이라 하여도 칭찬을 받는 것은 언제고 그녀를 들뜨게 했다.

　기연이 푸른 들판으로 말을 달리고 있었다. 말 잔등에 올라 앉아 노트북 컴퓨터를 신나게 두들기며 인터넷 정보를 검색하고 있었다.
　"그래, 이거야. 이게 내가 바라던 일이야."
　신이 나서 소리를 지르는데 컴 화면에 남편의 얼굴이 클로즈업되면서 꿈을 깼다.
　기연은 아쉬운 마음에 다시 잠을 청해 보지만 이미 그른 것 같았다. 잠이 싸악 달아나 버린 한밤중인데 남편은 씨근거리며 잘도 자고 있었다. 머리통이라도 쥐어박고 싶을 만큼 얄미웠다. 갑자기 모든 게 그를 잘못 만난 탓에 굴러온 뒤웅박 팔자가 되어 버린 것 같았다. 주방으로 가서 마시다 둔 소주병을 따랐다. 허전함을 달래고 엉겨드는 울화를 삭이기 위해 한두 잔 하던 술이 어느새 소주 반병을 마셔도 취하지가 않았다. 기연은 물컵에 가득 든 소주를 들이켰다. 문득 이러다가 정말 우울증이니 뭐니 하는 병에 걸려 자살극을 벌리지나 않을까 하는 생각이 들어 덜컥 겁이 났다. 친구를 만나서 진종일을 수다도 떨어 보았지만 뭔가 꽉 막힌 듯 속을 풀어내지는 못했고 친정 식구들에게 하소연을 해 보았지만 호강에 겨워서 하는 소리로 치부하며 말도 안 되는 짓 벌일 생각 말고 얌전히 살림이나 잘 살라고 했다. 모두가 다 그렇게 살아간다며 그게 여자의 도리이고 길이라고 엄마까지도 기연을 윽박지를 뿐 아무 도움이 되지 못했다.

　가족이 거울과 다를 바가 뭐냐는 생각이 들었다. 각자 기연에게 바라는 것이 다를 뿐이었지 기연의 속을 들끓게 하는 점으로는 어느 것 하나 기연의 마음에 들지가 않았다. 거울은 현재의 처지를 벗어나서 바깥세상으로 훨훨 날아보라고 하고 있고 가족이나 주변에선 현실에 안주하여 현재의 삶에 충실하라 하지만 기연은 어느 쪽으로도 기울고 싶지가 않았다. 단지 마음을 잡지 못한 채 하루하루 저울의 눈금이 이리저리 왔다 갔다 할 뿐이었다.

　탈출구를 만들어야 했다. 그러고는 가족이니 환경이니 하는 주변을 다 떨치고 아무 거추장스런 것 없이 마음 내키는 대로 무엇이든 해보자고 작정까지 한 게 한두 번이 아니었다. 하지만 이런 생각은 그저 좀 한가할 때나 마음이 상할 때 잠시 머물다 지나는 것일 뿐이었고, 시부모 모시고 바쁘게 살며 생각 속이나 꿈속에서만 이따금 상상하는 게 고작으로 이렇게 그렇게 참으며 또는 터뜨리며 기연은 살고 있었다.

　기연이 겨우겨우 가질 수 있게 된 노트북으로 채팅을 하고 있었다. 보이지 않는 상대와 부담 없는 대화를 나눌 수 있어 무언가에 스트레스를 받았거나 일이 잘 풀리지 않을 때 채팅을 하고 나면 기연은 기분이 풀리고 분위기가 전환되는 것을 느끼곤 했다.

　'꿈을 꾸었어요?'

'어떤?'

'방바닥에서 차고 맑은 물이 콸콸 솟아나는데 그 물 속에 어린애 머리통만한 구슬이 영롱하게 빛나고 있는 거예요. 아, 이게 여의주구나 하는 생각이 들고 횡재 만났다고 건졌더니 강아지인 거 있죠?'

'개꿈!'

'강아지가 너무 예쁘고 복스럽게 생겼던데…?!'

'그래도 개꿈은 개꿈!'

'참, 오래 전에 이런 꿈도 꾼 적이 있어요. 어딘지 장소는 잘 기억이 안 나는데, 무슨 학교 교실 같았던 것 같아요. 단체로 여행을 간 것인지 마루 바닥에서 합숙을 하는데 옆에 누운 남자가 내 손을 끌어다가 자신의 가슴과 사타구니 사이를 만지게 하는 거예요. 누군가 봤더니 생각은 옛날 애인이라고 느끼는데 얼굴은 남편이더라고요. 그러다 둘이서 sex를 했는데 다시 봤더니 내가 시체를 안고 그 짓을 하고 있는 거예요.'

'가위 눌리는 꿈을 가끔 꾸어요. 그때마다 소리를 지르려고 해도 마음만 답답할 뿐 소리를 전혀 낼 수 없었고 온몸이 무언가에 사로잡힌 듯 옴짝달싹할 수가 없는 거 있죠. 버둥거려 보려고 안간힘을 써 보지만 외려 더 조여지기만 하는 몸을 비틀어대다가 깨어났다가는 별다른 일 없이 다시 잠이 들곤 해요. 얼마 전에는 이상한 경험을 했어요. 꿈속에서 내가 가위 눌리고 있다는 것을 느끼고는 눈을 떴더니 시커먼 물체가 내 몸을 누르고 있는 거예요. 어두워서

'그게 사람인지 귀신인지 알 수 없었지만 내가 일부러 얼굴을 돌리며 눈을 감아 버렸어요. 그렇게 나를 누르며 끌어안는 것이 싫지가 않더라고요. 아니, 싫지 않은 게 아니라 오히려 야릇하게 흥분이 되며 기분이 좋았던 것 같아요. 나중에 누구에게 듣기로는 귀신과 그 짓을 하고 나면 운이 좋아진다더군요. 그런데 그게 꿈이었는지 귀신이 나를 눌렀던 것인지 모르겠어요.'

 '어딘가를 가고 있는데 길가에 금화가 떨어져 있어 주우려고 몸을 구부렸더니 온 지천에 금화가 깔려 있는 거예요. 꿈은 아니겠지 생각하는데 내가 잠자고 있다는 생각이 드는 거예요. 꿈은 꿈일 뿐이라 생각하며 눈을 뜨려고 하는데 왜 그리 눈이 뜨이지가 않던지….'

 '가끔 주부로, 아내로 살아간다는 게 너무 서글프다는 생각이 듭니다. 열정이라고는 다 날아가 버리고 꾸깃꾸깃 겨우 가슴 저 구석에 아무렇게나 처박아 두었다가 은근하다느니 세월의 때가 묻은 진실된 것이라며 포장하여 내미는 밋밋하고 미지근한, 있는 것도 없는 것도 아닌 사랑, 내미는 쪽이나 받는 쪽이나 너무 시들하고 허접하다는 생각이 들지 않나요?'

 '그것도 못 받는 인생들이 얼마나 많은데요.'

 '놀고 있어요!'

 기연은 마치 선각자처럼 자기를 타이르듯 하는 상대에게 갑자기 화가 나서 노트북을 탁 덮어 버렸다. 거울이 하는 잔소리에도 짜증이 넘쳐나는데 채팅 상대까지 잔소리를 하려고 든다 싶은 생각에 기연은 아무 것도 하고 싶지가 않았다. 또 거울이 키들거리며 다가 왔다.
"세상 누구도 네 입속의 혀처럼 굴어 주지 않지? 네 스스로 네 자신을 보호하고 아끼지 않으면 넌 천 일 만 일 요 모양 요 꼴로 살다가 갈 뿐이야. 아무도 너를 대신해 살아 주지 않는다는 말이야."
말이야 맞는 말이었지만 기연은 거울을 외면해 버렸다. 아니, 피했다는 게 더 맞는 말이었다. 기연은 지금 자칫 자신이 거울의 꾐에 빠져들어 거울속의 다른 자신이 되기 위해 가정도 가족도 다 버리게 될까봐 두려운 것이었다. 어쩜 기연 자신이 자칫 거울과 한판 크게 벌일 일이 생기지나 않을까 무서움에 떨고 있는 것인지도 몰랐다.
"모든 사람들이 다 그렇게 살고 있어. 네 삶에 너무 많은 것을 기대하거나 구하려 하지 마라."
친구는 나무라듯이 기연의 말에 대꾸했다.
"왜 그렇게 밖에 살지 못할까 생각해 본적은 없니? 나, 솔직히 기연이 너처럼 이런저런 생각과 아픔이 많았었어. 그런데 다른 재주가 없더라고. 참고 사는 수밖에는…."
기연이 친구의 말을 받으며 나섰다.
"다짐을 하고 머리에서 잡념을 떨쳐 내려 안간힘을 썼더니만? 그러니까 그런 마음들이 가라앉고 허전함이 떨쳐지데? 오히려 더욱 기승을 부리며 가슴을 파고들어 더욱 외롭고 쓸쓸해 지지 않데? 이게 뭔가? 이런 게 삶이란 말인가? 이게 전부라는 얘긴가? 나는 생각 안 해 봤겠니? 내가 뭐를 잘못 생각하나 보다 절제하고 억누르려고 애를 써봤지만 나를 잊고 살았던 시간들이 아쉬워 견딜 수가 없었어."

기연은 다 같은 나이 대의 여자들인 친구들이 제 말을 듣지 않으려 하는 것에 더 화가 나고 조급증이 생겨 목청을 돋우며 그들을 설득하려 들었다.

"이제야 내 속을 조금이라도 이해하겠니? 네가 나의 진정 어린 충고를 듣는 둥 마는 둥 콧방귀를 꿨던 것처럼 네가 어지간히 노력해서는 그들을 설득할 수가 없을 거야. 아까운 시간을 그들을 설득하는데 기울이지 말고 차라리 내 말대로 네가 먼저 솔선하여 다른 너를 찾아. 그리고 잘 사는 것을 보다 나은 삶을 사는 것을 친구들이 보게 해 봐. 그러면 네가 그들을 설득하지 않아도 그들이 저절로 네 말을 믿고 따를 테니."

"그만해. 확 거울을 부수어 네 모습이 온데간데없이 실종되게 만들기 전에."

순간 거울은 겁에 질렸는지 움찔 하는 것이었다. 기연은 쾌재를 불렀다. 이제 그를 확실하게 밟아버릴 방법을 찾아낸 것이었다. 하지만 이내 '그래야 무슨 소용이 있을까' 하는 생각이 들었다. 아무리 생각해도 기연은 자신이 거울을 깨뜨리는 일은 할 수가 없을 것 같았다. 아니, 그깟 거울을 깨버리는 것이야 손쉽게 할 수 있는 것이겠지만 거울이 없는 자기의 삶에 무슨 낙이 있을까 두려워 거울을 깨겠다는 생각은 할 수 있겠지만 실행하는 것은 기연은 결코 해내지 못할 것 같았다.

기연이 현정을 찾아갔다. 기연은 혼자서 제 하고 싶은 대로 살며 싱글라이프를 즐기는 것 같은 친구 현정을 떠올리며 부러움이 들어 진즉에 한번 만나보고 싶었지만 뭔지 이르기 어려운 자존심에 가려 그동안 찾아가지를 못하고 있었다. 그러다 이제는 그녀를 찾아가 보지 않고는 못살 것 같고 어떻게 사는지 궁금하여 견딜 수가 없었다. 기연이 꽃다발을 든 채 그녀의 아파트 벨을 눌렀을 때 집안에서는 거의 10분이 지나도록 아무런 기척이 없었다. 문이 열리기를 기다리다가 집에 없나 보다고 생각을 하며 막 돌아서려는데 문이 반쯤 열리면서 빼꼼이 현정이 내다보았다.

"기연이 아니니?! 네가 우리 집에 다 오고, 이게 웬일이니? 집에 마침 다른 손님이 있긴 하지만 네가 괜찮다면 괜찮아. 들어올래?"

현정은 무척 놀라는 눈치였지만 기연을 진정 반가워하고 있었다.

"지나다가 너의 집 앞이기에…. 손님 있으면 다음에 올게."

기연이 당황해 하며 어떻게 왔다는 것을 알렸다. 하지만 손님이 있다는 말에 걸음을 돌리려 하는 기연이었다.

"아냐, 아냐. 그냥 알고 지내는 사인데 괜찮아. 들어와. 너 너무 오랜만인데 그냥 가면 내가 섭섭하지."

현정이 기연을 잡아끌다시피 집안으로 들어오게 했다. 거실로 들어서는데 "누가 왔어?" 물으며 반라의 남자가 방에서 나왔다. 놀란 기연이 현정에게 '남자가 있었잖아?' 하는 눈짓을 보내며 돌아서려는데 현정 기연을 끌어 앉혔다.
"괜찮으니 둘이 말씀 나누시죠."

남자가 둘에게 자리를 내어 주고는 도로 방으로 들어갔다.

차를 내 오고 들고 온 꽃을 화병에 꽂고 하는 간간이 대화를 나누며 둘은 잠시 시간을 보내고 있었다.

"너라면 자신을 찾고 또 그런 것을 스스로 해결하는 방법을 많이 알고 있을 것 같고 허전함을 달래는 방법을 알 수 있을 것 같아서…."

기연이 쭈뼛거리며 찾아온 진짜 용건이라며 어렵게 말을 했다.

"별달리 특출한 거 없어, 나? 혼자인 것을 즐기는 것 아냐, 그저 환경이 나를 그리 몰아가니까 그렇게 끌려가고 있는 게지. 남성 편력 때문인가 봐, 한 남자와 서너 번 자고 나면 더 이상 흥분되지가 않아, 이것도 운명이거나 병이려니 생각하고 받아들이며 그렇게 살고 있지만 사실 너무 외롭고 어려워, 살림은 혼자 다 하냐고? 글쎄 다 혼자 하지만 실은 다 다른 사람 손을 빌리는 거지 뭐, 내가 할 수 있는 건 그저 남자 기쁘게만 하면 다른 것은 다 알아서 하는데 꼭 내가 해야 할 이유는 없다고 봐. 그게 편해. 혼자되는 거 그거 그리 쉬운 거 아니야."

담담하게 현정은 제 형편을 들려주고 있었지만 그녀의 어려움이 확 느껴졌다.

기연이 현정의 아파트를 나서는데 현정이 아파트 입구까

지 배웅을 했다.
"고마워, 기연아. 네가 날 다 찾아주고. 나 오늘 너한테 감동 먹었어."
"감동은 무슨? 근데 너 아까 그 남자하고 같이 사는 거니? 혼인신고는 했어?"
"살기는 뭐. 그냥 한 몇 주 같이 있는 거지."
현정이 고개를 저으며 말했다.
호기심 어린 눈으로 기연이 현정을 바라보자 기연의 눈길을 피하지 않고 현정이 물었다.
"너, 저 남자 한번 안아볼래? 나하고는 이제 끝날 거 거든,"
"미친년, 내가 남자에 미친 줄 아니?"
기연이 얼굴을 붉히며 듣지 말아야 할 것을 들은 양 얼굴을 찌푸렸다. 제법 심각하게 들릴 수도 있는 기연의 대꾸였지만 현정은 싫으면 말고 하며 대수롭지 않다는 듯 기연의 말을 넘겼다. 현정이 들어가고 기연이 막 아파트를 빠져 나오는데 아파트 수위실 옆에 커다랗게 세워진 거울이 보였다. 놀란 마음으로 걸음을 빨리하여 빠져나가려는데 거울이 기연을 그냥 가게 하지 않았다.
"왜 또?"
기연은 짜증부터 부렸다.
"그 친구 집에는 왜 갔는데?"
거울이 이죽거리는 말투로 물었다. 기연은 거울의 그런 이죽거림이 너무 싫었다. 좋은 답이 기연의 입에서 나올 리가 만무했다.

"왜? 내가 내 친구 집을 어떤 이유로 방문했던지 네가 무슨 상관이고 뭣 때문에 네가 알아야 하는데? 내가 그런 얘기를 네게 해줘야 할 의무라도 있는 것이냐고?"

"야, 너 고상한척 시치미를 떼고 있지만 사실 혼자 살면 얼마나 자유분방하게 살 수 있나 엿보려고 친구 집에 갔던 것이지? 남자관계는 어떻고, 어떻게 하고 사는지 등을 알고자 했던 것이지?"

열을 내며 언성을 높이고 있는 기연에 비하면 거울은 너무나 차분하게 말을 했다.

"무슨 소릴 하는 거야? 난 혼자 사는데 스스로 할 수 있는 일은 어떤 것이 있고 어떤 것을 해야 가치 있는 것일까 알아보러 걔네 집에 갔던 것이라고."

"야, 이 기집애야, 고상한척 하지 마. 스스로 할 수 있는 일? 웃기고 있네, 가치 있는 일을 찾으려면 도서관이나 학교를 찾아가지 왜 현정이를 찾아 갔니? 현정이는 고상하고는 거리가 멀다는 건 네가 더 잘 알잖아? 그런 네가 그녀를 찾았을 때는? 네 속에 고상을 안고 갔을까? 천만에, 나를 속이려 하지 마, 자신을 스스로도 속이지 말고."

거울은 이제까지 알고 있던 것과는 완전 딴판으로 기연을 몰아세우며 그녀의 감추고 싶은 속내를 들쑤셨다. 기연은 정말 이제는 지금까지 거울에 대해 자기가 오랫동안 계획하고 생각해 온 것을 실행에 옮겨야 할 때라는 생각이 들었다. 나날이 심해지는 거울의 횡포를 더 이상 두고 볼 수

만은 없어 마음을 작정해야겠다고 생각했다.

그날은 휴일이라 잠이나 더 잘까 했지만 습관이 안든 탓인지 몸만 뒤척여 질뿐이어서 기연은 일찌감치 집안 정리를 마치고는 넉넉하게 여유를 부리고 있었다. 아직 오전 이른 시간인데도 햇살이 따가운 불길같이 창을 쑤시고 있었고 바람이라고는 없는 게 낮에는 찌는 듯한 더위가 되지 않을까를 예상케 하고 있었다. 전날 저녁, 동료 교원들과 회식이 있었다며 자정을 넘기고서야 귀가한 남편은 머리가 너무 아파 땀이라도 빼겠다고 사우나엘 갔고 아이들은 어느 가수의 공연을 보러 간다고 나갔다. 시부모님도 옛 친구가 지방에서 올라와 모임이 있다며 나가셨다. 오랜만에 혼자만의 시간을 가질 수 있겠다며 좋아라 했던 것이 모두가 나가고 반시간이 채 지나지 않았는데 갑자기 혼자가 되었다는 것과 너무 호젓하다는 것에 왈칵 무서움이 들더니 허전함을 달랠 수가 없었다. TV를 켜 이 저 채널을 돌려 보았지만 별달리 흥미를 끄는 꺼리가 없었다. 친구에게 전화를 걸어 수다를 떨고 싶었지만 일요일이라 모든 식구들이 다 있을 게라 여겨져 참을 수밖에 없었다. 목욕탕에서 땀을 빼고 올 남편을 생각해 내고는 시원한 냉콩국수를 만들기로 했다. 콩을 깨끗이 씻어 삶는다, 오이채를 썬다, 부산을 떨고 있는데 전화벨이 울렸다. 전화기는 옆에 놓인 탁상 거울을 통해 주방에 있는 기연에게 보이고 있었는데 그날따라 벨소리가 기연의 귀에는 무척 음산하게 들렸다.

"너는 반사음은 듣지 마. 네가 반사음을 듣는 때 마다 예기치 못하는 슬픈 일이 생기곤 했단 말이야."
까놓고 들이댈 수 있는 말이 못되는 것이었는데도 거울은 예의를 모르는 불량배 같이 음흉하게 키들거리며 기연을 들여다보고 있었다.

기연이 청천벽락 같은 소식에 신발마저 제대로 신지 못한 채 현장까지 단숨으로 내달아 갔던 그때까지 컨테이너 트럭 중간 바퀴에 끼여 있던 시아버지의 차에는 목욕을 끝내고 나오던 남편이 타고 있었음을 증명이라도 하듯이 남편이 항시 즐겨 쓰는 샴푸 병이 나뒹굴어져 있었다. 남편이 현장에서 사망했다는 말을 듣는 순간 기연은 정신을 잃었다. 남편이 몰던 차가 갑자기 반대 차선으로 뛰어 들어 맞은편에서 오던 컨테이너 트럭이 이를 미처 피하지 못했다는 것이었다.
남편은 그날 자기 차가 아닌 시아버지 차로 사우나엘 갔었는데, 나중에 안 일이었지만 시어머니가 당신 친구들에게 낯을 세우려고 남편 차를 고집하여 차를 바꿨었다는 것이었다. 시어머니는 당신 허영심 때문에 아들을 잃고 기연을 생과부가 되게 하는 화를 불렀다고 몇 달을 가슴을 뜯고 자책을 하며 울부짖더니 끝내 아들 무덤가에서 혼절하여 깨어나지 못한 채 아들 곁으로 따라가 버렸다.

한참 동안 실어증에 걸린 환자처럼 입을 열지 않던 기연이 홀연히 집안의 거울을 떼어내 모으기 시작했다. 그녀의 입은 여전히 꾹 다문 채였지만 아무도 그에게 왜 그러느냐 묻지를 않았고 그녀의 얼굴에 뚜렷한 비장함으로 인해 그녀에게서는 한 마디의 말도 기대를 할 수 없을 것 같았다. 기연은 떼어 모은 거울에 불을 지폈다. 거울은 미처 자기에게 왜 이러느냐는 질문도 하지 못한 채 불에 타기 시작했고 불은 삽시간에 거울 프레임을 태우는가 싶더니 거울을 나신으로 만들었다. 다행히도 검은 연기가 벗겨진 거울에 까만 그을음을 입히는 바람에 부끄러움을 면할 수는 있었다.

"다른 나를 찾으라며 한사코 나를 못살게 굴더니 그도 모자라 이렇게 하루아침에 나의 모든 것을 앗아 가느냐? 내 너를 영원토록 철천지원수로 생각하고 결코 용서하지 않으리라."

기연이 악을 쓰며 거울을 저주하는 것으로 봐서 그녀는 근간에 그녀에게 생겼던 일련의 불행들이 거울이 작심하고 저지른 것으로 확연히 믿고 있는 것 같았다. 거울은 타오르는 불길의 열로 깨어져 조각이 나고 반사막이 타거나 벗겨져 버려서 이제 더 이상 거울의 기능을 해 낼 수가 없게 보였다. 기연은 그래도 분이 풀리지 않는 듯 깨어진 거울을 확인 사살이라도 하는 양 한 번 더 발로 뭉갰다. 그러다가 기연은 그만 보지 않았더라면 좋았을 것을 봐버렸다. 외눈 하나도 비춰 내지 못할 것 같아 보였던 거울의 파편 속에서 다른 기연의 영상이 희고 큰 날개를 펄럭이며 나 보란 듯이 기연과 세상을 내어다 보고 있는 것이었다.

남편을 불의의 사고로 보내고 언니같이 정답게 지내던 시어머니까지 그렇게 떠나보내고 나서 가슴이야 찢어발기듯 아팠지만 기연은 아파할 수가 없었다. 두 아들과 살아가야 하는 목전의 걱정과 홀로 된 시아버지를 모시는 것 등이 얽혀 간 사람들을 생각하며 슬퍼만 하고 있을 겨를이 없었던 것이다. 다행히 시가는 경제적으로는 어느 정도 여유가 있는 모양이니 당장에 생활하는 데는 그리 큰 어려움은 없을 것 같았다. 한꺼번에 두 차례나 겪어야 했던 엄청난 불행 속에서 자신을 달래고 추스를 수 있는 것은 그나마 다행이라 여길 수 있는 것을 찾는 것이었다. 경제적 여유가 있는 시가에 시아버지와 함께 살 수 있다는 것이 가장 먼저 떠올랐다. 자칫 빈털터리로 외톨이로 전락할 뻔 했는데 부유한 시아버지가 든든히 옆을 지켜 주고 있는 것이 얼마나 다행한 일이었는지 몰랐다. 기연은 다시금 거울의 꼬드김에 넘어가지 않은 자신에 안도의 한숨을 몰아쉴 수 있었다. 하지만 마지막까지 저를 괴롭히며 자기를 쏘아보던 거울 속의 다른 저의 영상을 잊을 수가 없었고 그녀의 어깨에서 하얗게 펄럭이던 날개를 기억에서 지울 수가 없었다. 단지 몇 시간이라도 좋으니 자신도 그런 날개를 한번 달아보고 싶었다. 하지만 그의 겨드랑이에서는 잔털 하나 나올 기미가 보이지 않았다.

　초등학교 사회 선생이셨던 아버지는 남산 딸깍발이 선비보다도 더 깐깐한 원칙 주의를 고수하시던 분이었는데 그

덕분(?)에 기연의 집은 어릴 적부터 찢어지는 가난을 벗어나지 못했고 어머니마저 잇속하고는 먼 여인이라 아버지가 간암으로 50세의 아까운 나이로 세상을 떠난 뒤에는 3남매의 맏이인 기연이 생계를 떠맡다시피 해 왔었다. 다행한 것은 아버지의 그 결벽증에 가까운 원칙주의 밑에서 성장한 덕에 흔히들 빠져드는 룸살롱 같은 데서의 유혹에 넘어가지 않고 어려운 가운데서도 도서관 사서 보조를 하는 것에 자부심을 가질 수 있었다. 더구나 거기서 남편을 만나 결혼까지 한 기연이고 보니 세상의 부도덕한 것은 거들떠보지도 않고 오로지 바르게 사는 것만이 가치 있는 삶이라 굳게 믿게 되었다. 하지만 기연은 가난만은 너무 싫었고 이제 다시는 그런 가난 속으로 돌아가고 싶지가 않았다.

'아버지를 잃었을 때 어머니의 마음이 어떠했을까?'

사실 처음 얼마간은 아무 생각도 할 수 없이 그저 요절을 한 남편이 불쌍하고 보고 싶었을 뿐이었다. 그런데 그것이 시간이 지나면서 전혀 남편 생각이 나지 않거나 그립지 않아진 것은 아니었지만, 남편에 대한 사무치는 그리움이나 정(情)보다는 자신의 앞날을 생각하게 되고 아이들을 어떻게 키울까 하는 걱정이 보다 많아지고 무거워 졌다. 죽은 남편에 대한 연민이나 그리움에 잡혀 있어 보아야 아무 것도 나아질 게 없을 바에는 살아 있는 사람을 걱정해야 하는 것이 맞는 일 같았고 아무리 시댁에서 돌봐 준다고 해도 평생은 아닐 게라 생각되어 독자적인 생계 대책을 마련하는 것이 급선무 같았다. 하지만 무엇을 어떻게 해야 살아갈 궁리가 될 수 있는 것조차도 아는 게 없으니 마땅한 방안을 생각해 낼 수가 없었다. 설사 어떤 것을 찾아낸다고 해도 홀로된 시아버지를 나 몰라라 하고 당장에 떠날 수도 없는 노릇이었다.

어쭙잖은 것은 시아버지도 마찬가지인 듯했다. 사실 졸지에 자식과 부인을 한꺼번에 잃은 지가 엊그제이니 그리고 당장 홀로서기가 난감한 것이 아닐 수가 없었다.

끝내 기연은 다시 거울을 보게 되었다. 거울을 상대하여 자신의 처지를 하소연하고 허전한 마음을 달래는 말동무를 했다. 거울은 기연에게 제가 지은 죄가 있어서인지 예전과는 달리 고분고분 기연의 말을 들어주며 등을 토닥거려 주었다. 하지만 기연은 거울이 언제쯤에는 다시 예전처럼 바뀔 것이라는 불안을 놓지 않았다.

결국 기연이나 시아버지 어느 쪽도 독자적인 길을 가겠노라고 쉽사리 말을 꺼내지 못한 채 시아버지는 기연 네 가족의 가장 역할을, 기연은 아이들을 돌보고 또 며느리로서 시아버지의 수발을 들며 어영부영 시간이 지나게 되었고 그렇게 익숙해져 갔다.

기연네가 살던 집을 떠나 수원 근교의 전원주택으로 이사를 하게 된 것은 시아버지의 뜻이었다. 아들과 부인을 불의의 사고로 잃은 집이라 기억에서 지울 수가 없을 뿐더러 께름칙하여 도저히 그 집에 정을 붙이지 못하겠다는 것과 좀 더 한적한 곳에서 살고 싶다는 게 이유였다. 기연도 진즉부터 이사를 권하고 싶었지만 그동안 시아버지의 눈치만 보고 있었는데 너무 잘된 일이었다. 처음 몇 달간은 기연은 이웃과 잦은 왕래도 없이 조용한 환경을 즐기고 있었다.

거울의 조용함이 제법 긴 시간 동안 이어지고 있었다. 그렇지만 기연은 거울이 어떻든 신경 쓸 겨를이 없었다. 아픔을 이겨내야 하고 남편과 시어머니가 없는 그와의 동거의 어색함을 딛고서 익숙해져야 하는 것에 온신의 힘을 쏟아야 했다.

"엄마, 옆집 순철이가 할아버지 보고 우리 아빠라 불렀어."

토요일 오후에 할아버지와 호숫가로 산책을 나갔던 작은 애가 싱글거리며 말을 꺼냈다.

"그래? 그래서 아니다, 우리 할아버지라고 말해 줬어?"

기연은 아이가 말하는 내용보다는 싱글거리는 아이의 표정이 너무 예쁘다고 느끼며 덤덤히 대꾸해 주고는 손을 씻으라며 화장실로 아이를 떼밀었다.

"아니, 할아버지가 순철이 보고 그래, 내가 네 아빠보다 더 젊지 하며 웃으셔서 나도 아무 말 안했어. 사실 우리 할아버지가 순철이 아빠보다 더 젊게 보이거든."

화장실로 들어서던 아이가 생각난 듯 화장실 문으로 고개를 내밀고는 한마디를 더했다. 그때까지도 기연은 그렇게도 보이겠다고 생각하며 무심히 넘기고 있었는데 아이의 그 다음 말에 정신이 번뜩 들었다.

"엄마, 아이들이 아빠 없다면 우리를 깔볼지도 모르니까 우리 다른 사람들한테는 할아버지를 그냥 아빠라 할까?"
 "에이, 요즘 누가 아빠 안 계신다고 놀려? 그리고 할아버지가 알면 혼나요."
 애써 두근거리는 가슴을 억누르며 아이를 달래는데 시아버지 소리가 났다.
 "현아, 네가 그렇게 하고 싶으면 그러렴. 놀림 받는 것보다야 낫겠지. 할부지도 네 엄마 같은 예쁜 사람의 시아버지 보다는 오해일망정 남편 같아 보인다는 게 더 좋은 걸."
 속으로 아이에게 무슨 말을 저리하누 싶어 돌아다보았다. 아무렇지 않다는 듯 아이 손을 끌어 당겨 씻어 주며 아이와 대화를 나누고 있는 것이 정말 부자지간 같아 보였다. 순간 기연은 지난번 이사하던 날의 일이 생각나 화끈거리는 얼굴을 어떻게 해야 할지를 몰랐다

 본시 약골로 태어난 것인지 남편은 체구 자체가 왜소하였고 가끔씩 시아버지가 팔씨름을 도전해 오면 해보기도 전에 자기는 아버지의 적수가 못된다며 손을 들어 아이들에게 핀잔을 듣곤 했다.
 "어째, 저 같이 장대한 기골의 아버님에게서 이리 작은 약골이 태어났을까? 당신 혹시 어머님이 어디서 주워 온 거 아냐?"
 기연도 때때로 남편을 비아냥거릴 양이면 그렇게 놀려 먹곤 했다.
 이삿짐을 정돈하다가 이마의 땀을 씻으며 뒷산 쪽으로

난 창 앞에서 바깥을 내다보고 서 있는 그의 땀 배인 어깨 선이 얇은 티셔츠 속으로 내 비치고 있었다. 아직 어깨가 젊은이 못지않게 벌어졌고 단단하게 힘살이 돋아 있는 것을 보며 홀연히 안겨 봤으면 하는 마음이 들었었다.

'이런 마음이 왜 드는 것일까? 이건 말도 안 돼.'

'아니야, 아니야, 이사를 하는 중이라 이것저것 힘이 들다 보니 남자의 강한 힘이 필요하다 생각되었던 것뿐인 게야.'

"힘드시죠? 이제 그만 하세요, 나머진 제가 천천히 챙겨 나갈게요."

이삿짐 정리가 거의 마무리된 상태라 기연이 얘기를 안 해도 시아버지는 손을 멈추는 게 틀림없었는데 일부러 기연은 안 해도 될 말을 건네는 것으로 자기 스스로의 민망함을 감췄어야 했었다.

그날 밤 기연은 쉽게 잠을 이룰 수가 없었다. 기연은 자신이 아이들을 데리고 따로 살지 않고 그와 함께 사는 것은 오로지 어릴 적 워낙 가난에 시달린 게 진저리가 쳐져서, 따로 나갔다가 행여 그런 가난 속에 다시 빠지지나 않을까 두려워서라고 생각하여 한편으로는 그에게 부담을 주고 있는 것은 아닐까 하여 미안한 마음까지 들 때가 있었는데 그를 남자로 느끼게 될 줄은 추호도 몰랐었다. 두 눈을 꽉 감고 머리를 흔들어 보았지만 그럴수록 그의 탄탄해 보이던 어깨는 더욱 더 선명하게 기연의 마음속을 파고드는 것이었다. 그러고 보니 남편이 죽은 지 어느새 2년이 되고 있다. 생각해 보면 남편이 살아 있을 때에도 훤칠한 외모부터가 기연보다 약간 작은 키에 왜소한 체구의 남편은 그의 그 것과는 비교가 안 되었다.

"허기야 저 정도니 내게 왔겠지, 시아버지 같이 잘 생기고 돈 많으면 내 차례까지 왔을라고…."

지연에게 그의 큰 재산은 그의 인품을 더 하는 것이었다.

"당신이 바람피우면 나는 시아버지에게 안아 달라 할 거다."

이따금씩 남편에게 장난을 치고 돈이 궁할 때 그가 남편이었으면 할 때가 있긴 했지만 그와의 불손한 생각은 정말 없었는데 그날은 아무리 지우고 떨쳐 내려 해도 남자로서의 그는 더욱 거세게 기연의 마음을 끌어안는 것이었다.

"여기저기 어디에도 정붙일 곳 없는 그도 외로운 처지, 나도 2년 가까이 남자라고는 모르고 지낸 청상과부, 연분이 날만도 하지, 뭐."

급기야는 자기를 합리화 시키며 기연은 마음속으로 그를 끌어안고 몸부림을 치며 한바탕 땀을 흘리고 나서야 마음을 진정할 수가 있었다.

계속하여 거울은 조용했다. 하지만 거울이 조용하게 침묵을 지키고 있다는 것이 기연에게 이상하거나 특별나게 비춰질 것은 아니었다. 이상한 점은 딴 곳에 생기고 있었다. 기연이 거울을 보며 제 매무시를 고치는 횟수가 늘어나고 있었다. 게다가 그것을 시도 때도 없이 하는 것이었다.

기연의 어머니는 꿈을 잘 믿었다. 하루하루의 일상을 전날 밤의 꿈자리에 따라 계획하고 생활했다. 그런 관계로 기연도 어릴 적부터 잠에서 깨어나면 으레 간밤에 무슨 꿈을 꾸었으며 꿈자리는 어떠했나 생각하는 버릇을 들이도록 어머니는 독려했고 커가면서 자연스레 기연에게도 그런 버릇이 생겨왔다. 하지만 그렇게 신봉하는 편은 못되었는데 갑작스레 결혼 전에 어머니가 들려주었던 기연에 대한 꿈 얘기가 자꾸만 마음을 호리고 있었다.

"네가 장닭 두 마리에게 안기는 꿈을 꾸었는데 한 마리는 색이 화려하고 장대한데 늙었고 다른 한 마리는 젊은 것 같은데 작고 힘이 없어 보였어. 니가 작은 닭에게 안겨 들려는데 그만 맥없이 그 작은 닭이 쓰러지는 거였어. 쭈뼛거리며 그제야 큰 닭에게 안기려는데 큰 닭이 작은 닭을 오른 날개에 너는 왼쪽 날개에 품고는 푹 한숨을 쉬는 게 아니겠니? 아마도 너는 두 번 시집갈 팔잔가 봐. 매사 조심해서 처신해야 할게다."

어머니는 닭 두 마리에게 안겼다고 결혼을 두 번할 거라고만 말했지만 지금의 기연은 한 가지를 더 생각하지 않을 수가 없었다.

"오른편에 품은 작은 닭과 왼쪽 날개에 안긴 나, 시아버지가 애 아빠를 기리며 나를 취한다는 예지몽인 것인가?"

어느새 기연은 그를 시아버지가 아닌 남자로 보고 있었으며 하루의 생활이 차츰차츰 그를 중심으로 채워져 나가고 있었다.

거울이 다시 입을 열었다. 기연은 거울이 다시 자기에게 말을 걸어 온 것이 여간 기쁘지 않았다. 하지만 반가움도 잠시 거울은 다시 독설을 퍼부었다.
 "저 혼자 잘난 척 날뛰며 나의 충고에는 콧방귀도 안 뀌던 때는 언제고 이제 아예 시아버지를 서방으로 모시려 하는구먼. 아무리 그래도 천륜을 어기면서까지 남자를 보고 부유하게 살고 싶은 거야? 너는 나보다 훨씬 더 속물이 되고 있는 것을 알기나 하니?"
 기연은 순간 가슴이 뜨끔했지만 애써 무시해 버렸다.
 '속물이면 어때서? 세상에 어디 나 같은 여자가 한 두 명이겠어? 제 편한 대로 사는 게 제일이지.'
 소리를 치며 거울에게 대들고 싶었지만 제 속을 들은 거울이 얼마나 길길이 날뛸까 불안한 마음에 기연은 생각을 속으로 삭여버렸다.

 시누이는 아이들이나 기연을 끔찍하게 대해 주었다. 아이들이야 슬하에 여자애 한명 뿐이라서 비록 조카지만 사내아이들이 갑작스레 두 명이나 새로 생긴 거나 마찬가지이니 잘해 주는 게 당연할 게라 여겨지지만 오라비 죽은 올케에게까지 정성껏 대해 주는 것에 기연은 그저 감사하고 황송할 뿐이었다.
 "언니는 오빠랑 결혼 생활은 어땠수? 나는 영 아닌 것 같아. 어린 나이에 멋모르고 미국에만 오면 그림같이 사는 줄 알고 재미동포라는 바람에 덜렁 결혼하여 왔더니 돈은 좀 만지는지는 모르겠지만 이날 이때껏 일에만 매달려 살고 있잖우. 내가 언니 같으면 나는 당장은 재혼 같은 거 안 할 거유. 먼저 간 오빠가 안 됐긴 하지만 솔직히 아버지가 아직도 제법 재산이 있는 것 같은데 아버지 가시면 그거 다 언니 거 아니겠수? 노인 수발한다 생각하고 몇 년 고생하면, 혹시 십수 년이 더 될 수도 있겠지만, 그때 가서 하고 싶으면 해도 되지. 돈만 있으면 60노파도 빵빵한 사내들이 마다하지 않는다니까."

침까지 튀겨 가며 말을 하고 있는 시누이를 보며 기연은 시누이가 자기를 진정으로 염려해 주는 것으로 생각했다.

"애들을 내가 돌본다고 해도 아직은 손이 많이 필요하고, 아버지도 언니 가 버리면 내게 오셔야 하는데 그러기엔 조카 둘에 아버지까지는 내가 너무 부담이 크고. 아버지 돈 한 푼도 나는 손 안 내밀 테니 아버지 살아 계시는 동안만큼은 재혼하지 않겠다고 약속해 주겠수?"

눈을 맞추지 않으려고 천장의 프로펠러 선풍기에 시선을 고정시킨 채 애써 담담하게 얘기하는 시누이의 의중을 읽고 나서 기연은 심사가 약간 틀렸지만 그리 화는 나지 않았다.

훤칠한 외모에 떡 벌어진 어깨, 거기에 탄탄한 재력, 천륜이라는 말만 듣지 않는다면 어디 하나 흠잡을 구석이 없다 싶었다.

'나이? 그게 뭐 그리 대단하다구? 이미 한번 남편을 잃어버린 년, 한 번 더 잃는다고 얼마나 더 나빠질까? 막말로 기회가 한 번 더 주어지는 것이니 어디 숨어서 웃어도 될 일인데.'

큰 나이 차가 마음 쓰이기는 하였지만 요즘 세상에 나이는 그저 숫자에 불과한 것이라 치부해 버렸다.
'천륜을 어기는 것이다? 맞는 말이지만 실제 세상사에 이보다 훨씬 더 추하고 악한 일이 얼마나 많은데…, 나를 합리화하려는 억지가 아니라 의지해야만 살아 갈 수 있는 두 사람이 서로 필요하여 함께하려는 것이 뭐 그리 나쁘다는 것이야? 불륜의 씨를 만들자는 것도 아니고 게다가 잘 돌봐 달라 부탁까지 받았는데, 켕길 것이 하나도 없다고, 난.'
시누이의 '아버지를 부탁한다.'하던 말은 기연을 방황에서 빠져 나오는 빌미를 주기에 충분했고 기연은 그리 하는 쪽으로 완전히 기울어지고 있었다. 물론 시누이는 기연에게 아버지를 부탁한 것이어서 그를 남자로 그리고 있는 기연의 속마음을 읽어 낼 수는 없었다. 다행인지 불행인지 모르지만 거울이 기연에게 그 사실을 캐물었다.
"너, 정말 네 시아버지를 남자로 보려는 것이야? 네 시누이는 아버지를 부탁한다고 했잖아?"
"그랬지, 그런데 그게 왜?"
"아이들이 자라고 있고 세상 이목도 있는데 나중에 불거질 지도 모를 눈총이나 힐책을 감당해 낼 수가 있겠어?"
"사랑의 힘이 버티고 있을 텐데 뭐가 문제가 되겠어?"
기연은 아무 걱정 말라며 거울 앞에서 큰 소리를 치고 있었지만 거울은 끝내 염려스런 마음을 거두지 못했다.

아이들이 어느 정도 저네 고모 집 생활에 익숙해지는 것을 보고 몇 달 만에 한국으로 돌아오던 날, 공항으로 마중을 나온 시아버지는 저녁을 먹고 들어가자며 식당으로 기연을 데려갔다.

해가 넘어가 이미 날이 저물고 있는데 서녘으로 노을이 검붉게 타오르고 있었다. 기연은 문득, 한낮의 햇빛보다 저녁노을 빛을 더 좋아 하는 자신을 두고 그와 함께 할 수밖에 없는 운명이라고 생각을 하곤 했던 지난날의 자신을 다시 떠 올려 보았다.

"너도 이제 네 앞가림 채비를 시작해야지? 언제쯤으로 잡고 있는지 들려줄 수 있겠니?"

시아버지는 애써 서운함을 감추며 기연에게 물었다.

"아녜요, 아녜요. 전 떠날 생각이 없어요. 떠날 수도 없고요. 아이들 자라는 거나 지켜보며 아버님이랑 살고 싶어요. 저를 그렇게 밀어내고 싶으세요? 너무해요. 전 정말 아버님이랑 평생 함께 지내고 싶은데…."

기연이 펄쩍 뛸 듯 안 나가고 자기와 살겠다고 하는 말에 그는 갑자기 기운이 솟는 것을 느꼈다. 없던 에너지가 불끈 솟아오르는 것 같았고 엔돌핀이 흘러 넘쳐나는 것 같았다.

"정말이냐? 나는 네가 아이들을 지 고모네로 보내자는 것에 쉽게 수락을 하기에 너도 곧 떠나겠구나 생각했는데, 그게 아니었나 보구나. 그러면 됐다. 여기가 네 집인데 누가 너를 밀어 내려 하겠니? 아니, 나야 네가 함께해 준다면 외려 여간 고마운 게 아니지."

"거짓말, 저 쫓아내고 예쁜 새 부인 맞으려는 게 아니고요?"

"그 무슨, 나는 네가 있겠다면 재혼할 의사 없다. 너같이 아름답고 지성을 갖춘 여인이 있다면 모를까."

"그 마음 바뀌시면 안 돼요. 저, 잘 할게요."

말은 차분하게 하고 있었지만 기연은 쿵쾅대는 가슴과 붉어지는 얼굴을 그가 알아 챈 것은 아닐까 여간 조바심을 치지 않았다. 주변에 거울이 없는 게 너무 다행한 일이라는 생각이 들었다.

'그도 남잔데 이런 게 느껴지는 게 아닐까? 자기 가슴도 활활 타오르고 있는데 짐짓 태연한 척하는 건 아닐까?'

기연은 그의 속을 알 수가 없었지만 또한 그런 것을 대놓고 물어 볼 수도 없는 것이었지만 자기 정도의 젊음과 미모에 그가 자기를 좋아하는 것은 당연한 것일 거라고 단정을 해버렸다.

식당을 나설 때는 이미 바깥이 완전히 깜깜해져 있었다. 얼굴이 잘 안 보이는 것을 틈타 기연은 자연스레 그의 팔짱을 꼈다. 그리고 보니 남편이 살았을 때도 가족 나들이를 나갈라치면 으레 기연이 그의 팔짱을 꼈던 게 생각났다. 그는 바싹 붙는 기연을 귀여운 듯 내려다보며 끼인 팔에 힘을 주어 당겼다. 그에게서는 언뜻 마른 담배 냄새 같은 향수 냄새가 났다.

"이거 어떤 향수에요? 냄새가 나쁘지 않은데요. 하지만 아버님, 향수 바꾸세요. 제가 아버님 드리려고 하나 사왔어요."

"그래? 야, 이거 신나는걸. 여성에게 향수 선물을 받아 보긴 처음인데. 당장 바꾸지. 그런 좋은 선물을 네가 했으니 나도 무얼 해야지. 뭐, 원하는 거 없니?"

"정말요? 내가 바라는 거라면 틀림없이 해 줄 거죠?"

"그럼, 어서 말하기나 해 봐."

"저, 저는 아버님의 사랑을 받고 싶어요."

"사랑? 그건 옛날부터 나는 우리 기연일 사랑하고 있는데, 뭘?"

'시아버지의 사랑 말구요. 남자로서의 당신 사랑이 받고 싶어요.'

말이 목구멍까지 올라 왔지만 뱉어 낼 수가 없었다. 대신 기연은 말없이 정면을 바라보고 걷고 있는 그의 뺨에 가볍게 키스를 했다.

"고마워요, 사랑해 주셔서."

갑작스런 키스에 놀라 흘깃 기연을 보고는 곧 앞을 바라보는 그의 눈길이 흔들리고 있는 것을 기연은 놓치지 않았다. 그가 자기를 좋아하고 있는 것 아니, 사랑하지는 않더라도 함께 있고 싶어 하는 것임에는 틀림이 없다는 확신이 들었다. 제 생각을 채 마치지도 않았는데 또 거울이 치고 들어 왔다.

"어둠 속이라고 마음대로 해도 될 것 같지? 모든 걸 캄캄한 어둠이 다 가려줄 것 같지? 꿈 깨. 현실은 그리 녹록하지가 않아. 불륜이나 스캔들에 세상은 특히 냉정하다고."

"너 왜 이래? 언제는 자유분방한 영혼을 가지고서 마음

내키는 대로 살아야 한다고 그렇게나 졸졸 따라다니면서까지 안달을 부리더니…. 이제는 그러지 마라 하니, 도대체 줏대가 없는 것이니 네 끌리는 대로 마음이 왔다 갔다 하는 것이니?"

기연이 소리를 질렀지만 거울은 피식 쓴 미소를 날릴 뿐이었다.

"너, 지금 언성을 높이고 있지만 속은 심한 멀미를 하는 것처럼 요동을 치고 있지? 왜 그러는 줄 알아? 네가 답을 더 잘 알고 있기 때문이야. 그것이 또한 내 답이기도 하고."

입을 꾹 다문 채 속을 내보이지 않으려고 거울을 쏘아보고 있었지만 그의 말대로 정말 기연은 울렁거리는 속으로 인해 먹었던 것을 몽땅 다 게워낼 듯한 메스꺼움에 시달리고 있었다.

'정말, 내가 왜 이러는 걸까? 사랑에 미친 것 같아. 허다하게 널려 있는 게 남잔데 왜, 이런 불륜의 사랑을 갈구하는 겐가?'

도덕성이니 인륜이니 하는 단어가 기연의 머리를 단근질해 댔다. 아이들의 얼굴이 클로즈업되며 성난 황소처럼 뿔을 들이밀다가 자기를 밀쳐 내며 싸늘한 조소를 던져 대는 생각을 지울 수가 없었다.

'이러면 안 돼. 남자는 많은데 왜 하필 애들 할아버지를….'

마음을 고쳐먹어야 하겠다는 생각이 들며 그에게 가는 마음을 거두어 들이려다가도 다시 변덕이 드는 것이었다.

'단순히 즐기자는 것이 아니라 정상은 아니라도 가정이라는 울타리를 만들어 함께하자는 것인데 돈 많고 괜찮은 남자가 나 같이 애가 둘씩이나 딸려 있는 여자를 누가 거들떠나 볼까? 뭐가 부족하거나 모자라는 것들 외에는. 싫어, 정말 다시는 그 옛날의 가난으로 되돌아가고 싶지는 않아.'

두서없는 이런저런 생각들이 기연의 가슴과 머릿속으로 어지럽게 파고들었다.

"마음으로만 그리 생각하며 함께 사는 것인데 뭐가 문제라는 거야?"

"마음만으로도 이미 부정을 저지른 것은 부정한 것이라고."

거울이 기연을 힐난하게 쏘아 붙였다.

"말도 안 돼. 마음까지 통제하려든다면 세상에 부정 저지르지 않은 사람이 하나라도 있을 수 있겠어? 모두가 어지러운 세상살인데?"

"정말 떠나겠다는 거냐?"

"그럴 거예요."

"뭣 때문인 거야? 마음을 바꿀 수는 없어?"

"그냥 싫어졌어요. 이런 생활이, 아무 것 하지 않고 빈둥대는 저 자신이."

"남자가 생겼어?"

"아니에요, 그런 거. 그냥 떠나야 되겠다는 생각이 든 것일 뿐."

"그래, 좋다, 꼭 떠나야 한다면 어쩌겠냐? 그런데 돌아는 올 거냐?"

"글쎄요. 돌아오고 싶어진다면요. 언제가 될지 또는 영영 들지 않을지 모르지만…."

"마음대로 해. 하지만 한번 떠나면 돌아와도 내가 받아들이지 않을지 몰라."

순간 기연은 그가 노욕을 들어내는 것 같아 추악해 보였다.

"안 받아 들인다고요? 저는 이 집의 여자예요. 가족의 한 구성원이라구요. 당신이 어떻게 하라 마라 할 수 있는 게 아니에요. 내가 결정하는 거지, 떠나는 것이든, 돌아오는 것이든."

애써 침착하려던 목소리가 어느새 커지고 있다는 것을 깨닫고는 그것을 감추기라도 할 양 기연은 깊게 호흡을 들이마셨다.

"그래, 말 잘했다. 네 말대로 우린 엄연한 가족이야, 구성원의 의사를 무시한 일방적 결정이나 행동은 용납할 수 없어."

"무슨 얘기예요? 저 떠나면 혼자가 되는 건 나나 당신이나 마찬가지라구요. 그렇게 되면 결국 당신도 떠나는 게 되는 것이구요."

"억지 쓰지 마, 난 혼자가 되고 싶지 않아. 그러니 마찬가지일 수가 없단 말이지."

"이제 그런 말 그만 하기로 해요. 당신 눈에 다른 마음이 자리한 지가 언젠데, 조금 더 솔직해 져요."

여인의 거울   297

'당신에겐 이미 다른 여자가 있잖아? 뭐가 혼자가 되고, 외롭다는 거야?'

악을 쓰는 욕지거리가 목구멍을 들쑤셔 댔지만 새 여자에게 질투를 하는 제 마음을 들키고 싶지 않은 자존심에 말을 삼켜 버렸다. 아니, 이참에 기연도 그 남자 그러니까 그 젊은 헬스 트레이너를 만나고 싶었는지도 몰랐다.

'설마 밥이야 굶겠어?'

기연은 화가 나 미칠 지경이었다. 하필 이런 때, 왜 밥 생각이 나는 건지. 아직도 기연의 몸 구석구석에 암 덩어리처럼 도사리고 앉아 기회 있을 때마다 온몸을 도려내며 가슴을 아리게 하는 어릴 적 가난이 잔인하게 그녀를 불안으로 밀어 넣고 있었다.

도대체 기연 스스로도 자신의 아픔의 갈피를 잡을 수가 없었다. 자기를 여자로서 시틋하게 여겨서 멀어지는 것 같은 그의 마음에 서운함이 커지며 생긴 동요였다 싶다가도 그에게 끌리던 정에 도덕이니 천륜으로 괴로운 것인지, 그의 약속과는 달리 오갈 데 없는 빈털터리로 쫓겨나는 것은 아닌지 하는 두려움 탓인 것인지를 알 수가 없이 모호해 하고 있었다.

"공간이 넓어지고 공유하는 시간의 폭이 길어지는 것 외에 달라지는 게 없어요. 왜 이리 어린애 같이 굴어요? 한 방안에 함께 서로 깍지 끼고 앉아 있는 것이나 떨어져 있는 것이나 바로 눈앞에 보이지 않는 것 외에는 다를 바 없잖아요? 생각해 봐요, 늘 같은 집안에 함께 있어 왔지만 서로 볼 수 있었던 시간은 얼마 되지 않았잖아요? 게다가 함께 하는 시간은 더더욱 얼마 되지 않았고요."

"그래도 보고 싶거나, 함께 있고 싶으면?"

"훗날, 그럴 리도 없겠지만, 혹시 예전처럼 다시 당신의 마음에 내가 보고 싶어진다면 마음의 눈을 열어봐요, 천리 밖에 있어도 다 보일 거예요. 그리움으로 가슴속에다 안아 봐요, 더 애틋해질 것 같지 않아요? 마음만 열면 아무리 멀리 떨어져 있어도 서로의 체취를 맡을 수 있고 열기를 느낄 수 있을 거예요. 그땐 내가 먼저 돌아와 있을 게요."

"세상이 얼마나 험악한 줄 알기나 해? 자칫 무슨 더러운 꼴을 당하거나 돌이킬 수 없는 변을 겪을지도 몰라."

"어떤 꼴? 무슨 변? 죽음이나 강간 같은 거? 어차피 한 번 살다 가는 거 넓은 세상의 너무나 많은 것들을 대부분 모른 채 현재 내가 누리는 것이 세상의 제일이고 전부인양 울타리 속에서 보호받으며 사는 것 보다는 깨지고 찢어져도 그것도 경험이고 너른 세상의 많은 것을 알 수 있는 것이라면 더 늦기 전에 해 보고 싶어요, 설사 중간에 죽음이 나를 데려 가더라도. 강간? 내가 나서서 그러자며 남자를 꼬드길 수는 없을 것 같고, 그런 것도 당해 보고 싶어요. 생명 잉태를 위한 행위가 아닌 바에야 당신과의 관계로 정도는 이미 벗어나 버린 거니까. 어차피 즐기자는 건데 당신하고 지내는 것 보다는 덜 어지러울 것 같아요. 그리고 당신 하고만 그러는 게 덤덤해 지는 것도 같고."

거울이 솔직하고 대담하게 말을 잘 했다며 크게 박수를

치고 있었고 큰 날개를 펄럭이는 것으로 다른 기연의 영상이 그녀를 응원했다.

"완전 제멋대로구만, 막나가자는 거야. 그래, 네 맘대로 해. 그 대신 나가면 못 돌아올 걸 각오해야 한다는 것을 명심해."

기연의 가슴은 찢어지다 못해 짓이겨지고 있었지만 끝내 한 마디도 자신의 아픔을 뱉어 낼 수가 없었다.

'그래, 그리도 무서운 세상이라며 왜 나를 멀리하여 버리려는 거야? 나는 무서워. 무섭단 말이야.'

기연은 그가 그녀를 떠나갈 것이라 염려하던 것을 아예 단정하고 있었다. 기연의 악쓰는 마음이 그녀의 가슴 속을 흔들자 어릴 적 가난에 쪼들리던 기억이 허연 송곳니를 드러내며 그녀에게 소리를 지르기 시작했다.

"너를 잡아먹을 테다. 뼈까지 아작아작, 아주 말끔하게."

하지만 거울이 기연을 하지 말라 제지하는 통에 그녀는 모든 속을 참고 삼킬 수밖에 없었다. 기연은 새로운 세상으로 혼자 나가는 것이 무섭고 두려웠지만 이미 떠나겠다고 선포한 말을 도로 주워 담거나 바꾸기는 싫었다.

'사실 입 밖으로 내지는 않았지만 그와는 그 어떤 어려움을 맞더라도 함께 헤쳐 나가리라 생각했는데….'

'할아버지와 손자 관계를 다 버리고 아이들까지 외면한 채 그에게로 가려고 했는데….'

기연은 저만을 생각하며 여자답게 살아 보겠다던 꿈이 송두리째 무너져 내리는 상실감에 빠져들었다. 순결하거나 고상한 척 말라던 친구의 말이 귓전을 어지럽혀 현기증이 났다. 아무 것도 생각하고 싶지가 않았고 모든 것을 다 잊어버린 채 치매에라도 걸리고 싶었다.
 '치매에 걸리면 세상의 어떤 고통이나 아픔도 다 잊을 수 있을 것 아닐까.'
 이상하게도 귀찮을 정도로 나타나서는 매사 간섭을 하고 이리하라 저리하라 종용을 하던 거울이 도통 보이거나 자신을 들어내지를 않았다. 이곳저곳 거울이 있는 곳을 기웃거리며 그를 찾아보았지만 종무소식일 뿐 찾을 수가 없었다. 헤매다 지친 다리를 잠시 쉬게 할 양으로 공원 연못가에 앉았는데 그리 높지 않은 하늘에 다른 기연의 영상이 날개를 펄럭이며 날고 있는 것이 보였다. 반가운 마음에 소리 높여 그를 불렀다. 하지만 그는 듣지 못했는지 돌아보지를 않았다. 아쉬움에 계속 바라보고 있는데 푸득푸득 그의 날개에 힘이 빠지는가 싶더니 떨어지면서 그만 연못 속으로 거꾸로 쳐 박혀 버렸다.
 "너무 큰 날개를 가졌더라고 글쎄."
 순간 지금까지의 부러웠던 마음이 싹 사라지고 기연은 자기에게 날개가 나지 않은 것에 다행이란 생각을 했다.

 정해진 곳이 없이 기연은 이곳저곳을 떠돌았다. 하는 것이라고는 마시고 또 마시는 것뿐이었다. 누구 하고도 만나고 싶지가 않았다. 여인 혼자 술 마시는 것을 보고 몇 사내들이 지분댔지만 아무런 마음이 끌리지 않았다.

"그만 마셔요. 이러다 자칫 죽을 수도 있어요."

어느 술집에선가 여주인이 충고를 했다. 술기운이었지만 죽으면 어떠냐고 고함을 쳤다.

"아무리 어렵고 고달파도 세상은 살 가치가 있다고 했나요? 그래요. 그래서 40년이 훨 넘어 40도 중반이나 살았잖아요? 나이 40이 넘으면 여자로 봐 주지도 않는 게 이 세상인데 죽는 게 뭐 그리 안타깝다고. 오히려 죽음이 더 나은 곳으로 데려 갈지도 모르는데…."

술집에는 모여든 손님들이 벽에 장착된 거울 속으로 너나 할 것 없이 자기 몸을 쑤셔 넣으려 하고 있었다. 하지만 모두가 반사되어 퉁겨질 뿐 아무도 쑤셔넣기에 성공하지는 못하고 있었다.

병원 응급실에서 기연이 깨어났을 때 그가 옆에 있었다. 꽤나 오랫동안 그녀를 지킨 것인지 그의 얼굴에는 피곤한 기색이 역력했다. 병원 문간까지 타고 왔던 휠체어를 내려서 병원을 나서는데 그가 기연의 어깨를 감싸며 부축했다. 기연을 자기 어깨에 기대게 한 그는 집으로 오는 택시 내내 아무런 말이 없었다.

'고마운 것은 고마운 것이고 그에게 다시 갈 수는 없는데….'

갈 곳이 없다고 그에게 이끌려 가고 있는 자신이 기연 스스로도 이해가 되지 않았지만 그녀는 그렇게 그를 따라 갔다. 가야만 했다. 아니, 갈 수밖에 없었다. 이제 기연에게 있어 남자는 모두가 하나같이 더하거나 모자람이 없이 동일한 존재라는 생각밖에 들지 않았다. 생활 방편에 절대 필요한 생필품, 그것이 그녀가 남자를 찾는 이유의 전부여야 할 수밖에 없다는 생각이 들 뿐이었다. 기연은 자기를 데리고 가고 있는 그라고 별다르지 않을 거라는 생각을 하고 있었다.

'다른 년을 만나 봤지만 나만한 뭐 별달리 더 좋은 여자가 없는 탓인 게지.'

그렇게 스스로를 달래고 합리화하며 그에게 기대어 있는 기연이었지만 그녀는 결코 뻔뻔함을 느끼지 못했다.

어느 볕이 따사한 날 창밖을 내다보며 그와 함께 차를 마시다가 그에게 물었다.

"참 한가하고 조용한 오후에요. 산다는 것에 행복함을 느낄 정도로요. 아무런 걱정 없이 이렇게 오래오래 살고 싶은데 아무래도 당신은 길지 않은 시간에 제 곁을 떠날 수밖에 없겠지요?"

그를 믿고 의지한다고 하는 사랑의 표현이었지만 마지막 말은 하지 말았어야 했는가 보았다. 잠시 어정쩡한 눈으로 지연을 바라보던 그가 무겁게 입을 열었다.

"걱정 말거라. 내가 일찍 죽고 싶어도 죽을 수가 없으니…."

당연히 자기를 걱정해서 하는 말이라 싶어 울컥하는 마음이 들어 그의 허리를 감싸고 키스를 했다. 그가 놀라 기연의 팔을 풀며 그녀를 밀어냈다. 머쓱해서 그를 바라보는데 그가 중얼거리듯 말을 했다.

"내가 지금처럼 정신이 말짱할 때 빨리 죽으면 저승에서 아들을 어떻게 보누? 치매라도 걸려 아무런 자의식이 없을 때나 죽으면 몰라도…."

"그래요. 벽에 똥칠할 때까지 오래오래 살아서 내 곁을 지켜주시구려."

덤덤하게 말을 받는 것이었지만 왠지 자기 치부가 들춰진 것 같아 기연은 화끈거리는 얼굴을 가눌 수가 없었다.

거울을 다 치웠기에 어떤 말도 그것에게서 들을 수 없는 게 그나마 기연은 다행으로 생각되었다.

-끝-